星队长

葵花公主

孔雀公主

风神天女

五维赏能

天使历险记

王珮璐 著

暨南大学出版社
JINAN UNIVERSITY PRESS

中国·广州

图书在版编目（CIP）数据

天使历险记/王珮璐著. —广州：暨南大学出版社，2018.9
ISBN 978 - 7 - 5668 - 2468 - 4

Ⅰ.①天… Ⅱ.①王… Ⅲ.①科学幻想小说—中国—当代 Ⅳ.①I247.5

中国版本图书馆 CIP 数据核字（2018）第 218756 号

天使历险记
TIANSHI LIXIAN JI
著　者：王珮璐
···

出 版 人：徐义雄
策划编辑：杜小陆
责任编辑：杜小陆　鲍京秀
责任校对：姜琴月
责任印制：汤慧君　周一丹

出版发行：暨南大学出版社（510630）
电　　话：总编室（8620）85221601
　　　　　营销部（8620）85225284　85228291　85228292（邮购）
传　　真：（8620）85221583（办公室）　85223774（营销部）
网　　址：http：//www.jnupress.com
排　　版：广州良弓广告有限公司
印　　刷：佛山市浩文彩色印刷有限公司
开　　本：787mm×960mm　1/16
印　　张：15.125
字　　数：260 千
版　　次：2018 年 9 月第 1 版
印　　次：2018 年 9 月第 1 次
定　　价：46.00 元

（暨大版图书如有印装质量问题，请与出版社总编室联系调换）

总 序

"教"是自上而下对知识的传授，"学"是自下而上对知识的接纳，"育"是相伴共生的引导成长。

教育的最高境界是不教。在良好的环境中，孩子自会在轻松愉快中达到优秀和卓越，一切顺其自然、水到渠自成。简单一点理解，教育是陪伴成长的过程，也是陪伴中协助孩子修正成长航向的过程。

人生原本就是不断解决问题的过程的集合。各种问题都只能自己去面对，别人代替不了。孩子成长过程中的问题，只能由孩子自己去解决。家长替孩子包揽的越多，越体贴入微，孩子的成长之路就越曲折，因为你替他做过的每件事情，他必须要亲自重做一遍，才能完成成长。

因缘际会，我步入了青少年成长教育的研究领域，做了八年的教育实验，这个过程有点长。我曾回想过，若一开始就知道要持续八年，是否仍要起步，推演下来，发现我还会走这条路，还会坚持。

这心无旁骛的八年里，我几乎每天都在思考某个孩子和某类孩子的成长。因有十六年高校学生管理岗位的工作经历，熟悉不同类型大学生的生活与学习状况，我常推演身边某个孩子若按当前的轨迹成长，进入大学后将会类似于我熟悉的哪个学生的样子。如果不希望这个孩子成长为大学生 B，我认为他能成长为更优秀的大学生 A，就在当下对这个孩子的成长过程进行干预和纠偏。实践证明，干预有效。赏能教育的头几批实验对象已进入高中和大学，他们或成绩优异，或才干出众，或醉心探索新领域，完成了在各自核心素养基础上的飞跃。这些年的实验过程，一言蔽之：着眼未来，修正现在。

数年的青少年成长教育实践，我形成了以下几点认识：

学习是愉快成长的过程。不管是针对课本的狭义学习，还是广义的学习，它首先是一个过程，且是一个轻松愉快的过程。青少年天生对探索未知领域有很大的热情，之所以有的孩子对学习失去了兴趣，是因为有人把学习过程教条化和程式化，把原本应顺势而为的学习过程变成不得不为的对教条和框架的填空，这种人为的条块分割使学习成了不再鲜活的流水线操作。

学习在生活中，生活在学习中。这和"吃饭是为了身体健康，想身体健康就要吃饭"是一个道理，可是很多人把学习的目标定位为考出高分，于是刷题押题死记硬背大行其道。这种以给他人表演和与他人攀比的学习目标已偏离了学习本意，无助于自我成长，越早回到探索研究的学习航道，学习才有意义，也才更容易考出高分。

教育者的核心素养基本决定了被教育者的人生高度。素养是通过训练和实践获得的一种道德修养。核心素养决定着每个人的视野所能达到的广度和高度。也就是说，每个人所看见的都只是自己想看见和能看见的。教育者总是希望把被教育者引向自己设定的美好远方。每个人都在按自认为正确的方式调整孩子的成长方向，希望把孩子培养成自己能看到的高度上的"优秀"，幼小的孩子只能被动接受这个过程。这就是刚出生时并无二致的孩子后来分布在了不同高度的根本原因所在。

教育者对孩子真正的爱和培养，是自己养成了善良包容的品性和乐读奋进的淡定的生活方式与习惯。《道德经》赞扬水德："上善若水，水善利万物而不争。夫唯不争，故无尤。"这种对待人生的态度，也适合教育成长，因为孩子的学习成长就在生活中，家长和老师的学习成长也在生活中。

数年来，我欣赏着不少孩子走向辉煌的道路，也见证了很多孩子留下坎坷的成长轨迹，接触了诸多不同类型的家长和老师，还耳闻目睹了一些扬汤止沸、隔靴搔痒、本末倒置，甚至焚琴煮鹤的教育过程，我迫切地想把这八年的观察、记录与思考公开出来，希望这些文字能为家长愉快地自我成长助一点力，也希望能协助一些孩子从樊篱中解放出探索与学习的兴趣，为青少年全面优秀成长提供一条切实可行的参考之道。

伟大的发明家尼古拉·特斯拉说，当天生的爱好发展成为一个强烈的愿望时，一个人会以惊人的速度向着他的目标大跨步地奔去。

我以这句话与诸君共勉。

王立宏
2018 年 6 月 10 日

目　录

穿　越

本故事紧接《天使历险记3》展开。

为阻止震龙给云南造成更大的破坏，葵花公主在战斗的关键时刻，为最终胜利立了大功。震龙被彻底消灭了，但葵花公主在震龙的重重撞击下失去了知觉。

很多天过去了，葵花公主仍然昏迷不醒。

为唤醒好朋友，天使队伍又踏上了征程……

一、 医疗

（一）竹山小学

南京有一所非常美丽的学校，叫竹山小学，它坐落在南京市南边的江宁区。离它不远处有一座山，叫方山，它来源于一次火山喷发，如今是一座死火山，方山的山顶是平的。这座山看似平常，但偶尔云雾缭绕，颇为神秘。

一进竹山小学的大门，首先看到的是一栋美丽的教学楼。这栋大楼分前后两部分，共有一百多个教室，每个教室都很宽敞。因为学生还不多，教室还没用完，有的教室就给老师做了办公室，所以老师的办公室也都很宽敞。

哪儿飘来了阵阵花香？原来教学楼前大路两旁花园里的花开了，红的、黄的、粉的、紫的、蓝的、绿的……各种各样的花争奇斗艳，都展开了它们那华丽的礼服。有的"衣服"还没做好，却也被"主人"急着展示出来了。不管是什么颜色、也不管花朵大小，它们都是那样楚楚动人，花团锦簇。

低层教室的孩子们一下课就去小花园里做游戏，什么"老鹰捉小鸡""长江与黄河""穿越树林"等等，玩得不亦乐乎，二三四层的孩子们只能站在走廊里"望戏兴叹"了。当然，楼上的孩子们也不是完全没有娱乐空间。在楼梯拐角处有一片空地，他们在那里跳皮筋、跳绳，有些爱臭美的女孩子还带了一些小手镯、小项链、小镜子，她们在一起比谁的东西最漂亮。

教学楼后面有一个非常大的操场。操场上有标准的 400 米圆形红色塑胶跑道，靠近操场主席台的一边还有 100 米直道。很多同学喜欢在美丽的红色跑道上跑步，可是还没跑到四分之三就会累得气喘吁吁。跑道中间是绿色的塑料人造草坪，草坪是由一块深绿一块浅绿颜色的人造草皮交替铺就的。草坪两边各有一个足球门，球门上套着球网，草坪上还有一道道的白色标线。猜猜看，这是什么地方？你猜对了，这就是竹山小学的足球场。足球场西边，在一片紫藤架旁就是篮球场。篮球场也很大，由很多块标准篮球场组成。

"咚，咚，咚咚咚，咚咚咚咚咚……"咦，这是什么声音？原来是竹山小学的鼓号队正在训练。下午五点，鼓号队训练完了，大队辅导员魏老师宣布解散，鼓号队的女孩男孩们都陆陆续续回家了，可是有几个小姑娘却悄悄地留了下来，她们慢慢地聚到了紫藤花架下。

她们在干什么呢？

紫藤花架下，一个身穿黄色毛衣、脑后留着长长"马尾巴"的小姑娘扶了扶秀气的脸上圆圆的眼镜，轻声说："我来讲一下最近发生的事情，大家看看怎么办。"

（二）治病

震龙被打死后，网球大侠、沉香和星队长都去忙各自的事情了。对于小花（葵花公主）的昏迷，我和百花仙子都很着急，现在我和百花又在一个班了，我们经常在一起商量，可是没有想出什么好办法。小花帮了我们不少忙，虽然一直找不到能治疗她失忆的办法，可是我们总不能不管了吧？

不用说，当时我们想到的第一个办法是赶快找医生。我们找到了江宁最好的医生，给了他很多钱，希望他能多花些精力在小花身上，他也欣然答应了。可是医生给小花检查过后，惊讶地都合不上嘴。他说："我给人们看了这么多年病，从来没有见过一个人的血是蓝色的。这太可怕了！"我心里一惊："对啊，怎么忘了呢？我们不是普通人啊，仙女的血液就是天蓝色的，这一检查还不把给普通人看病的医生吓晕了才怪。"我灵机一动，说道："对了，我明白为什么她晕倒了——因为今天她太淘气，喝了一瓶蓝墨水，所以才晕倒了，过一会应该就好了，你先走吧！""可是，她……"还没等他说完，我们就把医生"请"出了家门。

我松了一口气，可是，到底怎么才能让她醒过来呢？

忽然，眼前一阵风吹过，银光闪处，风雪仙女来了。我问她这时过来有什么事，她说她突然想到一个好主意：

"和你一起打震龙的那个葵……葵……葵什么来着？"

"葵花公主。"

"你看我，又忘了，是葵花公主。喔，不对，应该是葵花仙子。"

"是葵花仙子。你到底想说什么？"我焦急地问。

"她不是晕倒了吗？听说你在找医院的医生给她治病，我认为这个时候，我们该去找环保博士，你说呢？"

"哦，原来你是为这个来的，谢谢啦！这是个好主意！"我又问，"你要不要和我们一起去呀?"

"好呀,好呀,我都好久没见到那个环保老头儿了。"

"行了,行了,"一见她又要打开话匣子,我赶紧打断她,"我们快去吧!"

我们带着葵花仙子,很快就到了环保博士的山洞中。环保博士一见到小花,似乎被吓了一跳,我赶紧问他为什么是这种表情。

"小花是不是生病了?"

"是的,是的,她已经昏迷了很久了。我们今天来就是想问问你,有没有什么办法可以治好她的病。"

"这种病很棘手,"环保博士叹了一口气说,"很久以前,我见过一个叫华佗的医生治愈过这种病,不过他是好几千年前的人。"

"那你说的不是废话吗?"我们和他经常开玩笑的,说话随便点不算没礼貌。

"这样吧,我有个朋友,人称'神秘博士',他有一台时光穿梭机。你可以借他的时光穿梭机回到东汉时代去找华佗。华佗是个好人,他一定会帮助你们治好小花的病的。"

我们听说有办法可以治愈小花的病,都高兴坏了。于是,马上出发去找神秘博士。

(三)神秘博士

神秘博士是英国人,最喜欢东奔西跑,要找到他可不是一件容易的事。

环保博士告诉我们,神秘博士的时光穿梭机像一个旧的电话亭。我们刚飞到伦敦的英国女王的王宫——白金汉宫前的一条大街上,就发现有一间房子。房子很像神秘博士的"秘书"小姐家,在那附近,果然也有个旧的电话亭。我们欣喜若狂地跑过去,冲进电话亭,却只发现了一位年轻绅士正在打电话,看到我们急忙冲进来,还以为是打劫的,当场就晕了过去。我们知道自己闯祸后赶紧把他送进医院,替他支付了医药费,这件鲁莽的事情才算完结。经过此事后,我们不敢再轻举妄动了,决定到神秘博士的实验室里去找他。他的实验室位于白金汉宫的真理与正义女神塑像底下。

伦敦今天可真是人山人海,一打听才知道今天是英国王子举行婚礼的日子。

穿
越

—

—

我们好不容易来到塑像下，找到秘密入口，进了门，放眼望去，没见到神秘博士，倒是远远看到一个女孩正躺在地上睡觉。我正准备飞快地跑过去问问神秘博士哪去了，百花却一把揪住了我。我有些生气："真是的，已经够烦的了，还拉住我干吗？害我差点摔一跤。"我一把推开百花。她有些委屈地说："我只是想给你一副特制的透视眼镜。你想啊，神秘博士的实验室能是一般人随便来的吗？肯定会有一些红外设备或暗器什么的。"我一听，赶紧向她道歉。幸好，她也没有小心眼，接受了我的道歉。我戴上透视眼镜一看，差点没被吓晕过去，到处都是红外线交叉网，到处都是暗箭、飞刀、黑枪、巨石、地雷，到处都是各种按钮。我们一计算，就知道哪个按钮是机关的开关，我们真是太聪明了。

我三下两下跳到一个按钮前，轻轻一按，只听一连声"咔——咔——咔"，我以为已经解除了机关，没想到我才走出第一步，就有一支支毒箭朝我射过来，我吓得魂飞魄散，只好飞快地逃跑。这些机关打开一个，其他的就都开始运行了，各种暗器追得我到处乱窜。我一头撞在墙上，眼一闭，心想：这下彻底完了！"咦？怎么暗器没了？"我慢慢睁开眼睛，才发现，我一头撞在墙上，无意间竟撞上了一个按钮，这个才是关闭暗器的真正开关，我算是死里逃生了。

这下真正安全了，百花也进来了。我们走到一扇门前，正准备推门而入，旁边忽然冒出一个小盒子，确认安全后打开一看，里面有三把钥匙，一把金钥匙、一把蓝宝石色钥匙，还有一把钻石钥匙。这把钻石钥匙很特别，是世界上独一无二的天然粉色钻石。百花正准备拿那把钻石钥匙开门，但我对这把粉色钥匙有一种不祥之感，我抢先拿了金钥匙，插进锁孔一扭，只听得嘀的一声，门开了。可是还没来得及高兴，我们白白净净的脸就被一声巨响炸糊了。还好，我们的小命还在，忍着疼对自己施了医疗法术，然后小心翼翼、战战兢兢慢慢走进实验室。

实验室里，仍然没有发现神秘博士，只看到一个男人正在地上滚来滚去，不用瞧就知道他受了重伤。我们急忙帮他也施了医疗法术，等他康复后，百花问他："请问，你叫什么名字？"

"我叫诺贝尔。"

"你是诺贝尔？"我惊讶地叫道，"你怎么在这里？"

"一天，我正在我的实验室里做实验，一个陌生人从一个突然出现在实验室的电话亭出来，并把我带到了这里，让我赶快做一种奇特的炸药，他说这对地球的安全很重要，其余的我也不知道。刚才我正在做实验，结果出了差错。"

看来，诺贝尔根本不知道他到了一个新地方——未来。

"你知道带你来的那个男人去哪了吗？"

"哦，那个人啊，他说他要去千雪秋风谷去找什么'万年灵芝'和'千年雪莲'，说是要帮一个小女孩治病。同时还说他的'时光穿梭机'坏了，他要去梦露绿岭找紫丽百灵花。紫丽百灵花也叫穿越之花，只要把这种花带在身上，就可以无限次穿越。听说另外一个小女孩需要这种花。"

正说着，门砰的一声打开了，进来一个人，诺贝尔说这就是带他来的那个男人，也就是我们要找的神秘博士。

神秘博士看到我一点也不觉得奇怪，直接和我打招呼，并把一朵花交给我。这朵花很漂亮，花茎是淡紫色的，长着深紫色的叶子，花蕊粉红，花瓣是天蓝色，花上还时不时地闪耀着五彩缤纷的彩色光环，美丽无比。

我惊喜地问："这就是传说中独一无二的紫丽百灵花吗？"

"是的。我知道你需要穿越，真对不起，我的时光穿梭机坏了，只好去帮你摘花了。"神秘博士又拿出两种植物说，"这是'万年灵芝'和'千年雪莲'，这两种药不能治好你的病人，但可以保养她的身体。"

"知道了。谢谢！"

正准备走，我突然想到一个问题："你的门前为什么要装这么多机关？差点害死我们。"

"因为我不想让别人随便进入我的实验室。如果你们真的抵挡不住这些机关，我也就用不着帮你们了。"说完还用英国人的方式朝我们挤挤眼，耸耸肩，两手一摊。

听到这家伙这样说，真是差点气死我们了。

"I see, I see, We'll be back, Bye-bye."

我们转身正准备走，神秘博士说："稍等，我送送你们吧。"没等我答应，就听见耳边"呼"的一阵风声，睁眼一看，我已经站在自己的家门口了。

这个神秘博士，真"牛"！

我对迷迷糊糊站在一边发呆的百花说："你回去好好休息休息，明天我们就去找华佗。"

"好。"百花答应一声就走了。

二、 华佗

（一）小鹦鹉

　　"明天"不知不觉中变成了今天。

　　经过休息，我和百花仙子精力充沛，准备我们的穿越之旅。我们要回到东汉去找华佗，请他为葵花公主治病。

　　一切都准备好了，正准备走的时候，百花说："这么大的事情，要不要去请示一下天使姐姐？"

　　"对啊，好久没看到天使姐姐了，顺便去看望看望她。"

　　我们飞到天上，到了天使姐姐的家里。结果，天使姐姐却不在家，整个家里空空荡荡的，只有天使姐姐养的那只可爱的小鹦鹉在客厅里。不过今天这只小鹦鹉有点奇怪，因为我们经常来，它对我们都是蛮亲热的，今天却对我们不理不睬，很冷漠。

　　我问鹦鹉："你知道天使姐姐在哪儿吗？"

　　"不知道。"

　　"那么，请你帮我们给天使姐姐传个话，我们要穿越到东汉去找华佗来为葵花公主治病。"

　　我的话还没说完，小鹦鹉突然变得热情起来了，它急切地对我说："我也要去，能带我去玩吗？"我心里想，这只鹦鹉真是奇怪，像个小孩，态度变得可真快。我觉得刚才它之所以对我们态度冷漠，可能是因为天使姐姐和其他仙子都不在，它一个"人"比较孤独。不过看在它和我们认识了这么久的分上，我们决定带它去古代玩一趟。于是，我找来一张纸，给天使姐姐写了一张便条：

　　天使姐姐：

　　我们要穿越到古代去找华佗来给葵花公主治病，你的小鹦鹉很想和我们一起去玩，我就把它也带上了。

又：你的小鹦鹉有点奇怪，等我们回来后，如果有必要，建议您带它去看看心理医生。

风神天女留

×月×日

我把便条放在桌子上，并拿了一个花瓶压住。然后百花、小鹦鹉和我一起到了天使姐姐家门外，准备在这里直接进行穿越。

我手里拿着紫丽百灵花，让大家都闭上眼睛。百花拉着我的手，小鹦鹉站在我的肩上，我按神秘博士教给我的方法，心里默念着穿越的口诀：

紫丽百灵变变变　　我要穿越到东汉

穿越东汉是为何　　治病需要找华佗

才念完，就听见耳边刮起一阵狂风，我们都吓得紧紧闭上双眼。等到再睁开眼睛的时候，我们已经站在了一间陌生的房子里。

（二）诸葛亮

这间房子都是用木头做的装饰，房间里摆了很多花瓶，墙上挂着许多书法作品和古色古香的画作。整个房子和我在画上见到的古代房屋一模一样。我高兴地说："我们真的来到了古代！"

我才说完，突然门开了，一个大孩子走了进来，把我们吓了一跳，因为他的服饰打扮很奇怪。他的头上扎着两个发髻，就像电视上的小哪吒一样，身上穿着"y"字形领的大襟半长的衣服，衣服的颜色灰不灰蓝不蓝的，袖子十分宽大，整个人看起来像个戏台上的书童。他看见我们，显然也吓了一跳，赶紧准备关门退出去。这时小鹦鹉"哗"地飞了过去，用爪子抓住那个小书童的肩膀，把他拖到我面前才放手，我吃了一惊："小鹦鹉的力气可真大！"

小鹦鹉又站在我肩膀上，对小书童说："我们队长要问你话。"

小书童很害怕，乖乖地站在我面前。我尽量用一种很礼貌的语气问他："请问这里是谁的家？"

没想到见我客气，他反倒拿出一种"我就不告诉你"的架子。我一生气，就决定用女孩子特有的"技能"，即"超级狮子吼"来和他说话。我用至少

80分贝的声音对他"说"道："摆什么架子，敢小看本小姐！敬酒不吃吃罚酒是吧？我马上让你永远无法开口说话！哼哼！"看到我的凶样，听到我的冷笑，可真把小书童吓坏了，他赶紧答道："这是诸葛先生的家。"

晕，我们怎么到诸葛亮家里来了。

这时百花问小书童："你看着我们抖什么？"

"因为……因为……你们的衣服……"

我明白了，原来，我们身上还穿着竹山小学的校服呢。

我马上把我的衣服变成了东汉时期的衣服。我的新衣服袖子紧紧的，袖子外面还有白色的纱，身上穿着紧身衣，腰上系了一条漂亮的腰带，裙子的裙摆很大，一层一层的，就像一个巨大的奶油蛋糕。百花也把自己的衣服变成了古代美女的衣服。小书童都看呆了。

过了一会儿，一位头发稀黄、肤色粗糙、身体矮小、长着鹰钩鼻的女人从屋里走出来，把我吓了一跳，因为她长得实在是太丑了。定了定神，我突然有了一种想笑的感觉，但是怕失礼，就在心里先大笑了一番。这时，我突然想起来了，莫非这就是中国古代四大丑女之一的黄阿丑吗？我看过的书上说，她虽然长得很丑，但却十分有才，心里不禁肃然起敬。我马上弯腰向她行礼，她淡淡地说："跟我来吧，我的夫君想见见你们。"

她的夫君不就是诸葛亮吗？现在我们好像没有时间哦。不过，出于礼貌，我们还是应该接受邀请的，谁让我们稀里糊涂来到诸葛亮的家里呢？

本来我们是要到华佗家里的。

见到诸葛亮，我的眼睛一亮：诸葛亮长得太帅了！

诸葛亮身高大约一米八几，仙风道骨、长衣飘飘。手中的羽毛扇柄上镶着金边，嵌着一颗绿猫眼宝石，把洁白的羽毛衬托得美丽无比，羽毛扇又把诸葛亮衬托得更加英俊帅气。我都有点喜欢诸葛亮了。

正在胡思乱想的时候，诸葛亮开口说话了："不要变化了，还是用你们的本来面目吧。我知道你们是从未来穿越到现在的。"我和百花彼此看了看，又变回原来的样子。

百花说："我就不绕弯子了。请问华佗在哪里？"

"他现在正被曹操关在监狱里，如果你们想找他，最好先去找一个人。"

"谁？"

"司马懿。他是曹操最信任的人。"

"哦，谢谢您！"百花说着从口袋里掏出些东西，递给诸葛亮，继续说，

"这是我们那个时代的食物，叫果冻，送给您。你们肯定没吃过，很美味，甜丝丝的。我一共带了10个，都送您吧。"看来百花也挺喜欢诸葛亮的，这个花痴。

"谢谢你们送给我东西。我知道你们来自未来，我有几个问题想问你们。"诸葛亮继续说，"我还有很多事情需要做。我想知道我能活多少岁？"

小鹦鹉刚想回答，我赶紧从随身的布袋中拿出一个它最爱吃的金黄金黄的芒果扔到一边，它赶紧飞过去吃起来了。我想了想说："Sorry，我忘记了。不过您一定要好好保护自己的身体，不要太累，您的国家很需要您的。"

诸葛亮实际上只活了五十多岁，要是他知道这件事，一定会不开心的。

看着诸葛亮若有所思的样子，我怕他再问出什么难题，匆忙告别后，就去找司马懿的家。

（三）司马懿

司马懿就等在门口。他胡子拉碴的，浓眉大眼，长得没有诸葛亮帅。

一见到我们，司马懿就热情地迎了上来，说了一大堆的客套话，然后我们就稀里糊涂地被他迎进了家里，他热情地准备招待我们吃饭。

我们被引到了一个房间里，房间里放了两排桌子，那个桌子很矮，样子有点像没有弦的古筝。桌子后面没有椅子，每个桌子后面只有一个垫子放在地上。司马懿把他的两个儿子也叫了过来，说道："今天要请几位客人吃山珍海味，你们一起沾沾光吧。"我们都认为山珍海味就是一些很贵的、很好吃的食物，反正他是大官，有的是钱，就不客气地开始点菜了。

小鹦鹉首先说："我要吃法国蜗牛。"

百花也忍不住说："我要吃日本生鱼片，再加上俄国鱼子酱。"

我也说："我就点一份美国牛排，外加一瓶法国葡萄酒。"

正说到兴头上，我忽然看到司马懿的头上直冒冷汗。我急忙问他："您怎么了？生病了吗？"

"没有。我原来以为我的知识已经很广博了，原来还差得远呢。"司马懿擦着冷汗说，"你们熟悉那么多国家，可是我只知道魏国、吴国、蜀国。作为丞相的主要谋士，我实在太汗颜了。"

"哦，不好意思，我忘记时间了。"

本来我想说的是我把"现在"记成现代了，可是他还以为我在催促他赶紧吃饭呢，急忙说："我用中八珍来招待你们。"

"什么中八珍？"

"'山珍海味'中有上中下之分，今天我们吃中八珍，包括鱼翅、银耳、鲥鱼、广肚、果子狸、哈什蚂、鱼唇、裙边，一时只能准备这么多了。"

我正在想："这里有保护动物吗？"结果百花这个吃货开始催菜了。

"可以，可以，赶紧上菜吧。"百花的口水都快流出来了。

菜摆上了每个桌子，可是桌子后面却没有椅子，我们不知道该坐在哪里。

我小心地问道："请问，有椅子吗？"

"椅子是什么东西？"没想到司马懿却反问我。

"你们是不是还没见过椅子？"我惊讶极了，"要不，我们帮你做一个吧。"

"好呀！不过，椅子到底是什么东西？是宴席上使用的工具吗？"

我已经不再回答他了，我们分工：百花搞来一些木头，小鹦鹉指挥着司马府的兵丁把它们锯开并拼成一把椅子的样子，我变出一些钉子把它们钉好，在很短的时间内，我们给司马懿做好了一把椅子。他非常高兴，坐在上面觉得比坐在地上舒服多了。

头脑灵活的司马懿后来让他的手下人去做椅子卖，赚了不少钱。这是后话了。这里不再说下去。

酒足饭饱后，司马懿把我们请进密室，然后神秘地说："我知道你们来自未来，我有几个问题想请教你们。"

"你怎么知道我们来自未来？"

"我早就算出来了。"司马懿又说，"告诉你们吧，本来你们应该去找华佗的，你们应该穿越到华佗的身边，可是因为诸葛亮想知道自己以后的事情，就用法力把你们转移到他家里去了。"

难怪当时诸葛亮的夫人黄阿丑看到我们一点也不惊讶。

"他既然这么厉害，为什么自己不能算算自己未来的事情，还要问我们呢？"

"因为任何人都不能算出自己的未来。"

"我明白了。"我又问道，"那他为什么后来又不问了呢？"

"等一会，我算一下。"

司马懿装神弄鬼地掐算了半天，然后说："因为他看到了你们后来回答他的问题的表情和态度，他已经猜到了答案，所以，不想再问了。"

"我再次明白了。谢谢您!"

"不用谢。我也有个问题,想请教你们一下。"

"你想知道什么呢?"

"我们正和蜀国、吴国打仗,最后到底是谁赢了?"

我正在想怎么告诉他,可是多嘴多舌的小鹦鹉却抢着说:"是你们国家赢了。可是后来,你儿子把曹操的后代给杀掉了,你儿子当了皇帝。"

不知道为什么,小鹦鹉说话时有点咬牙切齿。

司马懿听完吓了一跳,不过,很快他就恢复镇定,说了一句:"明天我带你们去见丞相。"然后就出去了。

司马懿走远后,我小声对小鹦鹉说:"你说话要客气一点,你不知道司马懿很厉害吗?小心祸从口出。"小鹦鹉白了我一眼,转过头不理我。我心想,这家伙真没礼貌,可能是它跟着天使姐姐时间长了,把自己当成了厉害角色,骄横起来了。以后见到天使姐姐,我可要告它一状。

这一夜,我一直在想,曹操会不会让我们带走华佗呢?想着想着,不知不觉中,我进入了梦乡。

(四) 华佗之死

第二天,我们刚洗漱完毕,司马懿就敲门进来了。

他一反常态,给我们行了一个礼。我正在纳闷呢,司马懿开口说:"我这就带你们去见丞相。不过,我还要求你们一件事情。"

"什么事情?"小鹦鹉抢着问道。

"就是你们所说的我儿子将来做皇帝的事情,能不能不要告诉丞相,不然,他会把我们全家斩尽杀绝的。"

"你就放心吧,我们不会告诉他的。"百花才说完这句话,小鹦鹉忽然冒出来一句:"司马昭之心,路人皆知。"司马懿吓坏了,忙问道:"这是什么意思?"

"司马昭是你儿子吧?他将来会很狂妄。当时除了皇帝自己,谁都知道你儿子想篡位当皇帝。"我说,"当然,那是以后的事情了。希望你以后让你儿子不要太狂妄,如果被皇帝知道了,他就完了。"

"太感谢你们了。我现在就带你们去见丞相。"

不过一会儿,我们就来到一座宫殿前,它可真雄伟啊!宫殿有三层,楼顶是梯形的。每层都有很多房间，还有很多汉白玉做的大柱子。

司马懿让我们在外面等，他自己先进去通报丞相。过了一会儿，一位将军让我们和他一起进去。跟在将军后面，我们来到一间很安静的屋子，见到了曹操。

曹操面色冷峻，满脸胡须，高鼻细眼，两道剑眉直插鬓角，给人一种不怒自威的感觉，让我有些害怕。我小心翼翼地说明了来意，没想到曹操很爽快地说："司马大都督已经告诉我了，我同意。让华佗回到你们的时代，顺便也让他多学些知识，回来给我治好头痛病。"

曹操同意后，司马懿带着我们来到一座监狱。

监狱的环境实在是太恶劣了，里面非常阴暗，还有一股很重的霉味，房梁上到处都结着蜘蛛网，地上还跑着"吱吱"叫的大老鼠，真是糟糕极了。可是小鹦鹉却一点也不害怕，他甚至飞到房梁上去捉了几只蜘蛛吃，还说我们都是胆小鬼，真是气死我了。因为地上太脏，还有老鼠，我们就想飞到房梁上，但房梁上的蜘蛛差点没把我们吓死，所以只好又飞到屋子中间的高一点的地上才好一些。因为我们一直上上下下地乱飞，司马懿担心地问："你们会不会掉下来砸到我的头上啊？"我也一路不断回答他："不会，不会。"

终于见到华佗了。

华佗留着稀稀落落的长胡子，全身非常脏，衣服又破又旧，看起来病歪歪的。他面黄肌瘦，步履蹒跚，头发上还粘着草屑，整个人看起来和监狱一样污秽不堪。我有些惊讶，因为华佗发明了一种锻炼身体的方法，叫"五禽戏"，既然他是五禽戏的发明者，那他的身体应该非常好才对啊，没想到监狱竟把他折磨成这样了。

我不禁心疼起这位古代的名医兼发明家了，急忙到华佗身边，想把他接出去，但华佗却有些不情愿。他虚弱地说："我又不认识你。如果要吃断头酒的话，带到监狱来吧！"

我有些为难地看着司马懿，司马懿立即明白了。他对华佗说："华大夫，你放心吧，我们今天什么也没带，就是想接你出去。丞相已经不生气了，他完全相信你的忠心。之前之所以把你关在监狱里，是因为他觉得你给他开颅治病是想害他，现在他已经完全相信你了，只是有些怀疑你的技术，因为头颅被打开后，你稍微一失手，丞相只好'入土为安'了。刚好，现在你可以和几位仙女妹妹一起到未来去，好好学学他们那个时代的医术，丞相就不担心你会失手了。"

华佗说："哦，我明白了。那么，现在我就可以出去了吗？"

"Yes！"

华佗听完后，就从自己的衣服上撕下一大块破布蒙在自己眼睛上，让我们领着他走。我们心里正在奇怪，小鹦鹉说："是这样的，一个人如果长期没见过阳光，突然见到强的光线，如果不用布蒙着，眼睛会受刺激而失明的。华佗是医生，他自己当然知道这些的。"

我们把华佗领到一个驿站，让他好好洗了个澡，修了修胡子。我一看表，妈呀，已经晚上九点了，我们就让华佗好好休息，说好了，明天来接他，然后一起再穿越回去。

告别了华佗，我们没有睡意，就想趁着这大好月色去看看当时著名的景观铜雀台。我问小鹦鹉去不去，它说："我是一只鸟，它也是一只鸟，凭什么我要去看它？它来看我还差不多。你们帮我拍几张铜雀的照片吧，我倒要看看它有多漂亮，还值得你们去看！"

我无可奈何地笑了一下说："你别那么自恋好不好？它只是一个雕像罢了，而你，却是一只活的鸟呀！你的任务是逗别人笑、吃虫子，而它的任务只是给别人看，你们两个是不同的。"

"反正我就是不去看！"

"好！好！I 服了 you。"

"看不到这美丽的汉朝景观你会后悔的。"百花也在旁边说。

"行了，行了，你们快走吧，我要睡了。"小鹦鹉说完，还假装打了个哈欠，闭上了眼睛。

经过漫长的一段路后，铜雀台到了，我仔细一看——太美了！

一个大大的透明的水晶台上，竖起了一根大柱子，柱子顶上，伫立着一只栩栩如生的铜雀。水晶台两旁各有一条台阶，台阶的外边还有栏杆，每个栏杆立柱的顶上都有一只铜雀，很美丽。

欣赏完铜雀台后，我们回到了驿站，先敲了敲华佗的门，没人回应。于是就回去问了问小鹦鹉有没有人来过，它说："只有曹操的卫兵来过。"我想，曹操还等着华佗给他治病呢，可能找华佗有事吧。现在，华佗应该是睡着了。

于是，我们也就睡觉了。

第二天早上，我们去找华佗，要准备走了。我与小鹦鹉正在刷牙（小鹦鹉其实没有牙，只是在洗嘴巴），百花已经准备好了，她敲了敲华佗的门，没人回答，就推门进去了。可她才进门，就发出一声尖叫，我们赶紧跑进去看——华佗竟然死了！正在这时，曹操派人来送我们，我们也没注意到，一个小兵跑了进来，发现华佗死了，也尖叫了一声，就跑出去了。

我的第一反应，就是要赶紧把这件事告诉曹操。

我们才往曹操的宫殿走了一半路，就发现一队骑兵向我们奔来，领头的军官一见到我们就要抓我们。我正要问他为什么抓我们，他说："你什么也别说了，胆子还真不小，竟然杀了华佗！"

小鹦鹉悄悄地对我说："快跑吧，他们一定会冤枉我们的。"我也觉得不妙，赶紧招呼百花一起跑。我边跑边想："这个曹操真是讨厌，明明是他派人杀了华佗，还要加害我们，不如去诸葛亮家告个别，就回去吧。看来要救葵花公主，只能另想办法了。"

我们展开翅膀朝诸葛亮家飞去。

（五）茶花

到了诸葛亮家门前，我拉了拉门铃，出来一个小书童。——这不正是第一次来诸葛亮家遇到的那个小书童么！

他一见到我们，就高兴地拉着我的手，回头喊着："主人，神仙姐姐她们又来了！"

我拍拍他的小脑袋，给了他一个果冻，他高兴坏了，急忙把我拉进里屋。不巧，诸葛亮不在家。他的妻子黄阿丑高兴地把我们带到她家的花园里赏花。

花园里到处都开着花，可再仔细看，真正开花的只有茶花和梅花，毕竟现在是冬天。我突发奇想："每一朵花都是有生命的，它们肯定也有自己的性格，只是大家可能都没注意到罢了。我何不用魔法让这些花儿说话呢？这样，不但我能知道每一种花的性格，也能知道诸葛夫人所喜欢的花的性格如何——反正我现在也是闲着。"

拿定主意后，我问诸葛夫人："请问您最喜欢哪一种花呀？说不定我能知道它的性格呢。"

"真的吗？"

"是的！"

"我最喜欢百合花，"她说，"就请你帮我看看它的性格如何？"

"请您稍等。"

我对着并没有开花的百合花枯枝，双手合十，然后展开翅膀飞上天空，并默念咒语。一瞬间，所有的花都会说话了，不过它们说的都是神仙语言。

我先问玫瑰。

"玫瑰花呀玫瑰花，你觉得自己好吗？"

"嗯，这个嘛，"玫瑰嗲声嗲气地说，"也许，还可以吧。……不对，不对，我身上有那么多刺，嗯，不过，我的花朵很美，嗯，嗯……人家不知道啦。"

我对玫瑰说："你太优柔寡断了，一句话都说不清。"

我又问牡丹："美丽的花中之王啊，美丽的牡丹花，你认为你比玫瑰花更漂亮吗？"

"Yes，Yes，我的花朵多娇艳，花蕊多金黄，叶子多可爱，笑容多灿烂……"我赶紧从地上抓了一把烂泥巴糊住它的嘴巴，不然，还不知道它要自夸多久呢。

我转身问："有着傲雪精神的梅花，冰清玉洁的梅花，请你也告诉我，你觉得自己怎么样？"

"那还用说，我当然是最棒的啦！"梅花的声音很清脆，很好听，不过，在看到我没兴趣听它自夸后，突然低下了声音，"我悄悄告诉你，其实我很怕冷的，要不是为了得到别人的夸奖，我才不在冬天开花呢。"

想到诸葛夫人的最爱，我问百合怎么评价自己，它更好玩，根本不理我，自己在那里高傲着呢。

我看到茶花不说话，就随口问了它一句对自己的评价，没想到它很谦虚地说："我只是最普通的茶花，我的花颜色也不是很多，也不香，也不是最美的，所以，我认为我没有资格得到别人的夸奖。别人说我好，或者不好，我也不在意，我把所有的精力都用在坚持一年四季开花上了。我就悄悄地走我自己的路，开好我自己的花，不管别人怎么去说我。"

我听了，很感动，没想到一朵小小的花儿竟会说出这么有哲理的话，它完全有资格去做花王的，我忽然又觉得，茶花有点像诸葛夫人，诸葛夫人应该喜欢茶花的……

我正沉思着，突然发现，诸葛亮不知何时已经站在了我的身后。

（六）告别

诸葛亮对我说："你不要再看了，快来吃点饭吧！一会儿我还要给你推算一下呢！说不定我还能推算出你以后帮葵花公主时的难易凶吉呢！"

到了饭厅一看，哇！这可真丰富呀！有鸡有鸭，还有水果。刚好我们都很饿，但因为诸葛亮的心情不好，我们也因为没把华佗带回去而被曹操追杀的事情而感到烦闷，所以这顿饭的气氛仍然很沉闷。

饭后，诸葛亮说要给我们把把脉，我说："又没生病，干吗要把脉啊？"

"你不是要我帮你算算命吗？让我给你看看。"

"好！"

"……"

"这只鹦鹉太不像话了，竟然一直在笑。"百花仙子指着站在房梁上的小鹦鹉说。

"行了，不就是只鸟吗，有什么大不了的，你安静些吧。"我说。

"安静！"诸葛亮说，"我给你一个忠告吧！如果今后你能救好葵花公主的话，你必须要把她当成重点保护对象。因为她具有特殊的能力，她可以帮助你们，也有可能帮助坏人，她到了哪一方，那一方就会天下无敌的！"这时，原先站在房梁上得意洋洋的小鹦鹉突然站立不稳，掉在了地上。我看见它的表情非常沮丧，就问它怎么啦，它说自己摔疼了，我就不再理它了。

我对诸葛亮说："我们首先关心的是，还有什么办法能帮葵花公主治好病呢？"

这时，一直没说话的诸葛夫人插话道："你们既然能穿越到现在来，为什么不穿越到你们决战的时候，直接把震龙打死呢？"

"你怎么知道这些的？"

"都是我夫君推算的呀！"

"对啊，我怎么没想到呢。非常感谢诸葛先生和诸葛夫人！"我们高兴地说，"如果没事的话，我们先走了。"

"好的，再见！"

"再见。"

说着我拿出紫丽百灵花，念了口诀，回去了。

今天要好好休息，因为明天我们又要出发了，这几天可真累呀！

三、 再次穿越

一早醒来，聚齐伙伴我就拿起紫丽百灵花，念了咒语，闭上了双眼，穿越到以前与震龙最后决战的现场。

我们还在休息呢！

我想："一会儿沉香估计就要开始打震龙了，所以就不睡了。看着地上被震龙破坏的景象，不禁想起了以前的苍山洱海。唉，当时这里多美呀！"

"轰！"一座座大楼倒了下来，震龙又开始"工作"了。我知道沉香就要开始打震龙了。一分钟后，耳边果然响起了一句惊天动地的话："笨熊，快来帮忙！"

战斗开始了，沉香就用斧头劈了震龙一下，维尼也配合得非常好。我们三个也不落后，立刻上去开打。我飞起来，用"狂台风卷"把震龙吹得睁不开眼，星队长趁机用小笼包子变出了一把大锤子，飞到震龙头上，狠狠地砸了下去，把震龙砸得眼冒金星。网球大侠还没来得及出手，震龙就已经气得头上直冒火了。维尼继续在天上用蜂蜜使劲地洒到震龙身上，让野蜂、蜜蜂都来叮它。它边跑边捂着头大声乱叫，接着就使出了分身大法，变出了四个震龙。我心里大乱，一下子从空中掉了下来，刚好掉到了四个震龙的中间。它们正被蜜蜂蜇得哇哇大叫呢，一看我掉下来了，都用疑惑的眼光盯着我。但是，很快，他们用法术的用法术，扔石头的扔石头，猛烈地向我发起了攻击。

我边躲边大喊救命，网球大侠看了着急，一下子冲下来，拽住我的头发就往上飞。我一看，到天上了，立刻摆脱了网球大侠的手，就自己飞起来了。星队长说："下次麻烦大小姐您小心点！""知道了。"我恼火地叫道。这时，一只震龙使劲跳起来抓住了飞在低处的沉香，沉香又抓住了星队长，星队长抓住了网球大侠，最后，网球大侠又抓住了我。就这样，我们全部都被抓下来了。幸亏我掉下去的时候迅速打开了保护罩，不然非被他们的石头打死不可。星队长也来帮忙了，他们两个男仙不会这招，只能躲在里面为我们加油。就在我们快坚持不住的时候，保护罩突然消失了，震龙也只有一个了，而且还在变小，原来葵花公主在这危急时刻赶来了。太好了！这下就可以打败震龙了，我四处看了看，发现了一个大石头，就让葵花公主站在上面，并拿出一把扇子给小花。现在是夏天，要是小花中暑了，那她的法力可就没了，所以还是要让她凉快凉快吧！

回头一看，嘿！他们这些家伙打震龙也不带我一个。我快速地跑了下去，捡锋利的石头往震龙的身上砸，震龙被砸得嗷嗷直叫，立即开始反抗。它虽然变小了，可站起来还是比一只黑熊高。它一边捡石头砸我们，一边企图用脚踩我们。不过这次我们可学聪明，站得远远的。我们还设计了战术：我负责射箭（我习惯随身带剑，我的剑还能变成弓箭，而且我射箭的水平还不错）；星队长负责挑比较硬或尖的石头，（星队长力气小，只好干这个了）；沉香和网球大侠就用星队长挑好的石头砸震龙。忙乎了一会，我悄悄地对网球大侠说："你到葵花公主站的那块石头旁边，一会儿震龙要撞小花，你可负责帮助小花逃走！"

"你怎么知道的呀？不能骗我啊。"

"行了，别问了，赶紧过去！"

"可是……"

"快点，我要生气了！"

我连哄带骗的，硬是把网球大侠拉了过去。回来后，我突然心生一计，拿起弓箭就射震龙的眼睛。几箭过后，果然射中了。它"啊"了一声，把箭拔了出来，箭上还挂着一个血淋淋的眼珠。

震龙发怒了，它摇摇晃晃地看了我们一眼，定了定神，就朝小花冲去。因为它知道这次彻底的失败是小花造成的，它要报仇。

震龙"哇"地大叫了一声，我们都被震住了。那一声吼，是发自内心绝望而愤怒的声音。强大的震龙从没有如此绝望过，我们都惊呆了。

等我们回过神来的时候，震龙已经快要撞到正在发呆的小花了。

葵花公主黑黑的瞳仁里清楚地映着震龙那张因愤怒和绝望而扭曲的脸，那张脸在一点点地接近，可她却呆呆地站在那里，不知道该怎么办。还是网球大侠反应快，他稍稍弯下腰，用树枝把自己藏起来，做好了一切准备。当震龙离小花只有一米左右远的时候，网球大侠大叫一声，从侧面朝小花扑了过去，一把将小花扑倒了，然后抱着小花就往我们这里跑。

在惯性的作用下，震龙往前冲了一阵，马上就掉转头又追了上来。我们把网球大侠放了过去，让他先跑到前面休息，震龙就交给我们了。

震龙虽然身受重伤，可他还是不要命地想把小花撞死，他的力气还是很大，三下五除二就把我们给打到一边去了。接着他开始拼命向小花撞去，网球大侠急忙站起来抱着小花就跑。网球大侠本来就跑得没那么快，更何况他还抱着一个五六十斤重的女孩子呢！平时不爱说话的网球大侠这时候也大叫了起来："救命啊，救命！"可惜我们也帮不上什么忙，只能在后面追着震龙。

网球大侠发现前方有一块巨石，就绕着这块石头跑了起来，震龙也绕着追了起来。我们绕着追起了震龙。真是"螳螂捕蝉，黄雀在后"啊！这时，星队长让我们反过来跑。网球大侠着急地喊道："别跑，快来帮我！"不过等我们碰面的时候，他一下子明白了，因为大家都在围着巨石转圈跑，我们反方向跑了一会，网球大侠就朝我们迎面跑来了，我们掩护网球大侠，让他跑到后面休息了。

我们把震龙包围了起来，我拿出随身宝剑，专打震龙的头，沉香用斧子使劲砍震龙的腿脚。星队长则用两条红色绸带（不知从哪儿搞来的）不断在震龙面前晃来晃去，扰乱震龙的视线，让震龙看不清我们，震龙气得哇哇大叫。

我们激烈地和震龙战斗着，突然，星队长朝后跑了，我们三个和震龙打，能打成平手，星队长一走，我们就打不过震龙了。星队长反着跑了过去，和网球大侠说了几句话，网球大侠就抱着葵花公主往一个悬崖边跑去。这时，震龙已经冲破了我们的包围圈，向网球大侠狂奔过去。而网球大侠却把葵花公主放到了悬崖边上，自己走到了一边。他的表情是那么心不在焉，突然，他不见了，只留下葵花公主一个人呆呆地站在那儿，当震龙离葵花公主只有一两米远的时候，网球大侠猛地从侧面冲了出来，一下把葵花公主给撞倒了，震龙没有刹住脚，直接冲下了悬崖。

我们跑过去往下一看，是一片汪洋大海，哪里还有震龙的影儿呢？

星队长说："据我所知，震龙掉下去一定会被大海的冲击力给拍死，如果不被拍死也会被淹死，不被淹死也会被身上的伤给疼死，不被疼死也会被鲨鱼给咬死，不被鲨鱼咬死也会被……"这时，网球大侠不耐烦了，说了一句："你真是个啰嗦的老太婆！"

"找打！"

就这样，我们在欢笑中回家了。

四、世界末日

（一）孔雀公主

竹山小学四（5）班里有一个女孩叫陈若妍，她有着一双大大的眼睛，一张小巧的嘴巴，一头乌黑光亮的头发，有时候看起来像柔顺的羽毛。她高高的个子，细长的手指，十分漂亮。

她知道的东西可多了，可是她总觉得自己表达不好，所以有同学问她问题的时候，她总说"不知道，不知道。"久而久之，大家就给她取了一个外号叫"不知道"。

在学校里，不管多难的题目，不管是语数外，还是体音美，她门门考试都是一百分。因为不管是突击考试，还是普通考试，她都会在前几天做题练习。到考试时，她就会觉得很轻松，因为试卷上的题目都是她前几天做过的。她觉得这是一种作弊的方法，就努力控制住自己，不要做题。可是如果她不做题的话，心里就会很难受。但她一做题，就是将来考试的试卷上会出现的题目。一写作文，就是考场上要考的作文。一锻炼，就是体育考试上的项目。所以她门门都是一百分，还竞选上了大队长。虽然这是一件好事，但她总觉得这事有点怪。

她家住在欣欣花园。有一天放学回家，她突然听见一阵细细的声音，接着就感觉有两根大树枝把她往一个地方推。她吓坏了，刚想大叫，就被眼前的情景惊呆了：各种各样的花和树枝把她推到了一片草地上来，让她坐下。这时，一段干枯的树枝走上前来大声说："我是牡丹花王，现在我宣布五年一度的花王选举会，现在开始！（一阵掌声响起）现在容我介绍一下这位（指着'不知道'），她和风神天女一样，都会魔法，会读心术。她可以看到任何人的真善美，并能知道别人有没有作弊，所以我们请她来做特约嘉宾。"

这时，多嘴的桂花说："对的，以前我们想请风神天女来做嘉宾，但是她太忙了。几天后，我们觉得身边还有一个会魔法的人，就使劲找，找了一个多星期呢，终于找到了！"

牡丹说："别说了，现在有请一号候选人梅花登场！"

梅花一脸得意地走上来，张口就说："嗨，大家好！我就是林和靖的娇妻——冰清玉洁的梅花！"说完还假装很害羞的样子（台下一片唏嘘声）。梅花见状，急忙说："我高达三四米，花瓣是桃红色的，花蕊较短，每朵花都有五片花瓣。家住在地下车库西门的旁边，邻居是小竹子和小松树，我们合起来就是'岁寒三友'。我清香十里，是众人夸赞的对象……"

这时牡丹花打断了正在兴头上的梅花说："说起夸赞，我才是被夸赞最多的，人们高兴了就夸你几句，不高兴了，哼，看都不看你一眼。而我呢，人们总是夸我国色天香，唐朝的徐凝曾经赞美我'疑是洛川神女作，千娇万态破朝霞。'就算你们不知道他，唐朝的刘禹锡总知道吧？他还赞美过我'唯有牡丹真国色，花开时节动京城'。看，他们多喜欢我，把我写得多好啊！"

这时，台下的一朵小野菊叽咕了一句："哼，还'花开时节动京城'呢，你现在还没开花呢！应该是'没开时节光秃秃'吧！"（台下哄堂大笑）

"好了，现在有请二号绣球花上场！"牡丹花大声喊道。

绣球花挺着黄黄的脸蛋儿登场了，它说："大家晚上好！我是绣球花，我家住在 12 号楼的两面，我的花瓣是黄色的，我的一个大花球往往是由几十个像喇叭一样的小花组成的，远看像树上结了一个个巨大的黄绣球一样。不过我的特别之处不在此，而在于我的香味。光看我身上的蜜蜂就知道我有多香了。（可不是吗？它身上的蜜蜂至少有十几只。）"它对蜜蜂说："朋友们，说说你们对我的看法吧！"蜜蜂们立即嗡嗡地唱了起来：

> 绣球花，绣球花，
> 香气浓，颜色佳，
> 每只蜜蜂都爱它！

这时，牡丹脸上有点变色了，它"切"了一声说："别以为有一些蜜蜂朋友就可以占上风了，你的花，一点儿也不好看！""我……"无名花委屈地下去了。它不明白自己犯了什么错。天真的绣球花不知道，牡丹为了再当几届花王，会不择手段的。

"现在，有请三号桃花上场！"牡丹高声喊着。

桃花粉嫩的脸蛋一下子吸引了大家的目光。

它上来笑嘻嘻地说："大家好，我就是可爱迷人的桃花，我住在 21 号楼和 23 号楼之间，我的花朵有五片花瓣，是粉红色的，花蕊较长，远看就像一片美丽的云霞。我身边经常有许多的蜜蜂围绕，所以我每天生活得可开心了。"

"够了，别说啦，时间到了！"牡丹花很是嫉妒，"现在，有请四号茶花亮相！"

茶花柔柔地说："我是欣欣花园众多姐妹推荐来的，我们都住在 10 号楼前面，我们的花瓣有大红、粉红、白色、肉色等，我们都是从十几厘米高就开花的，长大后有两三米高，我们都觉得很多花比我们漂亮，我们只是想把自己最好的一面奉献给大家罢了。"

牡丹赶紧接口："是啊，茶花就是这样的，它并不好看。下一位！"

…………

等到所有候选花都介绍完自己，牡丹马上说："现在，可以开始对我和十位选手投票了。票数最多者，就是下一届花王。"

经过一阵紧张的投票、计票后，报票员——才开始泛绿的柳树公布结果了："新一届的花王就是——"

除了茶花外，大家都用热切、期待的眼神望着柳树。

"新一届的花王就是——茶花！"

台下响起了热烈的掌声。大家把代表花王的王冠给茶花戴上，新花王选举会在欢笑声中结束了。

牡丹花永远不明白一个道理：谦虚产生美！

（二）油菜花

孔雀公主非常喜欢花，也非常非常爱外出郊游。油菜花家族的十字花姐妹邀请孔雀公主来它们家做客。孔雀公主很高兴地答应了，反正她参加过花王会，对这些事也不再感觉到奇怪了。不过她有一件事一直搞不明白：油菜花在成片开的时候特别美，为什么它们不参加花王会呢？她正好想借这个机会问一问。星期六的下午，孔雀公主就约上了"烤兔子"顾骧、"溪水老大"吴子溪和"梅花鹿"王珮璐一起去。

刚来到油菜花丛，油菜花就摇着它那黄色的小脑袋，喊道："欢迎光临，欢迎光临。"孔雀公主本来以为我们会很惊讶，因为我们并不是仙女，看到花儿也会说话、做动作，一定会很惊讶的。没想到我们一点都不奇怪，反而感觉很正常，也高高兴兴地和油菜花打了个招呼，走了进去。

其实三个伙伴都是仙女，可孔雀公主不知道。孔雀公主是仙女，三个伙伴也不知道。我们只是彼此都感觉奇怪，但我们不能问，因为仙女的身份是保密的，所以我们都以为很多小朋友都有这种能力，不足为怪！

油菜花家族向来很热情，一会儿端水，一会儿送点心，一会儿拿花凳让她们坐下，可热情了！

油菜花女王等我们吃饱喝足之后，就告诉孔雀公主："油菜花公主会带你们到处去看看。"不过油菜花女王给孔雀公主出了一道难题，她指了指周围的油菜花，说："我的女儿就在它们中间，你能不能猜一下哪个是我女儿？不许求助别人哦！"这个问题可是难不倒我们孔雀公主的，她略想了一小会儿，突然说："看！油菜花公主的头上有只珠光凤蝶！"珠光凤蝶？那可是所有鲜花的守护神啊。所有的油菜花不由自主地向公主看去，孔雀公主一个箭步冲上去，拉住油菜花公主的纤纤玉手，对它说："带我们四处看看吧！"旁边的油菜花女王还没有反应过来，旁边的三位都大笑了起来。

"真聪明！真聪明！"众油菜花感叹道。

孔雀公主说："过奖了！我们赶紧去吧！我都等不及了！"

女王现在才搞明白，赶紧说："确实聪明。真是贵客临门啊！珍珍（油菜花公主的小名），传我的命令，她们经过的地方每朵油菜花都要献出最甜、最香的蜜，这样只要她们一伸手就可以摸到花蜜吃了，顺便把上次桂花王送的100块桂花糕分给她们1/5，再送给她们5罐菜花蜜。"

"是！遵命！"

我们拎着一大包东西，边走边玩儿边吃。

金黄的油菜花在太阳的照射下，闪烁着金色的光芒，大片大片的油菜花使到处都弥漫着清雅香味。我们兴奋极了！一个劲儿地往油菜花地里钻。

雪白的衣服也被黏上了金色的花粉，我们不怕，反倒觉得很开心，因为我们有着一颗别人没有的童心。我们彼此知道了对方的仙女身份。

在油菜花地里，我们尽情地奔跑着，跳跃着，把烦恼抛到了九霄云外，这种感觉使我们感到无比兴奋。

我们十分珍惜这美好的时刻，因为我们不知道，在以后的成长路上，还会不会有这么欢乐的场景。不过我们没有发现，邪恶的想法，在一朵油菜花的心中，已经开始慢慢滋长，滋长，滋长……

一朵油菜花提议道："不如我们去将军山吧，那儿景色又好，站得高，看得远，还很好玩！"

"哦耶！太棒啦！Let's go！几个小东西，快去啦！我先走喽！哦耶，哦耶，嘻唰唰，嘻唰唰，哦耶，嘻唰唰，嘻唰唰，one，two，three，four！"吴小溪边唱边叫先跑去将军山了。

我们擦了擦头上的汗，长吐了一口气："天哪！小溪疯了！"正当我们发呆的时候，刚才那朵油菜花说："快走啦！发什么呆呀？"

"来了来了，真是朵急躁的油菜花。"

"不对呀，这朵油菜花平时很文静的。"油菜花公主皱着眉头。

"提高警惕，注意安全。"我用传音术对我们几位伙伴说。

"嗯。"大家心照不宣。

我一边跟大家说说笑笑地走着，一边偷偷地看着那朵油菜花。它也没什么不一样的，就是偶尔看我们几眼，再加上它一路上都在给我们做导游，又给我们讲了许多故事，我们便慢慢放松了警惕，开心地玩了起来。路上，我们碰到了"烤兔子"的妈咪在散步，她便和我们一起去玩了。我们摘鲜花，登高山，开心极了。

玩了一段时间，"烤兔子"的妈咪接了个电话后对我们说："啊呀，孩子她爸回来了，我先带她回去了。"

"好，再见。"

我们知道"兔爸爸"在外地工作，现在肯定是出差途中顺道回家来了。这是常有的事，我们也不在意。

我们继续疯玩。过了一会儿，我发现孔雀公主不见了，这可把大家急坏了。

小溪说："一定是兔子妈咪把孔雀公主带走了，我们接着玩吧！"但很快，我们便发现有些不对劲，因为路边的花不断组成英文短句"help me"，路上还有一行孔雀公主走路留下的亮粉。空中不时传来几声乌鸦惊恐的叫声，我隐隐约约感应到"救命……"的呼喊声。

我们小心地跟着亮粉走，走啊走，走啊走，来到了一间黑屋子前。

里面，会有什么？

我们小心翼翼地推开房门，却被吓了一跳。虽然这房子外面上看起来很小，但进去后却是一座辉煌的宫殿。更令人吃惊的是：孔雀公主竟然在一张很大、很舒服的床上躺着，不但做着香甜的梦，而且还在说梦话，比如"我要吃糖……"我和小溪真是觉得又好气又好笑，就想上去把她叫醒。

小溪走到离床还有几米的时候，突然像变了个人：原先水灵灵的眼睛、灵活的四肢、粉红的小嘴都变了样，现在变成了呆呆的双眼，僵硬的四肢，苍白的嘴巴，两眼直勾勾地望着前方，关节变得僵硬，一步步向那张床走去。

我停下脚步，吃惊地望着眼前的一切。

吴子溪不知从什么地方摸出一把剑来，正当她举起剑准备向孔雀公主刺去时，我突然大喊一声："你干吗?"小溪一下从梦中惊醒，手里的剑也掉在了地上。"我……我在干吗? 对，我在干吗?"

她看见了孔雀公主，说："哦，我想起来我要干吗了?"她趴在孔雀公主的耳边叫了一声："太阳晒屁股咯，快起床了!"孔雀公主一下就醒了，快得有点突然，把我们都吓了一跳。她一看见我们就抱头痛哭："呜——你们——呜——我都快被吓死了，呜呜——""行了行了，别哭啦，来，我们回家吧。""好吧，呜——""你也太爱哭了。""别说了吗，呜——""乖……"谁也没有发现，孔雀公主的嘴边，露出了一丝奇怪的笑容。

找到了孔雀公主，我觉得有点不对劲，就用神仙秘语报告天使姐姐，然后等待着天使姐姐给我们新的指示。可是居然搜索不到天使姐姐，不知道天使姐姐在哪，于是让孔雀公主用心灵感应问一下天使姐姐。孔雀公主对我们说："哦，天使姐姐让我们好好学习，乖乖上学。她说天下差不多已经太平了，用不着我们操心。"

"哦，那我就放心了。"

"那我们去玩吧。"

"嗯。"

（三）学习

我们一连玩了好几天，又回校上学了。我们学习语文、数学、英语等，还参加了美诗文演出的排练。

说起排练美诗文呀，我可是又乐又惨。

先说说"乐"吧。

第一，每天到最后都可以发一个又大又甜又香的梨子，特别好吃。第二，我们下午的两节课连同大课间都不用上，休息的时间加起来差不多有一节课，哈哈哈……实在是太轻松了。而排练美诗文的地方又大又有很多可以玩的东西，我们就天天在那儿玩捉迷藏、宠物游戏等，简直是乐不思蜀了。

不过也有点"惨"。我们美诗文排练的是《夏洛的网》，而人见人爱，花见花开，车见车爆胎的我竟然扮演一只鸭子！呜呜呜……真是欲哭无泪啊。因为快比赛了，我每天都忙得不可开交。另外，还要排练《小水滴》话剧，又要上补习班，又要学乐器，还要抽时间出去玩，快乐而忙碌。只是我心里常常不安，虽然爸爸妈妈不让我看电视，但我还是经常在写作业的时候听到外面电视上传来到处地震的消息。

又有很多地方开始地震了：

星期一，美国地震；

星期二，西班牙地震；

星期三，加拿大地震；

星期四，日本地震；

星期五，俄罗斯……

我越来越沉不住气，这段时间，好像只有孔雀公主能联系到天使姐姐，于是我就不断地让孔雀公主和天使姐姐心灵通话，孔雀公主永远只有一句话："天使姐姐让我们什么也别管，该干什么就干什么。"我们虽然有些不放心，但这毕竟是天使姐姐的话，又不得不听，于是我们还像原来那样过着快乐的生活。

美诗文比赛的日子临近了，谢老师抓得很紧，我也没心思想这些东西，一心只想为竹山小学争光，取得第一名的好成绩。老师也对我们的期望很高，认为我们一定能打破纪录，取得第一名。前三届美诗文比赛第一名的宝座都被实验小学抢了，这次是第四届！我们发誓一定要取得第一名。

经过老师和专家的悉心辅导，今天我们就要开始比赛了。

出发前，老师已经给大家脸上化了浓浓的妆，对着镜子，我差点都认不出自己，简直就是一脸红啊：红色的腮红，粉红色的眼影，淡粉的粉底，眉毛又画得很黑很黑。呜……简直比关公还像关公！我的头上还被喷了好多啫喱水，昨天刚洗的头啊，今天晚上又要重新洗，累死人了！不过，既然老师认为好看应该就比较好看吧。总之，好看不好看不是最重要的，能否取得一个好成绩，被评委看好才是最重要的。

经过紧张的准备，比赛终于开始了，我在舞台上展现了自己最棒的一面。演到兴处时，我潜出了灿烂的微笑；演到悲处时，我潸然泪下。表演得很顺利，只是表演后的比赛不太顺利。一共 6 分，可我们只得了 3.5 分，所以总分就只有 94.125 分。由于分数较低，我们在十所学校里，只得了第六名！

我简直欲哭无泪。

其实，比赛中出现的题我都会，如果我上场，六分我保证可以全部拿到。我是又悔又恨，悔的是我为什么不勇敢向老师推荐自己，恨的是老师为什么不选我上去比赛。不过没什么大不了的。"重在参与嘛！下次努力。"老师这样安慰着我们。

本以为美诗文比赛结束了就可以轻松点儿了，可是没想到，刚结束了美诗文，英语话剧《小水滴》又开始了。

《小水滴》的剧本是我们赏能小作家在赏能课堂上创作的，卢龙阳、谢妍、芮梦欣和我等几位创作者都是竹山小学的学生，所以演出时，就直接说是竹山小学学生的原创剧本。刚开始排练时，我们心里不太乐意，因为实在是太累了。我们一天训练两次，中午一次，放学后一次。当然，这种不愿意的感觉只维持了一个上午，因为我们知道了老师的压力很大，觉得老师也挺可怜的。到演出时间，一共只能排练八次，所以我们就放下了心头一切的不情愿和疑惑，专心致志地排练，用心练好每一遍。

很快，我们越来越喜欢《小水滴》这个英语话剧了，理由如下：

（1）身边都是一些自己非常熟的好朋友。

（2）比较轻松。

（3）老师们都很温柔。

（4）非常非常好玩。

（5）说英语时有一种自豪感。

（6）最主要的是：这是我们原创的剧本，我是剧本作者之一。

所以呀，我越来越喜欢排练这个话剧了，喜欢到什么程度呢？嗯……这样说吧，我恨不得一天 24 小时（除了睡觉和吃饭）都在这边排练才好呢。当然，这里面也有让人不愉快的事啦，因为演员队伍里有几个人怎么也演不出感觉，老师就把他们给换掉了，换上了别人，一共换下四个人，上了五个人，不过呢，这五个人确实演得挺不错的。功夫不负有心人，我们终于把这个英语话剧排练得特别特别好，我们都很自豪呢！

（四）世界末日

几天之后，我才发现了一个大问题：孔雀公主是假的！

事情是这样的：一天，我们正在外面玩，遇上了我的战友——星队长。

她看见我就跑了过来，把我拉到一边说："环保博士让我告诉你，这个孔雀公主是假的！"

"真的？怪不得我总感觉她有点怪怪的。"

"环保博士让你先不要管这个假的，变个替身让她好好陪这个假的就好了。"

"好的，那真的孔雀公主在哪儿？"

"我也不知道。"

"环保博士没有给你什么信息吗？"

"哦，对了，差点儿忘了，环保博士让我给你一封信。"

我打开了信，信是这样的：

风神天女：

你好，据我所知，现在你身边的这个孔雀公主是假的，那个抓走她的人用假包换真包，把真的孔雀公主换走了。我也不知道具体信息，只知道油菜花地里有一些线索，你们去那里看看吧。

我衷心地祝福你们，风神天女，你可不能让我失望哦！

环保博士

我看了倍感紧张，赶紧变出替身，让她去陪这个假的孔雀公主，自己悄悄地跟着星队长走了。

因为心急，飞行的速度特别快。我们飞向最近的一块油菜花地。到是到了，问题是哪里有线索呀？难道在油菜花瓣上？要不在土地上？停！会不会……我的脑海里一下出现了《神雕侠侣》中小龙女被关起来时，在蜜蜂翅膀上刻字，最后被老顽童发现的场景。《神雕侠侣》是孔雀公主最爱看的书，她一定会模仿的。这里有那么多的蜜蜂，一定有一只是孔雀公主刻过字的！可是，怎么捉呢？直接捉吧，我们肯定会被蜇的；披着风衣吧，行动又不方便，怕捉不到。唉，要是有一种可以把蜜蜂麻醉的东西就好了。麻醉？哦！我明白了，世上有一种可以让蜜蜂晕过去的熏香，我把它们多变一点出来不就 OK 了？哈哈！我实在是太聪明了。行了，废话不多说，还是赶紧变出来吧。看我念咒语：

吗哩吗哩变变变，变多一点多一点。

熏香熏香快出来，快快变出一竹篮。

"嚓"一阵白雾飘了起来,把白雾吹走后,我们就看见了这盒熏香。星队长嘀嘀咕咕说了些什么,我让她说出来,她就对我说:"这盒熏香看上去那么普通,行吗?"

"喂,你这是'以貌取物'吧?"

"好了,赶紧开工。"

"OK!"我们一手捏着鼻子,一手拿着点着的香,慢慢地向前走着。顷刻间,蜜蜂就被熏倒了一大片。我们一个一个慢慢地找着。我们找啊,找啊……这可是在烈日下呢!我的皮肤都快裂开了。

这时,星队长突然叫了一声:"真怪!""一定还有。"果然,一会儿,我们找到了六只有字的蜜蜂,把它们合起来后——"看,是'我在方山脚下'。""太好喽。"

方山,是一个景色秀丽的好地方,到处都是绿树、鲜花、小草,还有几块奇形怪状的石头,真美呀!不过,我们还要找人呢。也来不及欣赏这景色了。我们几乎都把方山脚下转遍了,可是,还是找不到孔雀公主。

正当我们心灰意冷的时候,星队长突然叫了起来:"看呐,这里有个山洞呢!"山洞?说不定孔雀公主就在里面!我跑到星队长的旁边,那里真的有一个好大的山洞。走进去一看,啊!她真的在里面!不过这时的她却没有了往日的风采:头发是散乱的,衣服是布满灰尘的、破烂的,精神是疲倦的,眼神是绝望的。孔雀正趴在地上啃草吃,她的身子被一根很普通的绳子捆了起来,她只能像虫子一样爬来爬去(拱来拱去)。她见到了我们大叫一声:"太好了!"接着便晕了过去。我走到她的身边,拿出"真假仪器"想测一下她是真的还是假的,结果我刚走近了两步,"真假仪器"突然就不灵了,再往外走两步,又好了,再走近,又不灵了。于是我想:这山洞里面一定有一种可以让魔法弱的人失去魔法的东西。我灵光一闪:哈!有了!于是我们把她背到了外面,一测,是真的!终于找到孔雀公主了!真是太棒了!

找到孔雀公主,就应该马上把她接回家。可是,我突然想到了一个大问题:孔雀公主的家里现在有一个替身,她妈咪把替身养得肥肥的、嫩嫩的,而现在孔雀公主这么瘦弱,和那个一点也不像,她妈咪一定会发现的,这可怎么办呢?

"啊哈!我知道了,不如我们就把孔雀公主留在这个山洞里吧。把她收拾一下,再把那让人失去魔法的植物或昆虫给扔掉,这样不就是一个很好的'家'吗?还可以让她在这里修炼,我们定时给她送生活用品和吃的喝的,睡觉时就变张床。至于电嘛，有了，我们发明一个全自动的电线，让它可以从任何地方吸取电能，怎样？我的主意很好吧！"

星队长说："嗯，不错，好主意！"孔雀公主也微微地点了点头，开始工作。

首先，我们先把这里的植物给除掉，接着一个个检查，却发现各种植物都没有这种魔力。后来，我找到一个小虫子，发现问题就出在这个小虫子身上，我发现这里有好多个这种小虫子，我便把它们都捉了起来，又把山洞收拾了一下，吩咐孔雀公主几句，接着，我便带着虫子飞向南京农业大学，请生物教授帮我把这种虫子的激素提炼出来，变成药水。我没有告诉他们为什么，只是变了一大笔钱给他，他们欣然同意。弄好后，我又让他们把药水再配多一点，我想以后与坏人的战斗中用得着。我正看着教授配药水时，地面突然动了起来。我出来一看，妈呀！方山这座死火山竟然爆发了！孔雀公主还在那儿呢，她会不会……我不敢再想，呼的一下飞了过去。结果路上竟和她撞上了。看来她已经恢复了。

"轰隆隆"，火山又一次喷发，烟柱直冲上天，火山口喷出的烟雾越来越多、越来越浓，直追着我和孔雀而来，我们赶紧飞着逃命。逃的时候，还要注意躲避火山口喷出的大石头。

孔雀公主说："这是不是有点像打地鼠啊？"

"这都什么时候了，你怎么联想到打地鼠了？"我差点晕倒，"小心！"

只见一块大石头正向孔雀公主砸去，我一把把她拉了过来。孔雀公主说："Thank you！"我没有回答，因为我的眼睛正盯着别处：那是一对母子，他们脚下踩的地面突然裂开了，他们整个儿掉了下去。孩子惊慌失措地大叫着，而母亲却拼尽全力把孩子扔了上去，而她却掉了下去。这就是母爱呀！

正当我胡思乱想时，孔儿（孔雀公主）突然大喊："快点啦，我还要去找我爸妈呢！"定睛一瞧，这是在哪儿呀？到处黑压压的一片，什么也看不清，"孔儿，你在哪里呀？"

"我在这儿呢！"

"哦！"我摸到了她的手，这样我就放心了，我还以为她丢了呢！"先下去看看我们在哪里。"

"好。"我们慢慢地落下去了，但是我们落了好长时间还没到底。突然，我觉得好热，心想：我们一定是落在地缝里了，说不定脚下就是岩浆呢！我急忙拉住孔儿，向上猛飞，直到感觉身上有些凉意后，才向旁边降落。虽然落地了，但我们处在一片漆黑中，都不知道自己在哪儿。烟雾弥漫中，我们也非常累，且呛得不得了。实在飞不起来了，就在地上摸索着往前走。忽然，我眼前出现了一个台子，我们俩拉着手跳了上去，靠着若有若无的微弱光线，我隐约觉得这里比较眼熟。

"这是我们竹山小学操场前的主席台啊！"孔儿高兴地叫了起来。

对啊，我是主席台上的常客，我怎么就没想起来呢？我在这里发过言，领过奖，升过国旗，有一次还是和秦老师一起发言的，我怎么就忘了呢？

"轰"的一声巨响，我们脚下的地也裂开了，我吓了一跳，急忙拉住孔儿飞了起来，我们飞呀飞呀，一直飞到了臭氧层里。这里总算没有烟了。我往下一看，隐隐约约看见地壳裂开了一条条的大口子，到处都在喷岩浆，像冒泡泡一样，真的挺可怕的。还有好多人哭爹喊娘，到处都是尸体，我实在看不下去了，我非常着急，这个世界怎么变成了这个样子？

"今天是几号啊，你记得吗？"我问孔雀公主。

"12月21日啊，昨天是我一个好朋友的生日，可惜，我没来得及给她庆祝……"

我没有听她啰哩啰嗦，我知道这就是传说中的世界末日，原来玛雅人预测的世界末日是这么开始的啊。

我突然有了一种恐惧感。

孔雀公主突然大声说："天使姐姐说，这场灾难是我们造成的，我们得赶紧穿越到过去，阻止世界末日的来临。"

"好，我们现在就去日本，彻底消灭震龙。"

五、 三次穿越

（一）战斗

穿越到日本后，我发现自己正站在一块大石头上，孔雀公主则站在另一块大石头上。我正有点纳闷这是在哪儿，突然听见了沉香的喊声："小心！"我回头一看，我的个亲娘呀！我们正在战场上，这也太倒霉了，连一点准备的时间都没有！

一阵通通的地壳震动的声音，我知道，震龙朝我冲过来了，我急忙飞起来。只见沉香向震龙打去，根据我当时的记忆，沉香应该会被震龙打晕才对。为了避免发生这样的情况，我立即喊住沉香，让他过来和我们商量一下战术。

沉香只管用一招"天堑"，这是他的二号绝招，一天内只可以用20次。用完这个后，再用"神劈"三号绝招，可用50次。一级绝招"斧山"只能用10次，留到最后用。星队长则用"金星晕烁"让震龙看不清我们，同时，震龙疼得大叫时往它嘴里扔小笼包子，我射箭（是哪吒当年用的轩辕箭哦），网球大侠则用"回旋球"，维尼喷蜂蜜，总之都别碰震龙，应该就不会被打晕了，这样应该能快点把震龙打死，不给它翻身的机会。

果然，震龙刚开始就大喊大叫（痛的），刚好给了星队长一个机会，拼命地往震龙的嘴里扔小笼包子。震龙实在有点受不了了，想闭上嘴巴，可是我们打得实在太疼了，不由自主地只想张开嘴大叫，而星队长就拼命地扔小笼包进去。我只射震龙的心脏和眼睛，因为它皮厚，其他地方射不穿。沉香和网球大侠把震龙打得吱呀乱叫。突然，我发现震龙的肚子越来越大，砰的一声，它的肚子爆开了。肚子里的内脏白花花的流了一地，肠子呀什么的，我都要吐了，看看一旁的星队长，早已吐了一堆了。沉香这个臭小子竟然还说："要不我们把这些肠子煮了吃吧，味道应该不错哦！"网球大侠这个臭小子竟然说："不行，煮的不好吃，还是烤了吧。"

哇的一声，我终于吐了。再看看星队长，震龙肠子发出的那可以把虫子熏死的臭味，加上两个臭小子的胡言乱语，两股臭气袭来，终于把星队长给熏晕了。

我实在不想再待下去了，也很想扇他们一巴掌，把他们打到西天去。但我还有一件更重要的事情，那就是检查震龙到底死了没有。

我给沉香变了一个防毒面具，让他去看一下震龙到底死了没有。他说："他当然死喽，你看，他肠子都流出来了，肯定死了。"

我说："不一定哦，震龙那么厉害，要是他逃了可就不好了。"

"嗯……好吧。"

沉香很不情愿地一步步走向震龙，他要彻底验证一下震龙到底死没死。

（二）石像

沉香突然停下脚步，站在那儿，脸上写满惊讶。震龙慢慢地飞了起来，不过它好像是平躺着飞了起来。而沉香的动作正在慢慢变得僵硬，身体在变黑。我似乎发现了一个满头是蛇的女人，她是……难道是传说中的美杜莎？那沉香不就变成石像了！

美杜莎对我和剩下的两个人邪恶地笑了。那笑声回荡在天空，回荡在树丛，回荡在小河与废墟。花儿，不再那么艳了；草，不再那么翠了；天，不再那么蓝了；树，不再那么绿了。这附近所有的东西，似乎都笼罩在一层紫色的烟雾中。只隐约听见美杜莎的奸笑声："哈哈哈哈……不久之后，我就能统治世界了！到时，这将是蛇人的世界！哇哈哈哈，你们谁也不是我的对手，谁也阻止不了我！哇哈哈哈哈，哇哈哈哈哈……"

隐约中，前面走出来一个美丽的大姑娘。她有着水灵灵的紫色大眼睛，长长的眼睫毛，红红的樱桃嘴，紫色的头发，修长的手指，蓝色的长裙，银色的鞋子，还戴着宝石首饰。我正在想这是谁时，突然响起来一阵整齐的声音："美杜莎女王万福金安！"我吓了一大跳，发现周围全是蛇人，他们都在做一个古代宫女跪拜的姿势。

什么？这竟然是美杜莎？

我非常着急，想离开这里，可是我却飞不起来。周围的蛇人也发现了我，一个蛇人已经冲过来咬住了我……

"呼，吓死我了，是梦啊！"可我总感觉这种梦怪怪的。

我揉揉眼睛，星队长正在我身边，已经睡着了。网球大侠抱着他好哥们的石像，哭啊哭啊，而且现在已经是晚上了。我推了推星队长，发现她的身体正在慢慢变凉，我忽然想到了一个词：石像！难道星队长也要变成石像了吗？我又去找网球大侠，发现网球大侠已经变成了一尊石像。奇怪，那哭声是哪儿来的？我再一瞧，我们正在沙漠，四周都是风鸣沙，哭声就是从那儿发出来的。一定是我的身体启动了休眠防卫状态，让我没变成石像。可是，现在怎么办？我用尽法力，炼了一颗仙丹给星队长吃，希望在她还没有彻底变成石像前能恢复过来。因为她会想办法，如果她醒来，说不定我们都会得救呢。

啊哈！成功！星队长醒了。我急忙向她要办法，她虽然还没搞懂怎么回事，不过，她还是告诉我们，让孔雀公主联系天使姐姐。

这时，大家才发现，孔雀公主不见了。

本来想穿越回来救葵花公主，现在不但震龙没打死，连孔雀公主也搞丢了，麻烦越来越大了。

正当我苦思冥想时，星队长突然大叫："这里有一只孔雀公主的鞋！"我上前一看，果然有一只孔儿的蓝紫水晶鞋，上面还有孔雀花纹呢。鞋尖朝着东方，鞋跟朝着西方。我认为该向西方，而星队长认为该向东方。我们先向东方走，没有，又向西方走，走了一百米后，又看到了另一只鞋，这回我们聪明了，直接飞着走（在两条路中间）。

一会儿，我们看见了一个发光处，便飞下去看，发现是一个箭头，朝着西方。箭头是孔雀公主身上的亮粉，我们继续往前走，过了一会，我们看见了孔儿被绑在一个堆放食物的仓库里，忙用魔法把她救出来，呼！孔雀公主脱险了。

孔雀公主抓紧时间联系天使姐姐，可是孔雀公主收到的信息断断续续，时有时无。孔雀公主说，她只收到了四个字"草药仙子"，就再也联系不上天使姐姐了。

真是麻烦，到哪里去找这个草药仙子呢？

（三）草药仙子

星队长说，她听过一个古老的传说，草药仙子每周六都会到牛首山采集草药。而今天是星期天，不会吧，刚好错过了呢！也不知道草药仙子住在哪里，只听说仙堂有一处最隐蔽的角落，叫作仙灵天地，在那儿可能能听到她的消息。仙灵天地？这简单！到仙堂去问一下就 ok！

于是，我找了一个比较安全的地方，先把沉香和网球大侠两个人的石像放好，防止被沙尘暴刮跑或掩埋。然后和星队长及孔雀公主慢慢地飞上了天——别问我们为什么要飞得那么慢，因为现在有沙尘暴，飞快了找不到方向就麻烦了。不过，我们还是很快就飞到了仙堂，找到了仙灵天地。

看管仙灵天地的老神仙告诉我们，草药仙子的真名叫百合，她还有个助手，叫荷花。百合的衣服是翠绿色的，而荷花的衣服是粉红色的。百合去哪里都会带上一篮子草药，而荷花都会在头上插一只荷花骨朵。有了这些打扮上的特点，我们自然就好找多了。不过，老神仙还告诉我们，草药仙子只喜欢和又聪明又善良的人交朋友，她要是觉得你们不够聪明，或者比较自私，她是不会搭理你们的。

我们道谢后，就出发开始找人。找过来，找过去，东找找，西找找。却怎么也找不到符合要求的人。

　　这时，我们看见了一个门牌，上面写着：魔幻世界。看样子里面还不错，都是一些花呀，草药呀什么的，很漂亮。我们心想：也许百合就在这边呢！我刚进去，却发现里面都是巧克力的香味，一下子就把我的馋劲给"揪"出来了。可是我们找来找去，也找不到一块巧克力，我便为这事而生起气来，一屁股坐在草地上，伸手拔了一根草，放在嘴里咀嚼起来。咦？一时间，我就像哥伦布发现了新大陆似的跳了起来，对星队长和孔儿说："你们快来尝这草啊，这草是巧克力味的！"她们一听，也纷纷弯下腰，采下小草。我又捡起一块石头。"哇！白巧克力！"

　　这时我发现了一个门，上面写着"冬"。一走进去，我就发现了一个特别的灯：是几块东西围起来的，中间有一个灯泡，那些东西上面都有一块小镜子，把四周照得亮亮的，桌子也很奇怪。不像是钻石，却像是……

　　突然，孔儿来了一句："冰棍！"是的，这屋子里的一切东西都是冰棍做的，太神奇了。有镜子的东西是"老冰棍"。这些冰都不会化呢。

　　正当我们看得出神时，突然出现了一个面相凶恶的老巫婆，也是冰棍做的，她举着一个冰棍，上面写着：把我打死，你敢么？

　　我们当然敢了！我一下子喷出了三个火球，想把她的头烧化，可她却怎么也不化。打斗中，孔儿无意中打到了她面目狰狞的头，哗的一下冒出来三个冰棍头，我们正紧张间，只见哗的一下，冰棍化掉了。

　　她也有弱点啊！

　　这时，一扇门开了，我们走进去，发现里面都是水果、麦子什么的。

　　对好吃的东西，我们一直是来者不拒，抓起来就大吃特吃，那些水果非常甜，很好吃。

　　很快，又出来了一个水果人。头是大号苹果，眉毛是豌豆做的，眼睛是瓜子，嘴是樱桃，身体是西瓜，腿是两根萝卜，脚是香蕉。

　　水果人向我们冲来。我们习惯性地打她的头（冰棍人就是这么被干掉的），可她却完全没事。我想了个办法：先喷出了几个冰球，从上到下同时开始把她冻了起来，等冻结实后，我们同时行动："1、2、3，用力推。"

　　"哗——"水果人摔在地上，"冰人"立马破碎了，裂成了好多块。

　　好啊，又一个被 KO 了！

　　这时，又开了一扇门，虽然我们知道这里面一定还是考验，不想再进去，可是也没有其他办法，这间房子又好像随时会倒塌下来的样子。

　　走！

我们小心翼翼地进门了。

这是什么地方啊？是天堂吗？到处都是香气扑鼻的美丽花朵：有玫瑰、百合、茉莉、郁金香、满天星、牡丹、茶花、桃花、杏花、梅花、紫罗兰、薰衣草、菊花、向日葵、天山雪莲、荷花……好多好多不同季节的花。我都兴奋得快要发疯了。一向最爱花的我看到这样的房屋，不高兴得要死才怪呢！我东看看，西看看，左闻闻，右闻闻，真是太棒了。

我最喜欢花了！

不经意间，来了一只蜜蜂绕着我来回转圈飞，我不胜其烦，就挥手想赶它走，但不小心把它打死了。

"嗡——"一大群蜜蜂朝我冲了过来。

天！好命苦！想要蜇死我吗？我们当然是不会被蜇死的，甚至疼都不疼，我们可都是仙女，但这些蜜蜂蜇一下死一个，地上很快就落下了一片蜜蜂的尸体。我们正呆呆地不知所措时，突然来了一只巨大的黄蜂也要来蜇我们。我一闪，他的针蜇到凳子上，可是它又长出一根尾刺，不断追着我蜇。

"真烦人，没完没了了。"

我们一边驱赶着黄蜂，一边闪躲着，我忽然发现它的腰部很细，就用随身带的宝剑，瞅准机会砍断了它的腰。大黄蜂啪的一下，倒在了地上。这一仗，我们又胜喽！

这时，又看到一扇门，我们很自觉地走了进去。

天哪！这个房间都是用糖果做的。砖瓦用的是大大的薄荷糖，桌子、椅子、家具那些用的是硬水果糖，床单则是用很大很长的水果软糖做成的。我们不客气地就地取材大吃起来。

情节很老套，又一个人出现了，这次是个男的。

传来的味道表明他是用牙膏做的。

我随手变出一把水枪，里面装的都是滚烫的热水，一下喷了出去，他果然融化了。这个考验太简单！

还是孔雀公主脑子好用。我们被折腾得晕头转向满肚子火气的时候，她说："是不是我们快找到草药仙子了？"我才反应过来，对啊，这么多的关卡考验，说不定就是在检测我们是不是足够聪明呢。想到这里，我向孔儿伸出两个指头做成"V"的样子。真是好姐妹，她也同时向我扬起了右手食指和中指形成的"V"。我们相视一笑，对通过考验信心百倍。

前面闪过一道金光，一个牌子上写着："你准备好接受下一个挑战了吗？"

我们齐声说："Yes！我们准备好了。"

哗的一下，这个房子突然又射出一道道耀眼的金光，刺得我们睁不开眼睛。等我们定下神来，却发现已经不是原来那个房子了，我们在一个长长的通道里——不对，是三条通道，每个通道尽头的墙上写着一句话。

第一个上面写着：这条路通向出口。

第二个上面写着：这条路不通向出口。

第三个上面写着：第一条路不通向出口。

旁边还写着一行小字：只有一个出口，只有一句话是真的，答错回到原处。

"哦，I see！给我们出题呀。"

"哈，逻辑题，我的专长呀！"一直没说话的星队长突然来了一句，差点儿吓死我呢。孔儿也被吓了一跳："嘿！你想吓死我们呀？"

"好了，不要说了，星队长你快说说你的答案吧。"

"好啊，应该去第二条路。"

"为什么？"

"那上面不是写着吗？只有一句是真的，第一句和第三句自相矛盾，有一句一定是真的，那么第二句一定是假的！"

"哦，确实呢。"我们就走向第二个通道。

走了一会儿，出现了一个岔路口，我们正东张西望在四处找牌子、标志物什么的，突然蹦出一个稻草人，他开口道："我可以帮你们指路，但是你们要回答我的问题才可以。"

"好！成交。"

他开始问了："什么越洗越脏？什么永远吃不饱？"

我想也没想，说："分别是水和空气。"

"恭喜你，答对了。"于是他指向了其中一条通道，我们说了一声谢谢，就进去了。

走啊走，走到了一间小房子，里面有一个丑姑娘、一个漂亮姑娘，她俩中间站着一个魔鬼。

魔鬼问道："你们说哪一个比较漂亮呀？"

我抢着说："我喜欢美的。"

孔雀公主给我使了一个眼色："不，丑的。"

这时星队长朝我们摇摇手，若有所思地说："你喜欢的就是最好的。"停顿了一下，她又强调："我说的答案是我们共同的最终答案。"

"第三个娃娃答对了。如果你喜欢美的，我会杀了你，因为我爱丑的；如果你喜欢丑的，我也会杀了你，因为你在说假话。你们总算保住了小命，恭喜你们，继续走下去吧。"魔鬼脸上挤出了比哭还难看的笑容，"下一关你们会哭的。"

面前出现了三个门，一旁插了个木牌，上面分别写着：安全门、死亡门和随机门。魔鬼说道："随机门一直在生与死之间切换，走错的后果你们应该能想到。能到这一步，说明你们智商还不错，但这一关没有提示，谁生谁死全凭运气，一步踏错万劫不复。"

这可把我们急坏了。因为不管怎么走，我们之间至少要死一个人，这可是绝对绝对绝对不可以的。我和孔儿与星队长的交情不用说，孔儿与星队长虽才相处了几天而已，可她们已经有了深厚的感情。

虽然木牌上说了没有任何提示，但我们还是想找找看。可是结果却令我们十分失望，这回我们更加着急了。就这样等了很久，我终于不耐烦了，长叹了一口气之后，大声宣布："这样拖下去也不是个办法呀！这样好了，我走中间的门，孔儿走左边的，星队长走右边的。我们中总有一个可以活下来，活着的人别忘了把'石像'治好，然后替牺牲的队友向他们问好并告别。别拖了，走吧！"她们纷纷同意，我们便含泪走向各自的门。

忽然，听见孔儿大叫一声："停！"我们吓了一跳，都向左边转去。孔儿眼泪汪汪地说："伙伴们，有可能这是我们最后一次见面了，以后要照顾好自己啊！"

"好！"我们将手搭在一起，"不论生死，友谊永不变！"接着，我们再度走向自己的门，心一狠，眼一闭，牙一咬，把手一转，迈出一步后，顿了一下，哗地冲了进去。睁开眼一看，咦？这是怎么回事？我发现我们竟站在同一片草地上，面前还有几只小兔子在跳呢！我们惊呆了，抱在一起，又哭又笑。

这时出现了一位老爷爷，他看着我们说："孩子们，你看前面就是草药小屋，可是你们需要几把钥匙才能开门，若想取钥匙，那就随我来吧。"

我们跟他走进了一个小屋，刚进去，就听见一声："开始！"我们往上一看，哇！找不同呢！太棒了，这幅图是两个美女站在沙滩上，有 5 处不同。我们一下就叫了起来。

"那里。"

"那儿。"

"还有那儿。"

…………

一会儿就被我们找完了。

我们正准备找第二幅图的时候，孔雀公主忽然说："老爷爷，我能不能请教您一个问题啊？"

"我知道你要问什么问题。"

"你知道我要问什么问题？真的吗？"

"你想问为什么那边的三个门上写得那么可怕，可是，实际上每一个门都没有危险，对吗？"

"您也是神仙吧？太厉害了！"这时，我也在想，这个门上的题目确实有些变态，难道是仅仅为了吓唬人吗？应该不会吧。

"风神天女说对了，确实不是这么简单。"老爷爷说话了，把我吓了一跳，原来，他会读心术啊。"世间有很多人做事情拖拖拉拉，优柔寡断，其实，很多事情只要抓紧时间努力奋斗，就都能成功。可是很多人却在那里思来想去，没完没了，最终一生中什么事情也做不成。站在那道门前，如果你们前怕狼后怕虎，不敢行动，那么你们就完蛋了。很多事情都这样，大不了就是失败。失败了再来，也比磨磨叽叽地瞻前顾后好。"

星队长有点着急了："你们还答不答题了，这个找茬的题目可是有时间限制的。"吓得我们赶紧去看第二幅图。

第二幅是两篮水果。

"那个苹果。"

"那个梨。"

…………

可我们怎么也找不到最后一处。找了老半天，眼看时间就要到了，星队长叫了起来："找到了，那个水珠。"啊？不是吧，这么隐蔽？

我鄙视出题的人！

第三幅好找，是一个凯蒂猫，一会儿就找完了。

亮光一闪，三把钥匙悬空出现了，悬浮着，转啊转。

"啊！这么简单？"

"好像是的。"

一把粉色的钥匙，粉得像彩霞一般；一把是翠绿，绿得像猫眼石一般；

另一把是蓝色的，蓝得像大海一样。我们一人接住一把，出了小屋，便向着草药小屋走去。到了后，我们却发现只有一把钥匙孔，孔儿说："要不这样吧，我们轮流插进去，看看行不行。"

"OK，我先来。"热情的孔儿第一个把钥匙插了进去。

孔儿轻轻叫了一声，我一看，那个钥匙一插进去，就被吸进锁孔里不见了。观察了一会，见没有什么动静，我和星队长也就小心翼翼地把钥匙插了进去，然后，钥匙也都被吸进去了。

"哗"的一声，那扇门打开了，里面放出了一道道金光。

终于通关了。

我们兴奋地揉着被金光闪花的眼睛，一起迈进大门，却都感觉到自己撞在"墙"上了。

一个赤发獠牙的大恶魔堵在门口，它手捏着一把大斧头怒气冲冲地吼道："未经允许，谁敢闯进美丽善良、聪明机智、可爱智慧的草药仙子的小屋，我就砍掉她的手！"

"你是谁？"我大着胆子强装镇静地问道。

"我是草药仙子的守护神。没有她本人允许，谁进来我就杀谁！你们不知道这个规矩吗？"

孔儿说："为什么？那个老爷爷说我们可以进来的呀！"

"我才不管是老爷爷，还是老奶奶呢！"恶魔盯了我们一会儿后说，"看你们都是漂亮的小姑娘，我特别开恩——谁第一个插钥匙的，我要砍掉她的手，其他人可以得到饶恕！"

孔儿下意识地往后退了一步。文静的星队长却上前一步："我先插钥匙的，那就砍我的手吧，别难为我的朋友们！"

星队长微微抬起头，一脸豪气，眼中流露出勇敢的光芒。可她的手却在不停地颤抖。她把手往前一伸："来吧！"

恶魔怔了一下，随即举起斧头。

眼看斧头就要碰上孔儿那双细嫩的双手，我飞快地伸出风神刀架住魔鬼的斧头。

刀碎了。

要是在平时，我一定会哭，可是今天，我什么也不管不顾了。

我冲到恶魔面前，大声吼道："你这么大，欺负一个小女孩有什么了不起的？有本事我们打一架啊，看看谁胜谁负。孔儿，把你和星队长的魔法都传给我，我就不信本姑娘治不了这个不讲道理的门神！"

我话还没说完，就被恶魔抓住领子高高地拎起来了。我的魔法一点也没有用，看起来，我的两位伙伴也一样。

"你说什么？"恶魔发怒了，"萤火虫也要和太阳比亮光吗？"

我两眼一闭："我输了，我先插钥匙开锁的，你就砍我的手吧！"

文静的星队长突然也咆哮了："又不是什么好事，逞什么英雄啊！一人做事一人当，这有什么好争的。孔儿虽然喜欢打打闹闹，但法力最弱，如果手也没了，以后怎么练法术？天女法力那么强，没了手，以后谁来保护大家？不是自己做的事情就不要强出头，我先开的锁，就砍我的手好了，别忘了我们还有很多事要做，哪有时间像你们这样婆婆妈妈的！"

孔儿拉起衣袖，露出手腕并抬起胳膊对恶魔说："我先开锁的，别听这丫头胡说。"

我把她俩往后一拉说："你们烦不烦，往后退……"

"行了！一人砍一只手，全砍了！"魔鬼不耐烦了，"没见过这种群体傻瓜。"

"好！我们共进退，来吧！"我们齐声说道，边说边举起胳膊。

恶魔高高地举起斧头，使劲砍了下来……

我们三个人挤在一起，齐声尖叫。

这时，眼前又一道金光闪过，恶魔不见了，一个女孩子出现了。

——她就是草药仙子。

"你们很聪明，很勇敢，还互相关心同伴，通过了所有考验，我一定帮你们。"说着就把早已配好的草药递过来。

我看着大家完好无损的双手，伸手接过了一小包草药。

"你们只要把草药捣成糨糊，抹在石像的嘴上就行了，别忘了你们要救的人现在可不会张嘴哦。"

"太谢谢了！"

经过了"砍手"的考验，我们变得更加亲密无间了。

(四) 烦人

沉香和网球大侠都救回来了，可是我们现在却不知道该做什么了。我们暂时还不能直接回去继续上课，因为葵花公主还在床上沉沉昏睡。

留在这个时代？可是，我们该干什么？该从哪里着手呢？

我每天都很烦躁。

这一天，我的心情还是很糟糕，就让星队长和孔儿陪我出去转转。星队长忽然对我说："唉，天女，我们把沉香和网球大侠也叫上吧。"

"对，他们两个在，说不定还能帮我们干点什么。只是不知道他们吃了草药仙子的仙药后，恢复得怎么样了。"

我们先去了沉香家。可是沉香妈妈说他不在家，我们只好再去找网球大侠。

飞到半路，一个女孩子挡住我们的去路。她长得弱弱的，好像风中摇曳的一根芦苇。

我们恢复成原形，慢慢地向她走去，却隐隐约约听到那女孩小声说了一句："莎卡莎卡，彩云迷宫。"当时我们就愣住了，那是一句可以变出超级复杂迷宫的咒语，难道她也是仙女？

四处望了望，猛然间发现我们已经身处迷宫。等我们费了九牛二虎之力走出迷宫的时候，天已经黑了。

那个女孩——不，应该是那个女子，依然站在那儿。还没等我们开口，只听见耳边传来一句："卡咪莎哆，梦幻世界！"我们四周突然出现了火焰。

我们经受着炙烤，却摸不着头脑。火，怎么也灭不掉，虽然没烧到我们，但这种"烤肉"的感觉实在不舒服。

我本来心情很不爽，遇到这些鬼事情就更加烦躁。星队长不断对我说："淡定，淡定，现在是战斗状态。这就是在向我们宣战。"我的心情也就慢慢平复了。

那个女子幽幽的"美妙"声音再次出现："千万别喝水，否则变玫瑰。"

火势突然变大，我们被烤得口干舌燥，感觉自己很快就要变成红烧肉了。这时，面前突然出现了几杯水，还加着冰块呢。星队长迷迷瞪瞪正要去拿，孔儿猛地一下就把那些水打掉了。

星队长生气了："你干吗？"

孔儿说："你没听到吗？千万别喝水，否则变玫瑰。这水能喝吗？我们会变成玫瑰的。"

面前忽然出现了很多杯水，我们三个都有点忍不住了，星队长用力咬着自己的嘴唇，直到把嘴唇咬出了血。我使劲地忍着，忽然眼前一黑，便晕了过去……

不知过了多久，我醒了过来，却发现我们在一座小木屋中，木屋虽小，却布置得很温馨。

天空又飘来了那个女孩的声音："请记好屋子里物品的摆放位置，20秒后自动开始。"

"什么意思？"我正在纳闷，星队长忽然大吼一声："管它呢！我们先观察观察吧！"还没说完，大家就意识到了，这又是一种莫名其妙的考验。大家默默观察起来。每个人记的方法有所不同：我是用思维狂想法记忆，孔儿念念有词用手机把位置一一记下来，星队长学过素描，直接画图。

顷刻间，屋子哗的一声变了样，所有的家具都横七竖八堆在了一起。

我们纷纷拿出自己的成果：孔儿的录音不够详细，星队长的图画模糊不清，只有我的思维法还顶点用。可我也有点问题，虽然我自己的房间常被搞得乱七八糟，我常常因此遭到妈妈的责骂，但我看到别人的屋子乱七八糟就会头晕，思维就会乱。而现在的屋子就非常乱，所以我也一脑袋糨糊。后来我闭着眼睛努力回想，把每样物品的位置一一报出来，由她们俩放置，这个办法不错，我们很快就完成了。

房间复原后，那个女子出现了，她抬起手臂又准备念咒。我急忙向她喊道："你为什么要和我们过不去？"

她听后，反倒问我们："你们是谁啊？"

"我是风神天女，这位是孔雀公主，那位是星队长。"

"哦，原来是你们啊。这是我管理的地方，昨天我们云朵族的老祖宗云朵彩凤过来了，她说这段时间坏人很多，所以要加强防范。但是风族的风神天女，鸟族的孔雀公主和人族的星队长会经过这里，一定要让她们过去。"

孔儿恍然大悟："原来是这样啊！"

星队长也笑着说："这才是不打不相识啊！你的功夫很强哦！你是谁？"

"就叫我云朵仙女吧。"

"云朵仙女，这名字真好听。你跟我们一起走吧，很有意思的。"

我也紧接着说："是啊，是啊，要不你加入我们吧！"

"可以喽！"

大家都很开心，因为我们又多了一个伙伴！

赶到了网球大侠的家，网球大侠的妈妈也说他不在家。

这就有点奇怪了。

我开启了心灵感应器呼叫沉香，一接通我便问："你们在哪儿呀？"

"我们在环保博士的山洞，环保博士被抓了！"

"被谁抓了？"

"可能是美杜莎。"

"有证据吗？"

"有！你们来了就知道了。赶快来！"

"我们马上就到！"

通完话后，我急切地对她们说："快走！环保博士被美杜莎抓走了！"

云朵仙女问："环保博士是谁呀？"

"回头再告诉你吧。一时半会儿说不清。"我一边说一边带着她们朝方山上环保博士的洞府飞去。

一进门，便看见了网球大侠和沉香被困在环保博士洞府的屋子中间，周边地上爬满了各种毒蛇，都在蠢蠢欲动。沉香和网球大侠虽然力大无穷，但都很怕虫子、蛇之类蠕动的小动物。他们正惊恐万分地撑起保护罩，让毒蛇不要咬他们。我和孔儿一起发出火力把毒蛇赶走，他们一下子瘫坐在地上，身上开始变紫，这是法力耗尽的标志！神仙的法力只要耗尽，就会退化成凡人，严重一点还会死掉！于是，我们赶紧给他们输送法力，等他们稍微恢复后，我们把手搭在一起，郑重地说道："向美杜莎的老巢进军！"

我们很快飞到了美杜莎的山洞前，可是当我们用魔法把山洞的石门震开后，却发现里面什么也没有，往日的那些小蛇怪呀、土狼呀都不见了，就连桌椅板凳什么的也一件不留。

这是怎么一回事？

一瞬间，我们六个人几乎同时说出了一句话："他们搬家了！"我们全部恍然大悟。

"愣着干吗？去找她！"

我们飞到了天上，却不知该从哪儿找起了。这时，云朵仙女拿出一个小巧的笔记本，对我们说："没见过我这个宝贝吧？这是专门寻找人的。只要在这个地方……"她指着一个小方块："输入要寻找人的名字，他就会显示出这个人在不在这个地方。"她边说边输："现在我就输入'美杜莎'，这样它就可以显示美杜莎在不在这里了。"我们看着云朵输入美杜莎，上面显示"查无此人"。网球大侠说："看来美杜莎不在附近呢！"

沉香开口道："美杜莎那么坏，我一定要让她下地狱。"

我灵机一动："对啊！美杜莎那么坏，我们不如去地狱去看看，说不定会有消息。"

大家异口同声地说："好！"

下一个目的地——地狱！

（五）阿西

说起来容易，真到了地狱，我吓得起了一身鸡皮疙瘩——地狱实在太可怕了。

到处漆黑一片。

实在看不到路了，我们拿出照亮棒，就被吓了一跳。"四周怎么都是这种白白的圆球，还有洞洞，就像保龄球。"网球大侠边看边说。

就像拿保龄球一样，我拿起一个白球准备观察。

"啊——"我惊叫一声，赶紧把白球摔到地上。这把他们几位吓得不轻，孔儿和星队长都跟着一起尖叫起来。沉香弯下腰，用照亮棒一照，也叫了起来。我们正站在一堆白骨中间，那些白球，自然都是骷髅。

我们不由自主地都被吓得往回退。

我感到背上突然被一个硬邦邦的东西顶着了，赶紧转身，胆战心惊地一看："啊！！！"我失声惊叫起来。居然是一个还在动的骷髅——不，是一副比较完整的骨架。

胆小的星队长差点被吓晕过去。

那个骷髅头竟然会说话，还跟我们打招呼："你们好，我是地狱之子——阿西。"

"啊！你不要杀我们！"网球大侠一脸惊恐。

阿西的声音非常和善："我是来请求你们帮助的。"

"帮什么？"沉香故作镇静地问道。

"我虽然是地狱之子，拥有至高无上的权力，可我的父王——地狱……"

孔雀公主突然后退，并打断阿西的话："你离我们远点！"

我用手势制止住孔儿："停！等等。地狱？你父亲？什么意思？"

阿西发出和善的笑声："呵呵，可能有点误会。我的父王名字叫地狱，这个地狱不是那个地狱，那个地狱是我们的家，而这个地狱是我的父王。两个'地狱'是不同的，这个地狱是鬼名，而那个地狱是地名。"

虽然阿西努力想表达出自己的善意，可是我们还是觉得有些恐惧。他的话把我们搞糊涂了，星队长已经淡定下来了："你需要我们帮你什么?"

"我父王太坏了，每天要杀成千上万的人……他太坏了，我想离开他，去过正常人的生活。"

我们看着他，心有余悸地说："嗯……要不你和我们一起吧，我们正缺帮手呢。"

"好啊！那以后我们就是朋友了。"

孔儿迟疑了一会儿说："我们不是看不起你啊，我们女孩子确实胆小，你能不能变得好看点?"

"当然可以，我平日就隐身和你们同行吧。"

"Yes!"

阿西有一只神兽，是一只大大的乌鸦，名字就叫——黑豆！虽是乌鸦，可却非常温柔，目光像小羊一般温和。因为阿西有只可爱的黑豆乌鸦，网球大侠和沉香两个贪玩鬼羡慕不已，他们俩也到魔法森林深处收罗了两个神兽。

网球大侠的神兽是一匹雪白的马儿，非常漂亮，名字就叫——黄豆！那匹马儿漂亮极了，额头上有一颗蓝色的大宝石，蓝光闪闪。

沉香的神兽是一只狮子——狗！它还有一个"霸气"的名字——绿豆，它全身的毛都是银色的，没有一根杂毛，放在雪堆里几乎找不到它。

我点了一下人数：我、网球大侠、沉香、星队长、孔雀公主、云朵仙女、阿西。OK！到齐了！

星队长爱动脑筋，她在想下一个目的地了。

星队长问阿西："你知道美杜莎在哪里吗?"

"不知道。"

"那你知道美杜莎是一条什么蛇吗?"

"水蛇!"阿西答道。

我说："那我们去有山有水的地方找吧！"

阿西说："她爱臭美，喜欢山清水秀。"

"桂林山水甲天下，我们去桂林吧!"

"好主意!"

(六) 再战美杜莎

桂林的山洞真多，这是我的第一印象。

我们正一个山洞一个山洞地分开来找线索时，沉香忽然大叫一声："啊！"我们赶忙过去一看，发现沉香正呆呆地看着前面，眼前的景象让我们大吃一惊。

美杜莎拿着一双"金银筷"，轻翘兰花指，身上居然穿着美丽的唐装。当然，她的下半身也变成人腿而不是平日见到的蛇尾巴了。此时，她正非常优雅地吃着面前的山珍海味。看到我们到来，虽然表现得处变不惊，但身上却已经慢慢变成战斗装了。我们也很快做好了战斗准备。

战斗开始了！

云朵仙女首先使出一招"彩云追月"。顷刻间，天空现出七彩光芒，天上的云朵化成了一条龙的形状，扑向美杜莎。没想到美杜莎只是轻轻一挥手，那条龙便烟消云散了。

美杜莎回了一招"群蛇乱舞"，差点将一直在旁边跃跃欲试的黑豆打倒。黄豆冲上去，扬起前蹄，朝美杜莎猛扑过去，可却被美杜莎自身的强大自卫能力反弹了回来，黑豆感觉到自己的前蹄都快要断了，疼得"哇哇直叫"。

见到美杜莎强大的功夫，我觉得这样也不是个办法，便把大家召唤过来，一边躲着美杜莎，一边小声地商量着对策。

网球大侠说："美杜莎很厉害呢，要对付她可是件难事。"

星队长说："对，只能智取，不可硬拼。"

我边想边说："我们先这么安排一下。啊——"

原来是美杜莎吐出了一个大火球，差点烧着我，孔雀公主推了我一把，我叫了一声，避开了，可是火球却打到了孔雀公主身上。她忽然全身抽搐，脸色发白，身上轻轻燃起了淡蓝色的火焰，随后一步一步迈着僵硬的步子，向美杜莎缓缓走去。我一下子急了，这是被控制的表现！我拉住了孔雀公主，可刚碰到她，就感到全身发麻。便急忙把手抽回来，万一我也被控制了，那这个团队就没有主心骨了。同时，我也制止了其他打算冲上去救孔雀公主的伙伴们。随后大喝一声："全体撤退！"

见他们都不想走，我又大喝一声："快点撤退，难道你们想被控制吗？"他们心里也都知道撤退是无奈之举，只好向后飘去。

退后大约一两百米，我轻轻告诉大家："把飞行声放小点儿，全体隐身，快，跟上！"

"哦，原来如此！"

我们悄悄地飞在美杜莎的背后，而美杜莎则带着被控制的孔雀公主走着，

穿越

丝毫没注意到我们的跟踪，我们看到她进了一个山洞。

网球大侠和沉香想冲进去，星队长一把拦下："不行啊，我们实力不行。"

"对，我们就在这儿先休息一会儿，等一下再进去好啦！"云朵仙女也说道。

"好吧，等会儿再去！"

坐下没几分钟，就听见一阵巨响，原来是美杜莎换了一身战服出来了。

我大叫一声："美杜莎，来吧！"同时，我使出"狂风卷月"把美杜莎头上的"美莎蛇"吹得竖了起来，可这对她一点儿伤害都没有。云朵仙女紧接着使出一招"云如狂龙"，天上的云都集中在云朵仙女的手中，云朵仙女努力用手一推，一条巨龙腾空飞去。可美杜莎只是看了看，并挥了挥手，云朵的这一招就被化解了。看到这样子，我们只能三十六计"走为上"计了——跑啊。

回到秘密基地（一个隐秘的山洞），把受伤的伙伴医好，我们又聚在一块想办法。

"到底怎样才能打败美杜莎呢？"

"要赶快想出法子，环保博士还在她那儿呢！"

"烦死了，去外面边散步边想吧！"

走着，走着，星队长突然像触电似的跳起来："我接收到环保博士的信息了！"

"啊？他说什么？"

"他说：'我在竹山小学，你们快来，我快不能呼吸了！'"

我们二话不说，马上向竹山小学飞去。

到了竹山小学，我们发现原来那么宏伟的校门竟然爬满了绿色植物，透出一股阴森可怕的感觉。我们走进去一看，学生正在上课，但有两三个蛇人正在校园里荡来荡去。我们心想：一旦下课，学生们出来，那……

不管了，先去找博士，找到后再去阻止蛇人！

我们小心地走着，尽量不引起蛇人的注意，走了一段路后，网球大侠忽然大叫："沉香，你去哪儿啦？别瞎闹了，快出来！"我们这才发现沉香不见了，于是按原路走回去找。突然，走在前面的云朵仙女掉进了一个大坑里，瞬间，坑复原了。

我随手抓了块石头，给它施加了魔法，随即扔进坑里，坑又打开了。我以迅雷不及掩耳之势，用魔法哗地把云朵仙女提了上来，意外的是，沉香抓着云朵仙女的脚，也被提了上来。云朵和沉香都大口喘着粗气，过了一小会，沉香边喘边说："环……保博士……也……在里面！"

我急忙又扔了几块石头，使出法力，可怎么也拉不上来。"哗——"洞口复原。沉香说："环保博士被铁链拴着！"

云朵仙女说："这个洞可以吸食法力，环保博士已经昏倒了！"

"这样我们还怎么救人啊？"网球大侠快哭了。

我们焦急万分，但一筹莫展。

"丁零零……"下课了，同学们都涌出了教室。

可怕的一幕终于发生了。

蛇人咬人，人变蛇人。这样反复循环，整个竹山小学的学生和老师都变成了蛇人。不少蛇人冲出校门，跑到校门外，跑到竹山路上，见路人就扑上去咬一口，被咬的路人很快就变成了蛇人，然后又开始到处找人去咬。

我的心里"拔凉拔凉"的。我知道，整个世界会变成蛇人世界的！美杜莎将很快统治整个地球。

我绝望了，我无助地看着这一切，心如死灰。

天使姐姐呢？为什么这么长时间没见到她了。

我正在发呆时，云朵仙女突然说："天使姐姐专门派我来告诉你们，这个结果是由你们胡乱穿越造成的，赶快穿越回去，时间久了就变不过来了。"

"你怎么现在才说？"

"我看到你们确实都很厉害，觉得结果应该没有天使姐姐说得那么严重，结果……"

"你真是胡闹！"

"别说了，快回去，否则就来不及了！"

"那小花……"

"葵花公主昏迷是因为她的魂魄被打散了，你们把她被打散的魂魄找回来就好了。现在来不及说了，拿着这封信，回去了再看。唉，赶紧回到你们的世界去！快快快！"

"快点，大家手拉手。快点！"

我马上开始念口诀，穿越瞬间完成。

我去看了看仍然躺在床上的小花，对着惊魂未定的伙伴们说："睡个好觉，明早开始行动！"

"好！"

魂　魄

　　风神天女带着团队一次次回到过去，希望能改变已经发生的事情来挽救葵花公主，但对过去一次次的改变却带来非常严重的危害，天使们苦恼不已。

　　在云朵仙女的帮助下，小天使们终于知道了葵花公主昏迷不醒的深层原因，为了唤醒好朋友，他们经历了重重艰难困苦和误解、背叛，在成功将要到来之时，风神天女猛然意识到，自己深陷巨大的阴谋漩涡中。

一、 云朵仙女的信

送走了他们后，我拿出云朵仙女塞给我的信，上面写着：

风神天女：

天使姐姐知道葵花公主受伤的事情，但因为情况特殊，她不便自己出手，于是委托我向你们传授解救方法。

天使姐姐告诉我，葵花之所以昏迷不醒是因为被震龙撞散了三魂七魄。三魂是指天魂、地魂、命魂，七魄是指天冲、灵慧、为气、为力、中枢、为精以及为英。一个人要健康活着，三魂七魄缺一不可。当所有魂魄都散去时（彻底的魂飞魄散），人也就死掉了。根据葵花的情况判断，她应该还剩了一魂一魄在身上。不过，她虽然不至于死掉，可却昏迷不醒，不会醒过来。

我为你详细介绍三魂七魄：

三魂是一种精神存在，人去世后，三魂会归于以下三个方向：

天魂归于空间天路。天魂就是人的良知，它是不生不灭的。天魂和人的肉体因果牵连，肉体死了，就不能归宗了，只好到空间天路的寄托处，暂由主神代为收押。

地魂回地府到达地狱。由地魂可知主人前生后世的一切之因果报应，人活着时地魂能指使人的善恶行为，所以肉身死亡后，地魂再到因果是非之地，或者进入轮回，或者就在地狱受苦。

命魂徘徊于墓地附近，在世上游荡。因为生前某些事未了，有时候命魂还会给世间人托梦。

人生在世时，天地二魂有时会出窍在外，唯有命魂一直和主人在一起。

人死后三魂大多时间都是分离的，直到再度轮回时，三魂才会重聚。

再说七魄：

七魄中包括两个天魄、两个地魄和三个命魄，阴阳相应，一般情况下从不分开。但若人的身体虚弱气血不足，或受到重大的精神打击，或受到外力的猛然冲击，七魄也会部分离开主人肉身，此时人就会显得萎靡不振，严重的就会长睡不醒，有的世界把这种现象叫做植物人病。

七魄引发人的喜、怒、哀、惧、爱、恶、欲，它们和人的肉身相依相随，肉身死亡，七魄也消失。如果三魂转世，新的肉身会产生出新的七魄。

不管起因是什么，那些暂时离开主人的魂魄就在主人附近漫无目的地飘荡，等主人的阳气渐盛时，这些东游西荡的魂魄就被主人的肉身吸回去了。这个过程和你们小时候玩过的磁铁吸铁屑一样。但若主人长时间聚不拢阳气，那些飘荡的游魂野魄越飘越远，也有可能再也回不去了，这时主人的身体就再也不能完全恢复健康了。如果主人的阳气继续消散，原本附在主人身上的魂魄还会有新的离开，所有魂魄都离开主人，主人就死了。

有一种特殊的例外：如果主人的灵力很强，魂魄很难离开主人，因为它们彼此间引力也很强。可是若有强的外力把这些魂魄打散，飘散的魂魄会很快附在别的灵力也很强的人身上，出现这种情况后，吸附了额外魂魄的人的能力会变得更强。你们的葵花公主应该就是遇到了这种情况。

所以，你要找到葵花被撞散的魂魄很不容易，因为人家原来就很强，现在更强。如果你找到了这样的人，要用魔法绳多捆两道，他才不会挣脱。为保险期间，找到魂魄寄托者，最好先送到天牢看管起来，在天牢外再施加魔法封印，他们才不会逃脱。"魂魄"找齐后，要把这些人一起放到太上老君的炼丹炉里炼半个时辰，就可将魂魄从吸附者身上逼出（吸附者不会受伤）。同时，要有人守在炉旁，开炉时把魂魄装进水晶瓶，用有魔法的樟木塞子塞住，拿到葵花身边，在她心口处打开瓶子，魂魄就能进到她的体内，葵花便可恢复。不过此时她处于失忆状态，她头脑中没有关于过去的记忆。

事情很紧急，你们必须在×月×日救醒葵花公主。她醒来时，你一定要在她的身边。切记切记！这有关人类的生死存亡。

我来自未来，虽然知道你会遇到困难，但我不能在这个时空里多帮你，我只能提醒你一句，葵花的三魂七魄中只有命魂和天冲还在，也就是说，你们要去找其他的两魂六魄。这一切只能靠你自己。

拜托了！

那么，行动吧，希望你好运！

云朵仙女

我合上信，开始想办法。

二、 天魂

（一）花花森林

第二天早上，孔儿和星队长就来找我了。我问："其他人呢？"

孔儿说："人太多了，麻烦，就我们三个去找吧！"

"也行！"

"对了，你想出办法了吗？"星队长问。

我皱着眉头说："没有，昨天想了一晚上，没想出来。"

我们安静地坐在家里想了一会儿，孔儿突然说："唉，小风，三魂七魄的名字分别叫什么？"我把云朵仙女写的信交给她们。她们看完，我说："我们先从天魂开始找吧！"

话音刚落，星队长和孔儿同时喊出了两个字："天兔！"

我奇怪地问她们："为什么说是天兔啊？"

孔儿说："大姐，'天魂''天兔'不都有个'天'字吗？"

星队长说："反正我们也不知道该找谁，就从天兔那儿瞎碰呗，反正找错了也没什么损失。"

"额，好吧！"

我立刻分配了任务：孔儿去买胡萝卜——虽然真正的兔子好像不喜欢胡萝卜，但我们的天兔小姐却是真的喜欢吃胡萝卜，也许是小时候童话故事听多了，为了让自己名副其实，就自然而然地喜欢上了胡萝卜。我又转向了星队长："你10分钟内写一篇稿子背下来。"

星队长问："什么稿子，干什么用的？"

"就是用你那迷死人不偿命的声音，说出能让天兔感动得可以主动跟我们走的话！"

"好吧。我就知道老实人会受欺负！"星队长假装委屈地撅起嘴巴。

"你干吗呢？"孔儿说。

"我去拿向阿西借来的魂魄测试仪。"这个魂魄测试仪时灵时不灵，但总比没有强。

五分钟不到，大家就集中到我家。我笑着说："不错，效率很高嘛！"我又转了转眼珠："你们知道天兔住在哪里么？"

"嗯，好像住在森林里。"

"哪座森林啊？"

孔儿说："用智能寻人仪找一下呗！"很快，寻人仪上出现了文字。我看了一眼，说："哦，花花森林！出了门往左20千米，再向右8千米就到了。"

"行，那我们走！"

"这不是牛首山吗？"到了花花森林，我四面看了看后说，"我们以前上赏能课时来过这里，宋朝时岳飞和金兀术还在这里打了一仗呢。啥时改名叫花花森林了？"我正想着呢，心直口快的孔儿说："为什么要把牛首山改名叫花花森林呢？"原来她们也有和我一样的疑惑。

"也许是人间和仙界的叫法不一样吧。"星队长说，"我说几位书呆子小问号，咱们可以干点正事了吗？"

"我们在研究地形呢，这难道不是正事吗？"孔儿坏笑着说，"你看这儿花花草草还真多，就把它叫做花花森林吧，别再叫牛首山了，真俗气。"

就在她们啰哩啰嗦的时候，我用透视眼到处看了看，发现了一个问题，虽然花花森林名副其实，到处是鲜花树木蝴蝶蜜蜂，宛如人间仙境，但以前见过的那些大型动物都没有了，甚至连小动物都没看到几只。

我们向前走了一会儿，看见一个树洞里有几只探头探脑的小松鼠，个个瘦得皮包骨头、病病歪歪，一点也没有往日的机灵，好像快被饿死了。我觉得很奇怪，外面到处是松树，上面有很大的果实，为什么它们不去吃呢？

我把头探进那个树洞，柔声地问道："你们很饿吧？为什么不去吃外面的东西呢？我是风神天女，如果有困难我可以帮助你们！"

它们一听风神天女来了，特别开心。一只小松鼠说："我们不敢出去，外面有怪物！会把我们吃了的。"

"怪物？"

"对呀！"一只小松鼠说："原来这里是一个十分美丽的地方，小兔子、小松鼠、小鹿、猴子到处都是。可是突然有一天一个大怪物进入了这座森林，到处抓小动物吃，还随意破坏花草。还好它不能进入小动物的家，否则我们就无处藏身了，我们只好待在家里，存粮吃完了，就在家里挨饿。没办法，谁也不想死啊。"

我听了松鼠的话，非常伤心。对它说："你放心，我一定会帮你们收拾这个坏蛋！"

正说话间，外面传来一阵大吼。松鼠们急忙缩成一团，纷纷叫道："天女快躲起来，以前你的伙伴百花仙子也曾游玩到这里，想替我们报仇，可却被打成重伤，险些死掉。"

"百花？"我心里的火一下就上来了，"哼，你这个死怪物，乱吃小动物，竟然还打伤了百花？看本姑娘不把你炖汤喝！"

"你们先躲一下，可以把百花打成重伤的，一定不可小瞧，等我喊你们时，你们再出来！"我对身后的星队长和孔儿说。

"你一个人行吗？"

"快点！"

看她们躲好了，我大吼一声："怪物！给我出来！"

在一声"狮子吼"——更确切地说是一种超大的"牛吼"声中，怪物现身了。

咦，好眼熟啊！哦，那不是我刚成为小天使时，那个月球上的怪物吗？（见天使历险记1）它当时竟然没死？怪物比那时还强壮了不少，估计很难对付。

我还在发呆时怪物就先冲过来了，它的战斗力一看就强了许多。我想起当时打败它的"龙卷风"招式，说不定它会怕呢。虽然"龙卷风"的伤害力不高，只是我当年学过的最初级魔法，但我想它曾经很害怕风系魔法，也许能管用。即使打不过它，测试测试它的功力也不错。于是我就用了"龙卷风"的升级版"狂风野卷"，没想到打到身上时，它非但没有受伤反而还变大了一点！

我吃了一惊，百花那么强都打不过怪物的原因就是这个！怪物可以用魔法让自己变大，而不用魔法的话，怪物力气又太大，我们是不可能打败它的！

怎么办？怎么办？

我焦急地想着，我们一时半会是不可能打败他的！可怪物不死，我们就失信于小松鼠了！怪物也是不可能饶了我们的，我熟悉这家伙的牛脾气！

这时，小松鼠一家冲了上去，"飞"到怪物的头上，在它的耳朵、眼睛、鼻孔等处乱抓一通，分散它的注意力，同时大喊："天女，和你的伙伴快走！"

话音刚落，只见怪物把头几甩几抖，松鼠一家就像旋转的雨伞上甩出去的水滴一样飞了出去，它们都摔伤了。

那一刻，我哭了。

当第一滴泪珠落到地上的时刻，泪珠变成了巨大的爱心，向怪物射去。快靠近怪物的时候，大爱心又化成了许许多多的泪珠，这些饱含着巨大的爱的泪珠从四面包围了怪物。

我呆呆地看着。在泪水的浸润中，更奇怪的事情发生了。这只庞大的怪物越变越小，并最终变成了一只小小的兔子，可爱极了。

孔儿跑过来拉着我的手说："天女，你学会了爱系中的绝招'爱之泪射'！"我微微一笑："是吗？"眼前又浮现出松鼠一家的样子。孔儿继续说："以前只是听说过有这种功夫，但谁也没见有人练成过。你成功了，祝贺你！"

我的心里一片空明，无限平和。我悟到了最深的武功哲学——大爱能战胜一切。

过了一会儿，树林里，一只雪白的兔子蹦跳着出来了，她轻盈盈地走到了我的身边，身子立起来，对我说："我知道你要什么，你帮我打败了怪物，让这个森林重新恢复安宁。谢谢你！我是这个森林的守护者，可是我却没有保护好这美丽的森林。你帮我打败了怪物，我应该报答你。"

她顿了一下又说："我跟你走。"

"你就是天兔？"

"是的，我就是。"她调皮地回答，"别把我炖汤喝就行，我还要回来建设家园呢。"

"不过你要是走了，你的森林怎么办？谁来管理？"

"在你用爱心感化怪物的时候，我也出了点力气，现在它可以代我行使管理权了。森林里我那些可爱的朋友们有了一个更强大的保护者在身边，它们不会有事的。"

孔儿开心地说："难怪那个'老牛'后来会变成兔子。"

"天兔真是善良啊！"我们每个人心中都这样感叹。

我试探地问："天兔，你真的要跟我们走么？"她坚定地点点头。说话间，天兔已经变成了一个美丽的女孩，留着齐眉刘海，一看就是一副很有学问的样子。

孔儿大叫："咦，你不是那个……那个……六年级的卢……"她正结结巴巴说话间，天兔捂住了她的嘴，悄悄对她说："天机不可泄露。"

"照这个进度下去，不久花花就可以康复啦！"我开心地想。

我们手拉着手，唱着歌飞回家了。

（二）天兔

我们一行人来到了花花森林打败了原来月球上的那个怪物。天兔为了报答我们跟我们回家，可是事情真的会那么简单么？

第二天，我们准备去寻找另一个魂：地魂。正商量对策时，鼻子最灵的星队长说："我闻到了一股红烧孔雀，噢，不不不！是红烧兔子肉的味道！"

孔儿狠狠瞪了星队长一眼。

我抽了抽鼻子："嗯，的确耶！等等，谁买的兔子肉？"她们不禁同时叫了起来："天兔！"

我们冲出门，发现天兔正坐在一口锅里，锅里有许多香料，天兔自己都快被煮熟了，却依然坐在锅里，嘴角带着一丝丝的冷笑，我们急得像热锅上的蚂蚁——团团转。眼看着天兔有生命危险，而且有魂魄附身的人一旦死了，魂魄也就灰飞烟灭了！那小花就一生都要睡在黑暗里了！

我大喊："天兔，你干什么！自杀也用不着这样啊！"

天兔嘴里发出了震耳欲聋的笑声："哈哈哈哈哈！反正我都要死，就再拉几个人下水！"

我觉得这声音很耳熟，仔细一想，咦！这好像昨天在花花森林里那个怪物的声音耶！莫非……是我的"爱之泪射"法力不够强，让怪物又复活了么？然后这家伙又附在了天兔身上？嗯，它知道自己打不过我们，还要拖一个人下水！它死倒是不要紧，可是它附在天兔身上再死的话，就会死两个好人了呀！

我们急忙用水炮向那一道火光射去，可水并没有让火灭掉，火势反而更大了！我们一筹莫展，到底怎么办？眼看着天兔就要被烤熟了，孔儿却一声不响地变成了孔雀，接着用尖尖的嘴啄她尾巴上最长的几根羽毛。

孔儿虽是雌孔雀，可由于成仙了，所以她也有漂亮的羽毛。

孔儿把羽毛啄下来后恢复原形，她用那几根羽毛变成了一把羽毛扇，对着火炉轻轻扇了两扇，火立刻扑灭了。

可我们却惊呆了：她的那几根羽毛聚集了她法力的精华。她竟然这么轻易就拔了下来！

孔儿似乎有点体力不支，却急忙大声地说道："快点，把天兔拉下来呀！"

我如梦初醒，上前一把将天兔拉了下来。接着运气把附在天兔身上的怪物逼了出去，天兔立刻冲了过来。怪物则蜷在地上，渐渐变得透明，最后化成一缕青烟飘上了天空。

星队长看着天空，嘴里喃喃地说："也许这是最好的归宿。"

我们呆了一会儿，又突然醒悟过来，把天兔和孔儿抬到了床上，给她们治疗。过了一会儿，大家都觉得筋疲力尽，便半躺在沙发上休息。

大家定好计划：明天一早就去找地魄。

回想起今天发生的事，我感受到了更大的压力。我无意中学会了"爱之泪射"，可是又不熟练，虽然这是很厉害的招式，但我差点害死了善良的天兔。想着想着，我内心默默地说了四个字："精益求精。"

三、 地魂

（一）吃货惹祸

一觉醒来天已大亮，我伸了个懒腰，听见外面吵得一塌糊涂，我直接用法力洗漱穿衣，最后打了个大大哈欠才推门出去。

门一开，立刻被扑面而来的灰尘呛得直咳嗽。我赶紧变出了一个防毒面具套在脸上，心想："天呐，南京的空气什么时候变得这么差了？"

走着走着，我看见了一个模糊的身影，原来是星队长。她把自己变成了一个巨大的钻头向土里钻，钻了一会儿，停下来从土里翻出什么东西，看一看又扔掉，接着钻，这样不断循环。

我觉得很纳闷，便大喊一声："星队长，你干吗呢？"可灰尘太大，她好像也没听见。

我只好拿出了一个巨大的扩音喇叭，对着星队长用尽浑身力气大吼一声："星队长，你在干什么？"

星队长好不容易停了下来，对着我笑了一下说："我们现在要找的不是地魂么？我就变成了一个大钻机在往下钻，看看有没有什么收获！"我都要崩溃了，好不容易站住，对她说："赶快把土埋好！你怎么知道地魂就在这儿呢？

不要破坏我们的基地好不好?"

"好吧。"

填好土后,我坐在床上,正想着一切和土有关的事物,星队长砰的一下推开了门:"孔儿想喝米汤!"说着还抱怨着:"这家伙像耗子似的,每天总想吃东西。"

我一拍大腿:"对呀,我们去找找米拉吧!"

"啊,为什么?"

"因为米拉是在土里的一只小老鼠啊。地魂么,应该会比较喜欢土里的东西吧?"我得意地对星队长说,"你以为孔儿真要喝米汤啊?"

星队长萌萌的,很单纯,我和孔儿时不时会捉弄她。

"喂,地魂又不一定在土里。"

我吐了吐舌头:"管他呢,先找找看吧。下雨天打孩子,闲着也是闲着。"说完我便先冲了出去。

"什么打孩子,你还无聊啊,你自己不是孩子啊?"

她还在啰嗦的时候,我早就一阵风一样飞了。

米拉的洞并不难找,因为它住在全球独一无二的神奇岛上。

我们很快找到了神奇岛,又很快发现了米拉的山洞。

很久没见到这只漂亮的米拉耗子了。为了吓唬吓唬它,我和星队长变成了两只小老鼠,很有礼貌地敲了敲山洞的门。

门虚掩着,但没人应声。

进了山洞,空无一人,我们便坐下来耐心等待。我用魂魄测试器看了一下,果然有魂魄的痕迹,这一趟没白来哦!

到吃晚饭的时候了,米拉还没回来。我们的肚子饿得咕咕叫,就自己去厨房看看。哇,不看不知道,一看吓一跳!厨房里有肉,有菜,还有水果呢!

星队长的口水都流了出来,她两眼直勾勾地望着那些吃的,嘴里说:"好吃的,好吃的!"

我一把拉住星队长:"'亲',这是别人的家好不好?不可以随便吃别人的东西啦!"

"吃一点嘛,一点点!"

"哎。"我说,"好吧!但只能吃一点点哦!"

星队长先吃了一块,然后又吃了一块,接着又吃了一块……再然后,能吃的东西都被她吃完了!!

魂魄

063

我有点生气地打了她一下。"只许吃一点点的呢，你忘了？"星队长摸摸肚皮，心满意足地说："没事啦，老鼠嘛，还说不定是怎么来的呢？"

"你们给我滚出去！"身后传来一声怒吼，转身一看，竟是米拉。它两眼通红，很生气地说："你们吃了我的东西不说，竟还说我的东西是偷来的！我告诉你们，我是一只光明正大的老鼠！这里的东西都是我用劳动换来的！我最讨厌别人说我的东西是偷来的了！"

我刚想向米拉道歉，却和星队长一起被米拉踹出了门。

我望了望星队长，叹了口气，心想："这一闹，以后怎么收场呀！"

（二）米拉逃走了

我们本来想说服米拉配合我们的，可星队长却吃光了米拉的食物，还因一句话得罪了米拉。我知道，这趟路可不像上次那么顺利了。

我敲打星队长："这次知道什么叫祸从口出了吧？"星队长很不耐烦地说："这个米拉，真的很讨厌，不就吃了它一点东西么？还它就是咯！"

我有点生气地说："你还真好意思，让你别吃，你还吃，吃完了还在背后嚼人家舌头。现在好了，你说怎么办？"

被米拉赶了出来，我们的心情都不太好。

星队长说："我错了，好吧。现在你怪我，还有什么用？还是想想怎么办吧！"

此话一出，我们都沉默了。是啊，真的没办法了！过了一会儿，我一咬牙："软的不行，我们来硬的吧！！"

星队长沉默了一会儿，终于抬起了头："好吧，这是唯一的办法了。"

我们换上战斗服，躲到山洞门口，学着米拉妈妈的声音："米拉，开门。"

米拉没有防备，一出来就被我们抓了个正着。它大喊着："放开我，放开我！"可她声音越大，我们抓得越紧，星队长说："走吧！"

"嗯！"

我们一人揪住米拉的一只膀子，扯着它往回走。突然，米拉叫了起来："停！"我们才不听它的呢，继续往前跑，米拉只好又大喊一声："我要上厕所！"这回我们停了下来。

米拉碰碰我们："松一下啦，我又跑不过你们！"我和星队长对视一下，松开了。

一松手，米拉就从背后拿出了一把金铲子，快速地挖起洞来，那速度，前一秒还在地面，后一秒后就到了地下 100 米外了。

我拉住星队长说："别追了，米拉可能都到家了，那把金铲子是它的法宝，是世上挖土最快的工具！"

"那怎么办？"星队长说。

"唉，"我又叹了口气，"明天再来咯！"

（三）水攻

我在家里冥思苦想，怎么办啊？只要在地上是怎么都打不过米拉的。我越想越烦，一晚上都没睡，早上天蒙蒙亮便到星队长房间喊她："你们倒还有好心情睡觉啊，赶紧想想办法吧！"

星队长一脸困倦地说："我不正想着吗？刚梦到就被你叫醒了。"说着还打了一个大大的哈欠。

我表示一百二十分无语："好啊，再给你睡一个小时。要是想不到的话，看我怎么收拾你。"说完，我便头也不回地走了出去。

我回到自己的房间，剥了个橘子在嘴里吃着，心里越想越气："哼，这个死星，在房子里舒舒服服地睡猪头觉，我却在这么热的房间想办法。不如我也睡一会得了！"

想到这儿，我翻身上床，很快进入了梦乡。

梦里，正是夜晚，我站在长江边上，欣赏着美丽的夜景。月亮出来了，安详地吐洒着清辉。江面被照亮了，江水中，有千点万点晶莹闪烁的光斑在跳动。两岸的芦苇、树林和山峰的黑色剪影在江天交接处影影绰绰地伸展着，起伏着，月光为它们镀上了一层银色的花边……

忽然，江水扑了上来，溅了我一脸。冷死我了啦！讨厌！

哎呀，睁开双眼一看，却看见星队长拿个脸盆站在我床前。向窗外一看，天已大亮……

我却一点也不急，慢悠悠地坐起来，说："我想到办法啦！"

星队长也慢慢地说："我——也想到了！"

我轻轻一笑："那就是……"

"水！"我们又异口同声地说。

可是，星队长又马上皱起了眉头："从哪儿搞水呢？"

"大姐！"我不假思索便说道，"海洋仙子呗！"

话刚出口，星队长直接一招"凤凰展翅"飞了出去，我轻轻一笑，使出一招"瞬间"，便直接到了海洋仙子旁边。

说明来意后，海洋仙子嫣然一笑："好，没问题！"

结果我们一高兴，把她接到了我们的秘密基地。

哈哈！米拉，你死定啦！

成功近在眼前。

今晚嘛，先开心一下吧！走，唱歌去！

时间总是过得那么快，转眼间天就大亮。我们以最快的速度洗漱完后，就带着海洋仙子火速来到了米拉居住的地方。

"呃"，可是我们到的时候却发现米拉家的门，早已换成了厚厚的大铁门，非常严实。根本就没有任何缝隙可以给我们灌水！估计米拉也想到了我们会用水攻吧。

不过没事，我们可是神仙哎！

我很霸气地拿出一把无敌金刚钻。

"哗——"金刚钻运转起来，我们的耳朵都快被刺耳的声音震聋了。

"嗯，质量不错！"星队长满意地说。

海洋仙子直接举起一个牌子——Good！

我牛哄哄地说："当然，这可是'天女牌'无敌金刚钻，五星级限量版，全球只有十把。"

说完，我就把钻往门上一顶，"呜呜！"金刚钻发出了巨大的声音，四周尘土飞扬。

"哎呀，尘土太大了，受不了了，开启自动模式！"话音刚落，我已退后了N步，和星队长、海洋仙子她们一起往后退，只听声音越来越大，尘土越来越高。

"嘭"，飞扬的尘土中发出了一声惊天动地的声音。

"啊哈！"我一声怪叫，"一定是铁门被我的无敌金刚钻打通了，哇哈哈……"

海洋仙子和星队长一脸无语的表情："大姐，你……先去检查看一下，OK？"

我边走边嘀咕着："竟然不相信我？我告诉你们，金刚钻是用外星最坚硬的金银石做的，几乎没有钻不透的东西！米拉，快向本小姐投降吧！哈哈！"

可是……好吧。

铁门完好无损。我的金刚钻……呜呜，碎成两半了……

星队长轻描淡写地说："老风，别哭了，我早知道这门的材料是用世上唯一比金银石坚硬的材料——宝钻石做的，你肯定是白费力气！"

"什么？"我发飙了，"你早知道啊，为什么不告诉我？"我想我脸上的表情一定像要把星队长吃掉。

星队长果然呆了一下，然后又不紧不慢地说："看你一副牛气冲天的样子，就想让你试一下嘛！"

还是海洋仙子比较冷静，说："两位大姐，先想想怎么办，好不好？"

这倒是个问题，我们坐在那里，想呀想啊，怎么也想不出破解的方法。

我在地上画起了草图，一扇铁门，没有缝隙，其他是土……

"咦，土？我有办法了！"

星队长捅捅我："快，交出办法，饶你不死！"

宝钻石非常稀有，米拉是不可能找到那么多宝钻石把整间屋子全包起来的。

"我们顺着房子向下挖。"我变出三把铲子。

"好主意！"

大家按我说的往下挖，却发现米拉的房子还真是全由宝钻石包围起来的，一点儿土也没有。

"这就对了。"我也轻描淡写地说。

她俩刚想发飙，我接着说道："你们先等一下，一个四周全是被宝钻石包裹的房子，米拉怎么呼吸啊？肯定有排气孔，从排气孔灌水不就行了？"

"Good idea！"

我们在附近找了起来，忽然，星队长大喊："这儿有个孔！"

我们过去用鹰眼一看，米拉正在洞里睡觉呢！哈哈！真是踏破铁鞋无觅处，得来全不费工夫。

海洋仙子一刻不耽误，立刻往洞里灌水。不出十分钟，铁门打开了。我们迅速把米拉装进一个大麻袋里，背了回去，关在房间里。

做完这些后，海洋仙子回去了。

星队长和我长叹一口气："唉，米拉啊，我们终于抓住你了。"

四、灵慧

（一）四姐妹

"灵慧，灵慧，灵巧而聪慧。灵慧，灵慧，灵巧而聪慧……"

星队长从一大早就开始边在屋子里兜圈子，边不停地念念有词。

"烦死了，老大，能不能安静一会啊？"我终于忍不住了，冲她大吼了一通。我知道她在动脑筋，可谁让她早上七点把我和孔儿吵醒了呢，还唠叨个没完。

星队长笑眯眯地说："嘿嘿，我想到应该去找谁了！"

我和孔儿齐声问道："谁呀！"

"你们记不记得为和平而战的四姐妹：露雪、露梦、露雨和露琪？"

"记得呀，那又怎么了？灵慧在她们身上？"孔儿好奇地问道。

我得意洋洋地说道："当然是露雨啦！战斗中那么英勇，又多谋善变，一定是她！对吧，星星？"

"不，我认为是露雪，长得那么漂亮，西施都没她漂亮！"星队长一脸严肃地说。

"NO，NO，是露梦吧！露梦虽然长得连东施都不如，但说不定灵慧就附在丑的人身上呢！"孔儿噘着粉嘟嘟的小嘴儿说。

"露琪!"

"露梦!"

"露雨!"

…………

终于，我们吵累了，我望望星队长："还吵不？"

星队长看看孔儿："你说呢？"

孔儿又瞧瞧我："不吵了？"

随后，我们又突然异口同声地说："一起抓来得了！"

我们拿出定位导航仪一搜，发现他们四姐妹现在居然生活在六百多年前。

这些人也能穿越了？真是烦人呢。

再往下找，她们回到了元朝，正在光明顶呢！难道她们想找张教主庇护？虽然很奇怪他们为什么在明教，但为了救小花，也来不及想那么多了。要快些了，前面抓天魂和地魂已经花了很多时间，我怕再这么下去，小花的病会加重啊！

如果万不得已，只能和张无忌过过招了。

我小心翼翼地取出紫丽百灵花，拉着星队长和孔儿的手，念起口诀，只见眼前闪过一道金光……

"咦？这是哪儿呀？黑咕隆咚的，莫不是明教的地道？"我们三个几乎是同时喊出这句话的。

"嘘！"我急忙使眼色给她俩，她们点点头。

"窸窸窣窣……"我们的耳朵很灵光，听见了一阵类似于老鼠的声音，我们眨眨眼睛，会心一笑，悄悄顺着声音的方向靠近。

很快，我们来到了一堵高大的墙前，我东敲敲，西碰碰，发现里面是空心的，估计位置应该在阳顶天教主的"坟房"，而声音就是从"坟房"里传出来的！难不成里面有老鼠？

我运足内力，一招"狂风冲击波"，嘭的一声，石墙顷刻间变成了石粉。我轻手轻脚地走了进去，星队长也轻手轻脚地走了进去，孔儿则直接站在外面，时刻准备抓人。

我给星队长使了个眼色，一个使用千里眼，一个使用顺风耳，认真搜查，不放过一点蛛丝马迹。

忽然，我们发现一块大石头下面有点动静，我拉拉星队长，向石头那儿努努嘴，星队长会心一笑，一下跑了过去，发现了躲在石头下的露家四姐妹。此时她们正津津有味地读着明教宝典，比画着练习宝典中的武功，露雨已开始练起了神招"乾坤大挪移"。

星队长正想对她们说些什么，我却碰碰她，拿出了四只大麻袋，意思是说："别跟她们废话了，拿麻袋直接带走算了！"

星队长想了想，皱着眉头向我点了点头。

孔儿也进来了，可当我们准备行动时，露雪却发现了我们，大叫一声："有鬼啊！"

哎呀呀，被她这么一叫，四姐妹全站了起来，一边大叫"鬼呀！"一边飞速地向大门跑去。

我和星队长相互看了一眼，也追了过去，虽然四姐妹也学了些魔法，但还不能跟我们比。我们展开金羽银翅，眨眼间，就追上了那四个和蝴蝶翅膀一个等级的小毛孩了。

我拿出袋子，哗的一下，把那四姐妹捉了进去，随手往背后一扔，背着袋子，飞上了回家的路。

快到家里时，我感觉到背上一阵痛。我扔下袋子，回头一看，原来是露雨用小刀将袋子划了一条大口子，因为太用力，把我的翅膀也割伤了。

我忍着疼，用力咬着嘴唇，对星队长和孔儿使用心灵感应术："降落！"

她们不解地看看我，我一耸肩，向翅膀努努嘴，她俩大惊失色，急忙向下降落。当然，我不是什么娇气的大小姐，只是……

唉，翅膀上凝聚了仙女魔法的精华，翅膀上的任何方位、任何细羽上都有法力，如果翅膀被割伤的话，里面的魔法精力会一点一点地向外消散。魔法全部消散完了，翅膀也就没了，仙女也就要重新修炼。

当然，也不会一下子消散完，到一定程度，翅膀会由羽毛翅变成荧光翅，再降为蝴蝶翅，最低降为枯叶状的翅膀。

我们快速降落到了地面，用最快的速度疗伤。这四姐妹有一种特殊的法力，别看她们现在弱不禁风，好像很乖的样子，但我知道，在太阳完全落山后，她们可以变成任意一种动物。如她们要逃跑，可以变成豹子；她们要想游泳，可以变成小鱼；她们要飞，可以变成老鹰……并且她们的这种法力很难阻止得了。一到晚上，她们会非常强大，自然我们也阻止不了她们。她们以为我们不知道，但我可是提前做过调查的。

露雨的刀子恰好刺进了我翅膀上一个很重要也很脆弱的地方，看来没有个两三天我是好不了了。

我急，星队长急，孔儿也急，只有那四姐妹在那儿乐呵着呢。

我一咬牙："不管了，先回家吧！"我掏出紫丽百灵花，晕晕乎乎地念起了口诀，转眼间，我们就来到了现代。

只不过慌忙中，我没有设定好目的地，我们稀里糊涂地来到了太平洋上的一个小岛。

发现问题后，我马上准备时空转移，才发现最近法力消耗得太多，再加上才受伤，魔法用不了了，我们只好拼尽全力地飞呀飞，往家里赶。

我受了伤，就空着手在前面飞，只有我认识路。

星队长和孔儿一人抓两个人，在后面猛追。

啊！不好！太阳马上就要落山了！快呀，我们鼓动双翅，拼了命地飞，近了——近了——

"已经看到家了！"我高声喊道。

星队长和孔儿都没回答，呼哧呼哧直喘气。

我们使出吃奶的劲儿，飞速向前。

到家了，我们降落，只要把四姐妹关进天牢，一切万事大吉。

但因为从高处降落，刚才还能看见的太阳瞬间消失了。就在我们准备把四姐妹关起来的时候，太阳最后一丝光辉也没有了，四姐妹嘭的一声变成了四只猎豹，飞奔而出。

"哎呀！逃跑了！"星队长懊悔地说。

孔儿张嘴道："灵慧，真的在她们身上？"

"肯定的！"我一口咬定。

（二）朋友

我们追着露家四姐妹，在元末捉住了她们，正当快成功的时候，露雨却把我的翅膀割了个口子。因为疗伤而误了时间，四姐妹变身成豹子逃跑了。

不顺利的时候，心眼多的人就容易产生各种想法。比如，我就隐隐地感觉到星队长对我们的事业产生了怀疑，而内部的怀疑往往是致命的。

"救命啊！我哪儿对不起你们了？"我一边躲避着大家的追捕，一边害怕地大叫着。现在的我，魔法尽失，只是一个弱小的小学生而已，而大家则不知因为什么不停地追着我。他们的眼睛都血红血红的，每一个人都想置我于死地。我想飞，却怎么也飞不了；我想用时空转移，却只能干站着；我想跟他们解释，却没有这个胆量……

前面就是家，却怎么也跑不过去……

"哎呀！"我被一块石头狠狠地绊了一下，一跤跌倒在地上。我不想爬起来再狼狈地跑，我也跑不动，没力气了。反正他们都是好人，死在这些人手下也没什么，只是还不清楚我为什么而死，真有些不甘心。

"唉！"看着一群想把我撕碎的人——有昔日的死党、好伙伴，有曾与我并肩作战的队友，当然也有一些原来的敌人。

不甘心啊！我缓缓地闭上双眼……

当我再度睁开双眼时，却发现我躺在自己的小花床上，外面的阳光温暖却有些刺眼，敌人也不见踪影。

咦？怎么会这样？我浑身一点力气也没有，还有些虚弱。啊！天哪！翅膀上的灵气还在冒！看似已所剩不多了！我一把抓起床前那片创可贴贴在了翅膀上。

也不知是谁，竟把这片我专门用来防灵气消散而输入魔法的创可贴给撕了下来，原本，我是把它贴在我伤口上的。现在，这个举动让我的灵气已散了一半多，简直要气死我了。

更可气的是，我后来发现了桌子上有一张字条。上面写着两个大字："活该！"我气得头顶上快要冒火了！

我第一时间排除星队长和孔儿，因为她们没有理由这么做。然后我又把小鹦鹉给否认了，虽然从三国回来后，我就没有见过它，但它也不至于无聊到回来撕了创可贴再走吧！

我怎么会从否定队友开始呢？他们是好伙伴，我想都不该想的。我被自己的想法吓了一跳，难道我不再相信队友了吗？

我敲了一下自己的脑袋，直接想到了露家四姐妹。

对！就是她们！如果她们变成猎豹，来去一趟，也没有什么问题，再加上我去抓了她们，她们会记恨，且露雨还划破了我的翅膀，会担心我报复。种种可能汇成一句话：就是她们！璐璐，爆发吧！

这时，星队长和孔儿来到了我的房间，看着我能吃人的表情，就知道没什么好事。

孔儿走上来小心翼翼地看着我，问道："老大，怎么了？"

我强压着怒火，跟她们讲了事情的经过。

听完后，星队长一脸愤怒，而孔儿脸上的惊讶则怎么也掩盖不住。

星队长好像快被气疯了，大喊一声："太恶毒了！气死我了！这是想害死你啊！"说完就要往外冲，我见状，赶紧拦住她并把门关上，尽量平静地对她说："别这么冲动，我没了法力，你们俩又比较弱，露家四姐妹吸取了上次的教训，一定会有所防范，你们……哦，我们不一定能打败她们！"

"那怎么办？"星队长泄气地看着我。

一旁的孔儿好不容易把张大的嘴巴合上，对我说："唉，你先看看还能用什么魔法？"

我试了几个简单的魔法，发现一个也不行，我又试着运了运气，气也运不上来了，我把那片创可贴一撕，向她们摊了一下手："一点儿也没了！"

沉默……

"什么呀！法力都没有了！"我开始一边摔东西，一边大哭，"露雨，我和你没完，你赔我练了五年的灵气！你赔我翅膀……"

星队长静静地看着我摔东西，眼圈也红了。孔儿低低地抽泣了起来。

星队长上来摇摇我的肩膀："你别哭，别哭啦，哭有什么用？"她说着也抹了一把泪，"我们去把露雨抓回来！哭，算什么英雄好汉的行径？"说完，她却控制不住地哭了起来。还边哭边说："我真没用，好朋友被暗算了，我都没有办法，呜呜……"

哭着哭着，我的泪似乎哭干了，一仰头，长长嘘了一口气，笑着说："有什么呀，再练就是了！星队长，你说得对，哭算什么英雄好汉！小的们，走！跟本大王捉拿妖孽去！"

咦？怎么没有小屁孩理我？往常她们早笑翻了！我回头，发现她俩眉头紧皱，对我说："老大，我们不建议你去打仗呀！"

我哭笑不得："我开个玩笑唉！"

"哎，不如我们去仙界给你找药吧。"

我苦笑一声："大姐，我现在是个凡人唉！怎么上天啊？"

她俩对视一眼，各抬起一只手，把灵气输了一些给我，我展开翅膀一看，变成了荧光翅膀，她俩也一样。

"谢谢！"我向她们鞠了一躬，接着我们展开翅膀，手拉着手，飞向仙界入口……

（三）什么都是假的

我们来到仙界，第一个反应自然是去找草药仙子，让她用灵药给我治伤。可当我们穿过"冬"迷宫后却发现草药仙子家里一片狼藉，东西被翻得乱七八糟，草药也都不见了。我们有点奇怪，但也管不了，立刻飞到玉帝那里请求支援。

玉帝想了一会儿才说："嗯……你们去嫦娥那里吧，她有一枚药丸，是用特殊药材做成后又专门以法力烧炼的，你们就跟嫦娥说是我的意思，请她给你药，她会给你们的！"

"Thank you！"我们用整齐的英语说完后，还整整齐齐地行了个队礼，旋

魂魄

073

转90度，走了。

来去匆匆内心焦急的我们，谁也没发现玉帝的嘴角挂上了一丝冷笑……

我们一路狂奔，很快到了广寒宫。

嫦娥正在用餐。

看到我们，她急忙上前迎接。

"Hello，风、孔、星。"她热情地说道。

"嗨！嫦娥姐姐！"孔儿上前一步，"你有神药可以让小风迅速恢复灵气吗？"

"有有有！"她掏出一个盒子，"快吃吧！"

我打开盒子，里面有一颗药丸，由于心急，我拿起来就咽下去了。嫦娥热情地拉着我来到了她的闺房，关上门后对我说："这药要两个小时后才能起效。"说完，还专门走到门口去侧耳听听，又从门缝里朝外望望，然后继续小声说，"这两个小时中，你会更弱，我给你的药是真的，但你们见到的玉皇大帝是假的。他的法力和战斗能力都很强，到目前为止，仙界谁也打不过他，他马上就要来抓你们了！你们会死得很惨的。"

"啊！"我惊呆了，"他是哪来的？"

"谁也不知道他哪来的。有一次赤脚大仙、太乙真人等一群高手和他对打，他用一杆方天画戟打败了所有人，后来，大家就不敢轻易去找他了。"

"那怎么办？"

"还能怎么办——快跑呗。"她边说边朝外推我。

"那你呢？"我努力不被她推出去。

她焦急地对我说："他还要利用我，我对他来说还有用，我暂时不会有事的。你快走！"

"嗯！"我冲出去，领着孔儿和星队长往外飞，告诉了她们事情的因果。

我们边跑边说，都没有注意看路，差点和"玉帝"派来捉我们的队伍撞个正着。我赶紧把她们向后一拉，屏住呼吸，等他们浩浩荡荡地走过去后，一溜烟儿地飞回家。

星队长到家后，直接倒在地上睡着了。孔儿问我："明天怎么办？"

"什么怎么办？"

"先抓灵慧还是先找嫦娥问问假玉帝的事？"她问我。

我想了一会儿，说："怪事天天有，最近真是多。先找魂魄，找完再找嫦娥。别让各种怪事分了我们的心。"

第二天醒来后，我来到她们房间把睡得像死猪一样的孔儿和星队长拖起来。她们揉着眼睛，呵欠连天地问我："干什么？负责打鸣的公鸡还没上班呢，人干吗起来啊？"

看看外面又大又刺眼的太阳，真是无语。我说道："老大，你说的是母鸡还是公鸡？还有，这儿本来就没有鸡！"我擦了把头上的汗，"快点啦，找完魂魄后还要去看看嫦娥呢！"

"Yes，sir！"她俩立刻精神抖擞，把被子一掀："嘿嘿，我俩早就准备好了，聪明吧，哈哈哈……"原来她们早就收拾妥当了，盖着被子假装睡觉骗我的。她们正得意着，很快，看到我鄙视的眼神，就不说话了。

我收回目光："快走啦。"我掏出搜索器，上面显示露家四姐妹正在自己家里。星队长和我刚想用时空转移过去，孔儿却一把拉住了我们："经过上次的事，露家四姐妹一定防着我们，怎么会轻易被我们抓住呢？"

"那你说怎么办？"

"这样，我们拿一些礼物给她们，过去时先试着和她们说说好话，先礼后兵，实在不行再开打，如何？"孔儿皱着秀丽的柳叶眉说道。

"OK！"我们变出了几个又大又甜的西瓜，这可是四姐妹最爱吃的品种哦！手巧的孔儿还细心地根据她们的喜好给她们调了香水，我们抱着这些礼物，又用了时空转移，来到了四姐妹家门口。

哇！她家可真漂亮！那是一座金色、粉色、紫色相间的暖色调宫殿。在阳光的照耀下，到处闪烁着耀眼的光芒，让我们三个几乎睁不开双眼。

我们使出穿墙术，悄悄地溜了进去。哇！里面更漂亮了，简直和童话中王子公主的宫殿一模一样啊！"她们真有福气！"我在心里羡慕地想。

"你们怎么来了？"露梦站在楼梯旁，惊讶地叫道。她这一叫，把其他三姐妹也都叫醒了。她们出来看了一眼，就立刻飞奔回去换上一身战服，做好了战斗准备。

星队长哭笑不得地说："嗨！我们是想跟你们商量件事儿！又不是要和你们打架。"

"是啊，是啊！"孔儿和我赶紧递上西瓜和香水，"我们还给你们带了礼物呢！"不等她们说话，星队长又接了一句，"听我们说完，好不好？"

最温柔、最胆小、也最漂亮的露琪说道："姐姐们，我们就听风神天女要跟我们说什么唄！她反正也不像坏人啊！"

可脾气火爆也最勇敢的露雨说："不可能！第一次见面一上来就想抓我

们，这次肯定也没安什么好心！"

露雨这么一说，我的火气也上来了："露雨，你真好意思，上次把我翅膀划伤也就罢了，你竟然还……"

"没错！"露雨冷笑了一声，"创可贴也是我撕的，我就是看你不顺眼！原来你是个大好人，现在却是个大恶人！"

"你说什么？想死吗？想死我成全你！"孔儿先忍不住了，大声向她吼道。

露雨也不是好惹的，生气地对孔儿说："过去，你们帮助人们打震龙、消水灾，一直在做好事，各种坏的怪物一听到你们的名字就胆寒。但是，现在你们却处处和好人过不去，还在四处抓好人，你们吃错什么药了？你们一定是变坏了！"

讨厌的露梦也在旁边说："是啊！她们真讨厌！"

星队长实在不想再听她们无聊争论，就偷偷施了个小法术，把露家四姐妹都定在了原地，把她们的嘴也用法术封印，出不了声了。

接下来，星队长用三寸不烂之舌讲了整整一个小时，终于把事情的前因后果和她们讲清楚了。同时，星队长也喝完了整整八杯水。

然后，我们把她们的魔法解除，问她们愿不愿意跟我们走，这样就不用打了。

"不行！"露雨却说，"我们怎么知道你们安没安好心呢？"

露琪说："姐妹们，她讲得有理啊！我们跟她们走吧！"

"不行！"露雨大声说，"姐妹们，开打！"说完，她就先拿出自己的宝刀，朝我们冲了过来。

我们三个面面相觑，无可奈何，只能被迫应战，左躲右闪，尽量不伤着她们，这样一来，我们就显得很狼狈。

我朝星队长使个眼色，做个手势，她会意地点点头。

突然，星队长使出"金星闪烁"这招，一瞬间，她们什么也看不见了。星儿用最快的速度飞过来说："露琪没参加战斗，在她身上下功夫！"我点点头，孔儿看着星队长向露琪方向一努嘴，她就向露琪飞去。

"金星闪烁"的威力消失，露雨反应过来后，就直接冲出来，拿着大刀就向我拦腰砍来，我挥剑架住。我们俩乒乒乓乓地打了一阵，露雨虽然叫得厉害，但她毕竟要输了，就使出了绝招，我做好了准备，正要挡，她却调转刀头砍向孔儿。这时，露琪突然冲上去抱住了露雨，我趁机将她抓住了。抓露梦露珍自然不在话下。

这仗大获全胜!

露雨很生气,她没想到她的姐妹竟帮她们的敌人。

我们一路安慰露琪,让她坚定信心,相信我们确实是好人。回家后,我们把她们关进天牢。

灵慧啊灵慧!我终于抓住你了!

五、 为精

"嘿,风,接下来该找哪个了?"

"嗯……"我翻了翻云朵仙女给我的信,发现排在灵慧后面的是为精。

"怎样才能去找到为精呢?"孔儿和星队长异口同声地问我。

星队长说:"我觉得应该和与天、争锋有关系。那兄弟俩那么厉害,一个应该是为精,另一个则是为英,一起抓过来,方便啦。"

我点点头,表示同意。

孔儿也点点头:"不过与天和争锋也不是每天都在一起的!一次性全抓过来也不太可能。何况他们俩兄弟都很厉害,年轻有为、英俊潇洒、帅气逼人,我们最爱……"唉,孔儿的花痴病又犯了,口水都滴下来了。

我和星队长懒得理她,继续讨论。

我说:"这样,先抓一个容易抓的,再抓另一个,不就 OK 了?"

"嗯,可是都不容易抓哎!"星队长抹了抹头上的冷汗,"一个是爱举着三根香拜佛的熊猫,搞出了'熊猫烧香'那么大的动静,后来改了性情去学武功,练得一身好功夫,好多人都请他拍电影,他就给自己取了个艺名——功夫熊猫!另一个天天去电脑里玩真人游戏,早已练就了一身真本领。他们都很厉害,他们俩一个都不好抓!"

"呃……那也要抓!"我挠挠脑袋,"先抓功夫熊猫好了。可是功夫熊猫是与天还是争锋?"

"与天啦!"

星队长让我赶紧拿出紫丽百灵花,准备穿越去童话世界。这时,孔儿的口水流完了,赶紧拉住我,说:"不可,只能智取,不可强攻!"

"为什么?"星队长见有人反对,不高兴了。"我们三个还打不过他?他的功夫确实比我姐妹三个人中任何一个都厉害,可是我们三个一起上,怎么可能打不过他呢?"

孔儿一脸无语的表情:"那可是赫赫有名的'神龙大侠',他和豹子打架的过程,我们都在电视上看见过,听说他是真人不露相,只用了八成功力,就已经那么厉害了!"

我转头一看,星队长拿了根树枝独自在墙角画着一个个的圈圈,嘴里嘟嘟囔囔着,飞速运转大脑想对策。

"哇,哇,哇……"一只乌鸦飞过。

我一拍脑门,想到了乌鸦和狐狸的故事——

"嗨,我们可真笨!"我恍然大悟,我们既然可以用水果粥引来猪八戒(见天使历险记1),为什么不能在竹子里下药让熊猫过来呢?

"好主意!"

想到办法后,我们就用紫丽百灵花穿越到了功夫熊猫——阿宝的房间里。肥胖的熊猫刚关上门外出。

我向她们使个眼色,指了指外面——追!

我们施展轻功,没有发出一丝声音,赶紧追了过去。阿宝来到了一家餐馆准备吃饭。我心想,所有胖子都是吃出来的。吃饭,天助我也!我偷偷溜进厨房,发现他点的一盘馒头正要被服务员端出去。我隐了身,往每个馒头中心放进了点安眠梦游药,又悄悄溜了出来,准备看好戏。

她们俩也隐身了,懒懒躺在各自的软座上,我则得意地坐在阿宝对面看着。

"哦,完蛋了!"我小声惊呼,孔儿和星队长忙问我怎么了。我向她们招招手,示意她们过来。

"看到阿宝手中的东西了吗?那是鸭子老爸的祖传神筷,可以查出食物里面有没有药!"

"死定啦!"她们也小声叫了起来。

阿宝夹起了一个馒头,却怎么也放不到嘴里。他很奇怪,但也没法子。阿宝准备用手把夹在筷子里的馒头拿出来,可馒头像黏在筷子上似的,怎么也拿不出来。

"神筷真牛!"孔儿说。

阿宝有点生气了,使劲把馒头向下一扔。阿宝又急又气,他把神筷放进口袋，拿起一个馒头，神筷却一下把它吸了过去，也同样拿不下来。

阿宝很奇怪，把在地上的馒头踢到一边，鸡扑上来，啄着啄着就睡着了。

阿宝提高了警惕，四处找起来，我们见情形不妙就赶紧拿出紫丽百灵花，穿越回到了现代。

推开房门，却发现里面的东西明显有人动过！什么情况？

我小心翼翼地到处观察，突然发现被子下好像有什么东西。我使个眼色，提醒她们换上战服，让她们各自小心。

我上前一步，猛地拉开被子——竟然是小鹦鹉躲在被子里。

天哪，它怎么回来了？

它之前又去了哪里了？

我们把小鹦鹉团团围住，问东问西。我瞪大了眼睛，问它："小鹦鹉，你怎么回来了？为什么不和我们一起？你去过天上吗？你知道嫦娥玉帝怎么回事吗？你……"

小鹦鹉一脸黑线地望着我："你是十万个为什么吗？因为我玩够了。我去玩了。没有。不知道。"

"你在说什么？"我奇怪地问。

"你以上问题的答案啊。"小鹦鹉耸了耸肩，"哦，对了，我有小名了，叫布布，以后就这样叫我哦！"

"好，不跟你废话啦！"我摊手，"对了，等会我们要去童话世界，你去吗？"

小鹦鹉也挺奇怪的："你们去童话世界干什么？看真人版动画片？"

"当然不是！"我把云朵仙女的信丢给布布，"上面说小花的二魂六魄丢了，我们正在找呢！它们都附在人身上，天魂、地魂、灵慧都找到了，正在找为精。我们觉得在与天身上，与天就是功夫熊猫，所以才要去童话世界呀！"

"OK！抓功夫熊猫还不简单，下毒呗！反正打不过。"布布无所谓地说。

"哎呀，不行！"一旁从没开过口的星队长和孔儿突然异口同声地说道。急性子的星队长说："功夫熊猫有一双鸭子老爸祖传的神筷。"孔儿紧接着下一句："可以分辨出有没有毒，所以不行。"我也接着说："上次我们就是这样失败的！"

"鸭子老爸？鸭子老爸……鸭子老爸！"布布说着说着突然跳了起来，然后飞到我肩膀上。

"怎么了？"我们三个问。

"阿宝一定爱他的鸭子老爸吧？那，如果他爸爸有了危难，他会不会去救自己的老爸呢？"布布得意洋洋地说。

"你是说……"孔儿歪着头疑惑地望着小鹦鹉，心想："这只小鹦鹉聪明倒是真的，可内心也太邪恶了吧！"

"没错！只要他有软肋，我们就能攻其不备。"布布嘎地大叫一声，"把鸭子老爸抓来！再设计陷害功夫熊猫！嘎嘎嘎！"

我把小鹦鹉放了出去，我们三个女生悄悄地凑到了一起，星队长问我："这只小鹦鹉也太毒了吧！"孔儿也赞同地说："是啊！虽然聪明，可是太坏了也不好啊！""谁知道呀！"我也很奇怪："打震龙时感觉布布非常善良的。"

我们正七嘴八舌地谈论时，小鹦鹉突然大叫一声："干什么呢？"

"哦！没事，那我们赶紧穿越吧！"机灵的孔儿赶紧接道，她们两人一鸟齐刷刷看着我。

我拿出紫丽百灵花，呼的一下穿越到了鸭子老爸的面馆，点了碗面，装模作样地吃了起来。

哇哇哇！好好吃哦。我们是真饿了，一时间什么也顾不上，低头猛吃了起来。布布倒是不饿，急得拼命围着我们扇着翅膀转圈，可等我们吃完后才发现它在暗示我们，这才想起此行的任务。于是就每人又点了一杯可乐，在那儿小口小口地喝了起来。

布布朝鸭子老爸那儿一努嘴："喏，看到没？就是他！"我们点了点头。"我估算了一下，十分钟后他会走到小风左边上菜。这时，小风拿麻袋套住。"它阴险地"笑"了。

于是，我们就一直盯着鸭子老爸忙来忙去。忽然，门外飞来一只小鸟，在他耳边说了点什么，鸭子老爸就疑惑地看了我们一眼，我们赶紧转过头去。这时坐在窗边的孔儿小声惊叫了起来："完了完了！这只鸟儿刚刚就停在门外这棵树上，我没在意，现在看来它可能是鸭子的警卫！"

"注意！"我说，"记住，死也不认！"

"好！"

孔儿让正对着鸭子老爸的星队长看看怎么样了，小星眯起她的大眼睛，"老鸭子对小鸟儿摆了摆手，好像在说不会的……注意，小鸟又向我们这儿飞来了！"

我赶紧再说一句："心灵感应！"

"可是我……"布布刚想说什么，小鸟已经飞来了。

以下对话为心灵感应——

"看来鸭子老爸不可能过来了，怎么抓啊？"

"天知道！"

"要不直接打吧，反正他也没武功！"

"嗯，也不是不行啦！"

"我觉得可以哦！"

"嘎！"布布大叫一声，直接向鸭子老爸扑去。

为什么呢？

因为布布不会心灵感应，看我们在那里挤眉弄眼，急得不行，就直接扑过去了。

鸭子老爸愣了一下，随即拿出一圈挂面，乱抓一把，一块尖石头就被面条捆上了。他做了十几根，却只用了一两秒钟，看得我们眼花缭乱。紧接着，老鸭子把"飞箭"放在自己面前，正对着布布。他双手在空中画了一个大大的圆，又猛地一推——

"嗖嗖嗖……"一支支"飞箭"飞向布布。布布也不是好惹的，左、右、上、下转360度，左转720度，右转54度！OK！全部搞定！

布布得意地哈哈直笑，老鸭却一下子飞速揉起了很大一坨面团，又很快把面团搓成小孩手臂那么粗。他用左手把这根粗粗的"面条"提起来，用右手在底下一转，"面条"就变成了一条长达五六米的大鞭子。然后，又甩到油锅里炸了一下，抽出，再哗的一下把布布卷了起来，抓在了手里。

谁说鸭子老爸不会功夫的？情报不准害死人哪！

鸭子老爸正想攻击我们，阿宝却回来了，他大喊一声："老爸！我回家咯！"老鸭子一回头，愣了一下。就在这一瞬间，我们趁机把他装进麻袋，趁阿宝没有反应过来，我们穿越了回去——溜之大吉。

一回家我就布置任务："布布，算一下阿宝什么时候能追来！星队长，把鸭子藏好！孔儿去那棵树后面挖几个坑！"

"Yes！"他们动作很快，两分钟就搞定了。我再一次布置任务："布布，把洞用树枝藏好！星队长，把捆仙绳拿出来准备！"我变成了鸭子老爸的模样，"孔儿，用普通绳子把我捆在那棵树上！哦，对了，布布，还有多长时间？"

"一分钟！"

"Go，go，go！快！"

"小风，等会怎么办？"孔儿问我。

"这样，然后这样……"我悄悄对她们说。

"OK！"

一分钟后……

阿宝噔噔噔地闯了进来，看到我，他大喊一声："爸！我来了！"

我装作一副很担心的样子："别从前面走，从后面绕！有陷阱！"

"好！"

"扑通！"

"啊——"

我一下挣开了绳子，星队长和孔儿跳了出来，等阿宝出来我们就一下把他给捆住了。

阿宝看着我，无比吃惊。"对不起！"我变了回去，他叹了口气，就不再说话了。

六、 为英

（一）真烦

一大早醒来，我发现我并不在床上，而是在一片白白的地方，周围有一个个方块，里面有各种图片。我正奇怪这是哪儿，星队长却对我说："小风，这是'4399'页面。据可靠消息，为英就在这游戏里面，不断升等级。"

"哦，那他怎么进入游戏的呢？"

"这个我知道！"一旁的孔儿说，"很简单，跳出这个方块就好啦！"

"那怎么出来呢？"

"一关打完或者打输时就会弹出页面问你要不要出去，你选择出去就可以啦！"

"哦!"我点点头,"那我们过来做什么?"

"你真笨还是假笨啊?"我头上挨了孔儿一拳,"抓争锋呗!还能干吗?玩真人 CS?"

"那他在哪儿呢?"

"Sorry,我不知道了。"

"在那儿!"眼尖的小鹦鹉指着一边说,我们放眼望去,一个金色的身影一闪而过,跳进了另一个方块中。跑过去一看,发现他跳进了"神庙逃亡"。我们对视一眼,跳了下去。

哇,这儿空气不错哦!

我展开双翅,一直向上飞……

"他在那儿!"我高声喊道。我们顾不得拍掉身上的灰,就追了过去,悄悄地在他身旁飞着,只见他跳过一道火环,又飞速从火下穿了过去,把怪物都绊倒了。空中出现了一行大字:"你赢了!"他满意地笑了笑,接着大喊一声:"风神天女,赶快说吧!什么事儿?"

好吧,原来他早就发现我们了,难怪连《知心姐姐》杂志都整版介绍过他,不愧是游戏达人!

我们轻轻降落,说明了来意,并强调:"绝不会害你的!"他皱了皱眉头,又笑了:"可以啊,赢了我就行!"

"什么游戏啊!"我歪着头问。

他得意地笑了笑:"就玩神庙逃亡呗!你跑,我当怪兽!"

"好,如果我们赢了,你就跟我们走。输了,就永远不再出现在你面前!"

"好,爽快!"

十分钟后,我们做好了"战斗"准备。

"三、二、一,go——"我拼命跑了起来,跳过一道深涧,滑过一个树洞,又上了独石桥。

"哎呀!"我被绊了一跤,赶紧爬起来转头一看,争锋已经追上来了!我爬了几步,努力站起来,觉得脚踝处传来一阵剧痛。"哎呀,脚扭了!"恢复术倒是可以让脚好起来,可那也需要时间啊!争锋追上来得很快,他绝对不会留给我那么长时间!

正当我准备认输时,他也绊了一下!好机会!我赶紧恢复了自己的脚,又跑了起来。

接下来一切都很顺利,可跑到木板桥上时,我真的没力气了,脚像灌了铅似的，腿仿佛已经不是我的了。终于，我瘫在地上。争锋看着我说："你输啦！"

"好吧，我真的输了。"

天空中出现了一个声音："恭喜你，你是第 9999 个玩家，获得再来一次的机会！"

（二）作弊

"噢耶！运气不是一般的好！"我喘着粗气，兴奋地叫了起来，但我不确定能否把握住这次机会。

"咦？星队长和孔儿呢？"

"在这儿！"她们慢悠悠地走了过来，孔儿问争锋："你力气怎么一直用不完呢？"

"哈哈，这个原因很简单。"他清清嗓子说，"一，我的力气本来就大。二，我是男生，你是女生。三，我能量比较大。……三十，我有生力水！"

看着面前这个啰哩啰嗦像老太婆一样的帅哥，我和星队长听得都要吐血了，孔儿更是晕过去了。

"你为什么不先说第三十个原因？"星队长恨恨地说。

争锋一脸无辜："你问俺了吗？"

"咚"，又一个晕倒了。

我问道："生力水在哪儿？"

"买的呗！"

"多少钱一瓶？"

"嗯……"他闭着眼睛想了一下，"两元一斤！"

"这么便宜！"我不太相信。

"Yes！"

我变出了四元："来两斤好了！"

"OK！"

我喝了一口，有点苦，但却一下感到神清气爽。紧接着，我左手从上方握住右手手腕，右手食指在空中画了一个圈，慢慢提到与肩同高，右手回旋再握住左手腕，同时，气运丹田，两手猛地放开，双手食指向水面指去。立刻，平静的水面上溅起了两米高的水花。

"哇哦！"我惊叹道，"效果真的超赞呐！"

"那我们可以开始了吗？"争锋问。

"好。"

"三、二、一，go！"我们又一次飞奔出去，跑了两百多米后，我微微一笑，展开翅膀，飞了上去。

问我这是干吗啊？作弊呗。争锋太强了，跑不过啊！

我定睛一看，发现那些树啊、洞啊什么的，都跟我移到了天上，而且不管我怎么飞，我竟然一直在地上，因为地面和路旁的树啊什么的都跟着我一起飞升。回头看了一眼争锋，他酷酷地说："不许作弊！"我吐了吐舌头，飞了下去。

又跑了一段路，我喝了一瓶生力水，悄悄地掏出了一把金刚钻，向下钻去，希望我能像土行孙一样土遁。

咦？下面是空的！一钻就是一个大洞。我跳了下去，又定睛一看，晕，那些东西又移到地底下来了！我无奈地回到地面，老老实实"脚踏实地"进行着这无聊的跑步比赛。

我低着头，一阵猛跑，才抬头准备看看路，发现我正跑到了悬崖边上，我直接向悬崖外冲出去。

"呀！"脑袋重重地撞上了什么，我大叫道："我的头啊！"

我知道，我又输了。

睁开眼睛，我又站在入口了，我看了看一旁的争锋。

"你跑得非常好，再陪我玩一局吧！最后一次机会咯！"

"耶！"我兴奋地跳了起来。但我内心却在咒骂着这无聊的黑眼圈熊猫。

（三）孔儿真棒

"停！"孔儿突然说道，"我来！"

"啊？"我看着瘦小单薄的孔儿，"孔儿，不是说你不行，我们的比赛只能用跑的，一点魔力也不能用。你瘦瘦小小的，是比不过争锋的。"

孔儿诡异地一笑："只可智取，不可硬拼！"

"什么意思？"

"你们等会儿就知道了，生力水还有多少瓶？"

"嗯……"我数了数，"14瓶。"

"好的，那争锋呢，还有多少瓶？"

"还剩下一瓶了，不过正在买……好了，现在还有31瓶。"

孔儿充满信心地笑了笑："很简单的，等着看好戏吧！"

[孔儿篇]

别说，风神女神的观察力还真差，在她跑第二次的时候我就发现，在游戏中是可以买生力水的，别人看不出来。

而且，游戏中的钱就是金币，不过十枚金币等于一元人民币。所以，只要不让争锋得到金币，大量消耗体力就搞定了。

比赛开始了，开战吧！

"三、二、一……""停！"我大喝一声。我转过头去，对争锋说："胖熊，我们提高难度如何？"

"行啊，怎么提高？"

"我做什么你就做什么。我向左你就向左，我怎么走你就怎么走，如何？"

争锋拍了拍手："好玩，这个好玩，来啊！"

这时，我听到争锋在心里说："做不到又怎样？"

我对争锋说："做不到就算输！小风和星队长要做监督！行不？"我问小风。

"嗯。"她们点了点头。

争锋很惊讶地问我："你可以听见我心里的想法吗？你是怎么做到的？"

"我是孔雀公主，天生具有读心术的，虽然没有星队长那么厉害，不过读取你的思想还是可以的？"

"噢，原来如此……我同意！"

天空中有个声音响起来"三、二、一，go！"

我飞速地跑了起来，大约130米后，我突然劈了个叉，并停止前进等着看胖熊的笑话。劈叉对我们练舞蹈出身的女孩子来说太简单，但短腿熊猫呢？想想我就想笑。

争锋见我突然劈叉，也只好急忙劈了下去。哇！我的眼珠子都快要掉出来了，他竟然会劈叉！

我转过头去，用嘴型说："厉害！"他比给我的则是"有什么损招你就用吧！"我笑了笑，突然爬了起来，继续向前跑。又偷偷回头看了一眼，只见他喝下了两瓶生力水。

哇！前面有很多金币！我赶紧把它们捡了起来，接着又把裙子变成牛仔裤，一个后空翻翻到了争锋后面。他实在没有办法，只好也翻到了后面。呀！左边又有金币！一个也没拿到！我赶紧往右跑，争锋也没拿到！

就这样，我不停地消耗着争锋的体力，同时自己不停地买生力水，还不让他拿到金币！不一会儿，争锋就累得气喘吁吁。

终于，争锋端着粗气说："认输行了吧！你……太阴险了！不……不是男子汉大丈夫所为！"

我和降落下来的小风、星队长笑嘻嘻地说道："我是小女子，本来就不是男子汉大丈夫！"

[风神天女篇]

孔儿太棒了！真聪明，为英，搞定了！

"争锋帅哥，现在就要请你跟我们走了。你要住在我们为你提供的地方，我们会好吃好喝地伺候着你，但你不能离开，直到你协助我们完成一件伟大的事情。"

"你们要绑架我多久？"他有点嬉皮笑脸。

"应该不要太长时间。"

"行，只要有好吃的，我黄今豁出去了，就跟你们走一趟。"胖熊突然嘟嘟囔囔地傻笑，唠唠叨叨地说，"就是因为听说南师附中的饭好吃，我才去南师附中上学的。你们知道吗？"

"你在说什么？你是黄金做的吗？"孔儿好奇地问道。

"不不不，我是争锋，你们看到了，我是肉乎乎的熊猫，我怎么可能是黄金做的呢？想钱想疯了还是幻听了啊？"

我正疑惑呢，孔儿在我耳边悄悄说："他心里在说'差点露馅了'，不知道什么意思。这家伙是不是藏了好多秘密，我们以后得防着点他。"

"算了算了，管他是黄金还是白银做的，我们还忙着呢，忙我们的正事吧。"

七、 跳进黄河洗不清 （1）

（一）臭名昭著

　　一大早醒来，我刚睁开眼就被吓了一跳。眼前出现了两个大怪物，每一个都青面獠牙，恶狠狠地盯着我。"哇！"我惊恐地向后一跳。定睛一看，这就是星队长和孔儿嘛，从衣服就能认出来，她们一人带了个面具而已。我一脸犀利的表情盯着她俩，不一会，她们就乖乖摘下面具。

　　我松了口气："你们俩想干吗？一大早就起来，想谋杀啊？"

　　奇怪，她们竟然没有跟我顶嘴，反而用标准的"八颗牙"式的微笑把我像贵宾似的迎上了餐桌。接着，孔儿笑眯眯地给我捶腿敲背，星队长则给我端来了一盘又一盘精美的点心。我却不急着吃："你们俩到底安的什么心？有什么事儿，快说啦！"

　　"放天假呗！"星队长嬉皮笑脸地说。

　　"就是嘛！"孔儿也凑进来，"一共七个魂魄我们都抓了五个了！历经千辛万苦，只想放一天假！"

　　"切，本来就要放你们假的！"

　　"噢耶！"

　　我笑着说："不如我们去找蝴蝶仙子玩吧！那两只小熊好可爱哦！我们才抓了一只大熊，现在有点想和蝴蝶的小熊玩了。"

　　"好！"

　　我们穿着整齐，顺便还提了两罐蜂蜜来到了维尼的家，接着，我轻轻地敲了敲门。

　　"来了！"蝴蝶仙子边说边打开了门，"风神天女？"她的眼睛一下瞪得亮圆，然后嘭的一声关上了门。我们真是丈二和尚摸不着头脑："到底怎么了？我招她惹她还是欠她钱啦？"

　　奇怪了，我又敲了敲门，想问个清楚。

　　许久，门终于打开了，但还没等我们迈步进去。"扑扑扑"，一团团黄色的东西打到我们身上，我突然闻到一股香甜的味道。我抽了抽鼻子："蜂蜜！"我叫了出来："那就是说……"孔儿她们似乎明白了我的意思："蜜蜂！"

"嗡……嗡……嗡……"一大群蜜蜂涌了上来。"天呐！救命！"我们赶紧落荒而逃。

回去洗了澡换了衣服，我们聚在了一起。"我们到底哪儿得罪蝴蝶仙子了？"星队长首先打破了沉默。

"就是啊！"我也插了进来，"我们跟维尼还是战友呢！"

孔儿也说："她也没有你们说的那么好，好吗？"

"No，她原来不是这个样子的！"

"算了算了！"星队长叹了口气，边擦身上的蜂蜜边说，"去找海洋仙子去水下玩好了。顺便游泳，还能健身，也把这些甜腻腻的东西洗一洗。"

"嗯！"

我们飞到了海洋仙子的水晶宫里，再次轻轻地敲了敲门，海洋仙子在里面问："谁啊？"

"星队长，孔儿，风神天女！"

"啊？"她的声音显得惊慌起来，"你们来干吗？"

"找你玩啊，还能干吗？"我奇怪地问。

"谁信啊？整天滥抓好人，你们的恶名都传遍四海八荒了，天知道今天你们是来干吗的？"

"没有，事情是这样的……"我在门外把前因后果讲给了海洋仙子听，讲完后，我深呼一口气，"所以我们并没有滥抓好人！"

感觉得出来，海洋仙子还有些犹豫，"可是那件事……"

"哪件？"

"嗯，这样吧，星队长进来，我告诉星队长。"

"好吧！"星队长说。

"小心点！"我有点担心星队长，因为她的法力比较弱。

"OK！"

（二）暗算

[星队长篇]

我们好不容易集齐了五个魂魄，老大决定放一天假，我们准备高高兴兴和朋友们玩一天，但维尼却一直躲着我们，海洋仙子则对我们半信半疑，到底发生了什么？

我莫名其妙地进了海洋仙子的家，她神秘兮兮地拉上了所有窗帘，四周一丝光亮都没有。我开玩笑地说："干什么，想谋杀么？"

她没有说话，而是幽幽地说起了这个故事：

"我有个姐姐，从小就跟我非常要好。一天晚上，家里停电了，漆黑一片，家里又没有'水蜡烛'了，我很胆小，不敢一个人在家，于是姐姐就让我去买蜡烛，自己在家看家。我买好了蜡烛，一蹦一跳地回了家，按了门铃，却没有人来开门，我觉得有些不对头就从一扇开着的窗户飞了进去，可到处喊姐姐都不回应我，我点上了一支蜡烛，轻轻打开了姐姐房间的门……"

海洋仙子说到这里停住了，在黑暗中我好奇地问："后面呢？后来怎么样了？"她叹了口气，轻轻地继续说："我发现姐姐躺在床上，被子把头也盖住了，我轻轻地掀开被子，一团黑影就向我扑来，同时在我面前撒了一把迷药，我就晕过去了。不过我在晕过去之前，尽力从黑影身上揪下了一些东西。等我醒来，姐姐靠在旁边的椅子上，眼睛瞪得大大的，心口处有一道剑痕，已经停止呼吸。我看手中的东西，是一根鸟的羽毛，姐姐的法力不低，凶手一定是——你们的小——鹦——鹉！"

她放缓语调，继续说道："我说完了，我只是想让你做个明——白——鬼——"我正听着呢，突然见她眼睛露出凶光，向我扑来，一下掐住我的喉咙，我只好在黑暗中大叫："救命！"

可她紧紧地扣住我的喉咙，这两个字在喉咙硬生生被卡住了，我什么声音也发不出来，再这样下去，我会被掐死的！

黑暗中我一只手胡乱摸索，抓到了桌上的一个花瓶，使劲朝地上砸了下去，刚好砸在海洋仙子的脚上，向来因自己的美貌而无比骄傲的她痛得大叫一声，却依然不松手。我估计她的脚背已经血肉模糊了。

看她对我这么深仇大恨，我就知道她们姐妹感情很深，想解释几句，但我什么也说不出来。突然，一股钻心的痛从我右手掌心传来，我眼前一黑，晕了过去。

我最后听到的是风神天女的声音："星队长……"

（三）红线巫术

[孔儿篇]

海洋仙子把星队长放进了家里，我和风神天女都觉得有点不对劲，但她家的门有语音密码，我们进不去，什么也听不见，只好干等着。

突然，里面传来一声像瓷器破碎的声音，紧接着传来一声海洋仙子撕心裂肺的惨叫。我觉得事情不大妙，和小风对视一眼，用厉害的法术直接把门冲开闯了进去，刚好看到星队长倒在地上，风神天女大声喊道："星队长！"

我一把推开海洋仙子，她也不躲闪，嘴角露出了一丝冷笑。我们把星队长搬到别处，我赶紧察看伤势，发现除了脖子上的勒痕外没有其他伤了。当我翻开她的右手时，在掌心发现有一根"红线"从手掌蔓延到小臂，还在继续沿着血管往肩膀处延长，红线是长在手里面的，这一定是一种毒术，可我没见过这么怪的法术，小风说她也没见过。正想问海洋仙子，她却幽幽地说："这叫红线巫术，这巫术还有一个故事呢！听听吧，好听着呢。"她自顾自说道。

"很久以前，有个叫杰克的男孩，他的女朋友叫艾。一天艾给杰克的姐姐介绍了一个朋友，也就是艾的哥哥，杰克姐姐对艾的哥哥一见钟情，可这个哥哥却是个大坏蛋。没多久，他盯上了杰克姐姐的财产，设计害死了她，杰克非常伤心，就研究出了红线巫术杀了艾和她哥哥。"海洋仙子长叹一口气："这情景是多么相似啊！三天后，等着给她收尸吧！哈哈哈！"

我一下冲上去揪住海洋仙子的衣领："说，解药在哪儿？"话毕，我恶狠狠地瞪着海洋仙子，可她却轻轻地一笑："呵，真是好笑啊！"

平日里海洋仙子柔美的笑容这会儿却变得无比阴森：

"我费了那么多功夫才下好毒，这种毒药掺杂着人类的哀怨、忧伤、仇恨、愤怒和麻木，你觉得我会把解药给你们吗？哼，想得美！"说完，她快速从身上掏出一个小纸包，迅速把里面的粉末倒进嘴里，我抢来一看，里面一点也不剩了。海洋仙子冷笑道："别找了，天下也只有这一副解药，药方早被我烧了，而且施了魔法，你不可能把它复原！"

过了一会儿，她就像以前那样温柔地微笑着说："给你们下毒可真不容易。"

愤怒的风神天女狠狠地把小纸包扔地上，还不顾淑女风范地踩了两下。"我告诉你，"小风几乎说不出话来，愤怒中还带着一丝哭腔："我现在回去找解药——我不相信哪种毒药会无解，星队长如果有事，唯你是问！"说完，她就背着星队长夺门而去。

我看了看海洋仙子，她脸上透露出麻木的微笑，可是眼神里却只有空洞。我知道我们从这里得不到什么了，时间有限，我在心里叹了一口气，朝着小风飞去……

八、 跳进黄河洗不清 （2）

（一）药方

我回家后，就立刻变出一大堆补品，万年灵芝，千年人参……然后又把它们变成了汤，一勺一勺地喂星队长，也不管到底有没有用，边哭，边喂。人已经接近崩溃的边缘。

这时孔儿回来了，她一把拉住我："你干什么？想把她喂成胖子吗？"

"那怎么办？"眼看着我就要哭出来了。

"要我说还是去海洋仙子家找找线索吧，你太冲动了，我刚才想喊住你，但我知道你不会听的。"孔儿想了想说。

"好，走吧！"我来不及回答，就已经飞了出去，丝毫没有等孔儿的意思。往常都很淡定的我，今天却急得像热锅上的蚂蚁。

星队长，坚持住啊！

我们很快飞到了海洋仙子家门口，孔儿直接把门踹开，却发现海洋仙子躺在地上，手里紧握着一封信。我抽出那封信快速浏览了一遍：

风神天女：

　　我知道你们还会来找我，我就再说几句话吧。

　　当我看见姐姐死的那一刻，我就不想活了，但是我心想，一定要为姐姐报仇。

星队长中毒后你那着急的神情还真是让我有些于心不忍，毕竟我们从前是并肩作战的朋友呢！岁月无情，曾经的友谊已化作一阵阵轻烟，没了，就永远都没了。

其实，那副解药如果单独吃是有毒的，而且毒性非常猛。我知道，小鹦鹉跟你们应该没关系，你也不会做出那种事，只是我太着急了，你一定很恨我吧？反正我早不想活了，就让我去找姐姐的同时向你以死谢罪吧，再见了，我的朋友们。

海洋仙子

看完后，我长叹了一口气："信是写给我们的，什么都迟了，唉……"
这时，眼尖的孔儿叫道："那有一本书，上面写着《红线巫术》！"
"太好了！快，拿下来！"我简直欣喜若狂。
孔儿双手一抬，那本书就出现在了她的手上，我赶紧抢过来，趴在地上看了起来。
"红线巫术的起源……红线巫术的使用……红线巫术的解药！"我急忙看了起来。红线巫术是一种毒性极强的巫术，世界上没有现成解药可以解毒，唯一可能的方法大约只有以毒攻毒。想解毒，就需去找天、地、海中各一种生物，它们分别是：天上翼龙的翅尖，地上黑曼巴的毒牙，还有海里电鳗身上的黏液，不能用魔法，否则一切都没用了。
"什么？"孔儿差点吐血，"不用魔法怎么可能拿到这些东西嘛！"
我指了指书上的一行小字，咬了咬牙说道："为了星队长，我们还是试一下吧！"
孔儿刚才没发现这行字，随后她慢慢念道："如果你们没有取得这几样药材的本领，那也就不用解毒了。没用的人，这世上还是少几个更好。"念完，她气得把书扔到了地上。
"那……她怎么办？"孔儿指着四脚朝天——不对，是一个"大"字形趴在地上的海洋仙子问道。
"要不，把她也救活？"我有些迟疑。
"嗯，还是算了吧！"孔儿下定了决心，她让星队长中了红线巫术，这是她罪有应得。
"好，可是，翼龙在侏罗纪那个时代啊，不用魔法我们怎么过去嘛！"我抓了抓头。

"这个还是可以做到的，这本书里写了。"孔儿把书捡了起来。

"那快点去吧？"

"OK，let's go！"

"吗哩吗哩变，穿越侏罗纪！"

（二）翼龙翅尖

啦的一声类似电流的声音，我们就到了侏罗纪世界。

哇，这儿的草比我们都高，这空气太清新了！刚来这儿的我们对什么都感到新鲜无比。"嘶啦……"，一阵不和谐的声音传了出来，我们吃了一惊，正准备变身，却突然想起这儿不可以用魔法。

我回头一看，发现一只很可爱的小龙从蛋里钻出来，它那双好奇的大眼睛东看看西望望，十分可爱，我们正想摸摸它的头，却发现它的叫声很奇怪，我仔细一看：妈呀，霸王龙！我们竟然看到了它们。

虽然小霸王龙很可爱，可一想到霸王龙的可怕，我们还是头也不回地跑掉了，今非昔比，我可不想被吃掉啊！

"看，那有翼龙群！"孔儿指着东边说。

"太好了！我们快飞过去吧！"说着孔儿就要展开双翅。"啦～嘭。"翅膀发出了一些异常的声音："咦？我的翅膀怎么总是展不开呢？坏了吗？"孔儿奇怪地抓了抓头。

"喂，这儿能用魔法吗？"我摇了摇头："就知道你会忘记，所以我把我俩的魔法屏蔽起来了。"

"这的确是个不错的主意，可我们怎么靠近它们呢？"

树上！那是一棵很大、很高、很粗的树，粗到三个成年人才能将它抱住，高度说它有二三十米绝不过分，上面的树叶又大又多又密，好像一把大伞似的，很适合隐蔽。

孔儿先开口了："我们到树上去，不就可以靠近翼龙了吗？"

"嗯……"我转了转眼睛，"的确可以，但现在不能用魔法，怎么上？"

孔儿打了个响指："这好办，电视上不是有放吗？找一根绳子，扔上去，让它固定在树枝上，我们不就可以爬上去了吗？"

我在一旁听得目瞪口呆："不行不行！"

"为什么?"孔儿很不服气。

"第一,你在哪儿找二三十米长的绳子或藤条?第二,你怎么将绳子固定?第三,固定上了我们爬得上去吗?你看的什么电视?蜘蛛侠?"我抚额无奈地问道。

孔儿一脸无所谓的样子:"猫和老鼠啊!"

我非常无语:"还藤条呢!怎么不用石子把树砸倒?这样上去才快哩!"我噘着嘴想了一会儿,忽然眼前一亮:"藤条?石子?藤条,石子……我想到了!"

孔儿急忙奔过来:"什么?你想到什么了?"

"哼哼……我们之所以不敢爬树,不就是因为不好固定吗?那如果穿上钉子鞋呢?"

孔儿看看我脚上小巧的皮鞋,也看看她脚上精致的凉鞋:"我们没有啊,这儿不可以用魔法!"

我轻轻地笑了一声:"哈,钉子鞋不就是鞋底尖点吗?如果我用藤条固定一些尖石子在鞋底,那岂不就成了钉子鞋?"

"好主意啊!那我们快点开始吧!"

"好!"

我们先找了一些手指粗的藤条和一些尖石子,开始固定,从小娇生惯养的我们被粗糙的藤条勒得手生疼。终于,我们做好了"钉子鞋",效果还不错呢,我们挽起裤腿,相互看了一眼,抓住树,一点点地开始爬。

过了许久,我们累得连气都喘不匀了,手脚一点力气都没有。这也难怪,谁让我们从小就娇生惯养的呢!看来以后还要多锻炼啊!不一会儿,我就受不了了,对孔儿说:"我说,孔儿啊,我们休息一下好不好?太累了!"

"喂!你要在树上休息啊?那会越来越累的!嗯……你想想星队长,身上就有劲了。"

"嗯!"我喘了口气,星队长还等着我呢!我不能放弃!堂堂风神天女,没有魔法就不能爬树了?嘿,我就不信了!

一下子,我想到葵花公主正身受磨难,星队长命悬一线,顿时身上好像被火燃烧一样,瞬间充满了力量。

我一步一步地向上爬去,这一次,我和孔儿谁也没停下过。累了,又停一会儿,再鼓鼓劲儿,我们谁也没有再喊累,因为,星队长在等着我们,我们身上背负的,是星队长的性命!

想着想着，我们不知不觉就爬到了树的上半部，坐在树枝上，抹一把头上的汗，太棒了！

我们刚喘了几口气，就讨论起取翼龙翅尖的办法，平时身娇肉贵的孔儿喘着粗气说："要我说啊，爬到它背上取翅尖是不可能的，还是另想办法吧！"

"嗯……要不开枪把它打死吧，这样取翅尖就容易多啦！"我看着孔儿认真地说。

"噗……"听了我的回答，孔儿差点儿吐血，"拜托，老大！你带枪了吗？翼龙皮那么厚打得进去吗？打不进去反而打草惊蛇了怎么办？最重要的是，翼龙再怎么凶也是动物啊，你乱杀动物是不道德的！再说，你还是仙女啊，仙女很善良的好不好？你怎么能……"

孔儿就是孔儿，她的十万个为什么还是让我招架不住，在我头爆炸之前，我必须让她停下来，于是我大吼一声："停！"随后我瞄了瞄孔儿，她果然停嘴不说了，莫名其妙地看着我，我清了清嗓子："你别玩十万个为什么了，还是想想怎么办吧！"

"嗯……不如我们爬到它的背上好了。"孔儿抓耳挠腮想了很久后终于冒出了一句话。

我奇怪地问："你不是说不行吗？"

"这个嘛……"孔儿轻轻转了转她的眼珠子，"现在是没办法嘛！你看……"

"嘶啦嘶啦……"什么声音？我朝着有声音的地方看去："妈呀，翼龙！快躲起来！"我一边大喊着，一边想着：我们有暴露行踪吗？怎么这么快就发现我们了？太邪门了吧！正想着，孔儿已将我拉到树叶丛中，静静地看着翼龙，随时准备战斗。

可奇怪的是，翼龙并没有来抓我们，而是飞到树上背对着我们蹲了下来。

"啊！"我急忙捂住嘴，翼龙奇怪地回了一下头，然后又转过去了，怎么回事呢？原来是孔儿刚刚狠狠地掐了我一下。

我皱着眉头轻声问孔儿："你干吗掐我？刚刚多危险啊！"

孔儿也不甘示弱，皱着眉头回瞪我："谁让你刚刚乱叫？我魂都快吓没了，刚才拉你时我差一点跌下树去！"

"好了好了，我错了还不行吗？别说话啦。嘘！"我突然发现翼龙好像准备起飞了，于是我给孔儿使了个眼色，她点了点头。

我们悄悄地跑到它背后，一起做出手势：三、二、一！紧接着，我们一跃而起，孔儿抓住了它左翅，我抓住它右翅，并在那一瞬间从口袋中掏出小刀。

可能是因为翼龙的皮太厚，或者身上泥巴太多，它并没有发现我们，所以飞得很慢很平稳。我呼出一口气：好像也不是非常难哦！于是我打了个响指，扔给孔儿一把小刀。

我紧紧地抓住翼龙翅膀上端，然后一点一点地往上移去，哇！这儿风好大啊，我被吹得睁不开双眼，还好早有准备，我从口袋里掏出防风眼镜戴上，哈！看东西没问题喽！

终于可以够到翼龙的翅尖了，我拿出小刀开始割，一边警惕地看着翼龙。谁知我没注意，一下子用力过猛，把翼龙的翅尖割出了血，翼龙似乎疼得抖了一下，差点把我抖下去。好吧，这不是重点，关键是慌乱中小刀掉下去了，而且我根本腾不出手来重新拿一把小刀。

"哇！"受惊的翼龙猛一回头。

完了，被发现了！

翼龙伸长脖子想咬住我，可是差了一点，它就转动身子想让它那长有锋利牙齿的大嘴靠近一点，但是，它一转，好像嘴靠我近了，它的翅膀却又离远了，大脑没转过弯来的翼龙就这样像陀螺一样慢慢原地转动起来了。因为转动起来仍够不着我，翼龙生气了，转得越来越快，360°，720°，1080°……它在暴怒中一圈一圈旋转，这可把我害苦了，虽然它的大嘴咬不到我，但我好几次差点掉下去。我被折磨得晕头转向，昏天黑地。但脑袋里是清醒的，我心里直叫："完了完了！任务要失败了！我的小命要不保了！"

"哇哦！"翼龙终于停下来了，它又大叫一声，转头向孔儿的方向看去，原来是她把刀狠狠地插进了翼龙的翅膀，她在吸引翼龙的注意力！孔儿给我比了个嘴形：快！

我这里暂时安静下来了。我迅速又拿起一把小刀，拼命地割了起来。每当翼龙想咬我的时候，孔儿就会吸引它的注意力，所以我一直没事，但孔儿却好几次差点掉下去。

终于割下来了！我晃了晃手中的东西，刚好，孔儿被翼龙甩了下去。"孔儿！"我大喊一声，也跳了下去，一把抓住她的手："吗哩吗哩变，回！"

呼的一声，我和孔儿回来了，就在海洋仙子家。我看着手中的翼龙翅尖："呼！"还好，在我手上。孔儿问："这是现代吗？"

"是的。"

"翼龙翅尖呢？"

"在这儿。"

停了两三秒，我和孔儿突然大叫起来："耶！"

呼，这次的侏罗纪旅行真令人害怕，我们现在都还惊魂未定，不过——翼龙翅尖，搞定！

九、 跳进黄河洗不清 （3）

（一）逃命

翼龙翅尖搞定后，我和孔儿累得浑身的骨头几乎要散架了，但我们却依然不敢怠慢，因为星队长右手心的红线已经到胳膊肘了，而我们还有两个无比艰难的任务：黑曼巴的毒牙与电鳗身上的黏液，还都不能用魔法！迫不得已之下，只稍微休息了一会儿，就念咒穿越到非洲南部。

我们面前出现了一处灌木丛。

一向有洁癖的孔儿看了看眼前的灌木丛，小心翼翼地走了进去，这里的环境真恶劣，地上的稀泥黏糊糊的，散发出臭味，特别恶心。

为了星队长，我们忍了！

我和孔儿一人拿根棍子，边探路边细心地观察周围。

忽然，孔儿拿棍子点了点我，做了一个"嘘"的手势，然后指了正前方的一条蛇。它头部呈方形，体色为灰褐色，由背脊至腹部逐渐变浅，而且，它足有三米多长！

我与孔儿默契地互望，从身后拿出早已准备好的袋子与鲜肉。我们退后几步，把肉放下，然后悄悄地拿着袋子躲了起来。不出所料，黑曼巴很快就过来大吃特吃，我和孔儿悄悄准备好，一起摆出"三、二、一"的手势，然后同时跳起来向黑曼巴扑去。谁知，它的速度快得惊人，我们只见眼前黑影闪过，泥浆似乎瞬间向两边分开，黑曼巴已经窜出去了，而我和孔儿则重重地摔在了一起，糊了一身臭泥。

我扭头一看，发现黑曼巴正准备扑向我们。我大喊一声："跑！"于是，就出现了戏剧性的一幕：本来要抓蛇的人现在连滚带爬地被蛇追，黑曼巴是"地主"，很适应这里的环境，"跑"得非常快，而我们则一脚深一脚浅地狂奔，像两个泥猴，狼狈不堪。

眼看就要被追上了，我用手分别指向左右两边，我们马上分开跑，但又离得不远，彼此能看到。

黑曼巴犹豫了一下，就朝孔儿追过去。眼看着它离孔儿越来越近，我想到了一个主意，大喊："孔儿，武器可以用的，把你的剑拔出来，边跑边砍树，挡住它，快！快！"

孔儿来不及回答，马上抽出剑，用尽全身力气边跑边砍身边树枝，可是黑曼巴的速度却非常快，砍多少都挡不住它。

就在我束手无策的时候，发现孔儿不断从包里掏出什么往身后扔，仔细一看，是各种各样的小镜子。仙女会随身带着许多小镜子，特别是这个超级臭美的孔雀公主，她喜欢收藏各种大大小小的镜子，我知道她随身会带很多镜子，只是没想到会有这么多。

只是，她干吗要扔了镜子啊？难道是为了减轻重量，让自己跑得更快吗？

孔儿似乎看出了我的疑惑，她朝后看看，黑曼巴"哧溜"得越来越慢了，才大喊道："把镜子捏碎，把碎玻璃朝后扔，它就不敢那么肆无忌惮地'滑冰'来追我了。你瞧，黑曼巴越来越慢，一定是被我的碎玻璃武器制服了！"

对啊！这家伙太聪明了。我朝她竖起了大拇指。跑着跑着，我突然发现后面没了声音，就停下快跑断的双腿，回头去看：原来是黑曼巴放弃了，扭头向后"走"去。刚才追我们时，它"跑"得像一条直线，现在优哉游哉地返回，像个"S"一样，扭来扭去。

"终于不用跑了！"我和孔儿长呼一口气，也不顾地上脏不脏，便一屁股坐了下去，从来不跑步，一向只用飞的我们好久没跑过这么长的路了，差点累断气。

（二）蛇鹫

我一边敲着快跑断的双腿，一边对孔儿说："黑曼巴好厉害！看来我们不能硬拼，还是只能智取啊！"

另一旁的孔儿一边摇晃累得几乎没有了知觉的腿，一边说："同意，哎？黑曼巴有天敌吗？"

"当然！"孔儿的话让我一下有了一个主意，"我们可以找来它的天敌来帮我们啊！我在书上看过，蛇鹫好像就是哎！"

"那就好，那就好，不过蛇鹫长什么样子啊？"

"额，这个……"我抓抓头，支支吾吾答不出来。

就在我抓耳挠腮间，无意中一转头，就被一只很奇怪的鸟儿吸引住了。

那只鸟的喙是白色的，像个小钓竿一样，大大的眼睛周围的羽毛是肉红色的，脖子后部有十几根黑色的长羽毛，都竖了起来，像一顶皇冠一样，从脖子到尾部的毛都是白色的，尾巴却为纯黑色，最奇特的是它的腿：约有半米长，膝盖以上的腿有厚厚的毛，下半部分则光秃秃的，而它的身高竟有 1.5 米左右！

我碰了碰孔儿："喂，你看那只鸟！"

"看到了，它不会就是蛇鹫吧？"孔儿细细打量了它一下说道。

"很有可能！你不记得赏能老师给我们讲过阴阳相生相克的道理吗？黑曼巴在这里，它的天敌应该也就在这里。"我才说到这里，孔儿马上抢过话头："对对对，老师还说过，天竺僧为了给杨过解情花毒，就是在情花旁边找到断肠草的，这就是相生相克，互相克制又互相生长。"

"你很烦哎，能不能想想我们现在该怎么办？"我无奈地说。

善解人意的孔儿似乎看出了我的困惑，我觉得我们没办法跟蛇鹫沟通，它怎么能帮我们呢？她轻轻一笑，说："你忘了我会读心术了吧，我可以控制别人的思想哦！搞定一只小蛇鹫还不是分分钟的事啊？"

"呼！"下一秒，孔儿的头上就被我敲了一个大包："我们是不可以用魔法的，你忘了吗？"

孔儿愣了一下："得，我有主意了！"她突然一蹦三尺高，"来来来……"

接着，孔儿在我的耳边悄悄说了下她的计划。

于是，我和孔儿又"不要命"地来到了黑曼巴跟前，并一人捡起一块石子，狠狠地砸向了它，黑曼巴果然被激怒了，"噌噌"地向我们"跑来"，而我和孔儿则拼了命地向蛇鹫的方向跑去，并发出很响的声音，很快蛇鹫就发现了我们，也发现了我们后面的蛇。

被激怒了的大蛇生气地朝我们飞快地冲过来，我们边跑边看着大鸟，发现它已经警觉地盯上了黑曼巴。我们知道，我们的计划成功了。跑过蛇鹫旁边时，它一下飞起来抓住了那只黑曼巴，飞了几步远，放到一棵大树上慢慢享用去了。

"噢耶!"我和孔儿互相拍了拍手,发出一阵阵轻轻的欢呼:我们的计划成功了!反正蛇鹫只吃肉,它也不吃蛇牙,吃饱后它会自己飞走,那时拿到一颗毒牙还不是分分钟的事啊!于是,我们放宽了心,精疲力竭地靠在树上休息,等待时间的流逝。

我们睡着了,因为太累了。

不知过了多久,一阵扑扇翅膀的声音把我们惊醒,急忙跳起来向原来蛇鹫的方向看去,发现蛇鹫已经飞走了。我再次懒洋洋地躺下说:"孔儿,你去把毒牙拿下来吧。"

"哦,额……可我怎么拿?"

"当然是……"我只好又站起来,向那棵树一看,"嗯……"

我迟疑了,这棵树好高啊!这是这片灌木丛中唯一一棵大树,树干不粗不细,但是很光滑,因为长在沼泽地里,树干上还湿漉漉的,根本就爬不了。

孔儿哭丧着一张脸说:"不会我们的努力成果就这样白费了吧?"

她的话音刚落,就听见扑通的一声,她往声音的来源方向一望——我站在树旁,一只手扶着树,脚下是那个大蛇的骨架,蛇头上,那两颗尖尖的毒牙很显眼。孔儿惊奇地问我:"喂,你怎么办到的?"

我望望她,在树上踹了一脚,那棵大树又来回晃动了。

"嗯——好吧。"她嘟囔了一句。

"敢小看本姑娘的力气。"我心想,"你以为老大是随便当的啊?因为怕你们说我不像淑女,本姑娘平日才装作弱不禁风的,还真以为我弱不禁风啊?'老虎不发猫,你以为我是病威啊?'"

想到最后面那句话,我自己都忍不住笑了,因为这原是我在一次公开发言中的口误。

十、 跳进黄河洗不清 （4）

星队长的红线已经到了肩膀,也就是说,我们的时间不多了。从海洋仙子留下来的资料来看,我们还有五个多小时的时间,也就是说,我们必须在五小时内把那个黏液搞到。所以,我们不敢怠慢,直接到了电鳗之家——

深海。

我们吸取了前两次的教训，没有直接到大海里去找电鳗，而是落在了海旁边的一个海洋生物研究院里，首先该了解一下怎么样捕捉电鳗。

我礼貌地敲了敲门，同时封闭了自己的魔法，免得不小心露出来吓到人家。

"吱呀。"门开了，我和孔儿抬头看见了一个身穿白大褂的男医生，他微笑着说："你们好，请问你们找谁？"

"嗯……"我脑子飞速运转，"我们是'风孔'海洋研究院的素材收集者，我们想要一些电鳗身上的黏液做研究，听说你们这里有，能给我们一点吗？"

"哦，好的，请跟我来。"说完，他就做了一个"请"的姿势，然后笑着走了进去，为我们带路，我和孔儿急忙跟在他后面走了过去。

孔儿拉拉我的袖子问道："这次行动也太简单了吧，编剧的脑子'瓦特'了吗？"

我没说话，而是拿出一对锋利的宝剑，对她自信地笑了笑，顺便递给她一把。原来我在封闭魔法前，先变出了两把宝剑，以防后患。

那个白大褂好像听到了背后的声音，他问："你们在说什么呢？"同时好像要转过头来。

医生一转头不就看到宝剑了吗？为了不让医生被吓到，我一拉孔儿的衣袖，我们瞬间同时"摔倒"在地上，把剑压在身下。所以，医生转过头来看到的场景是这样的：两个女孩同时在平地上摔倒了，趴在地上，脸上的表情无比狰狞和怪异。于是，他终于被吓到了。

愣了几秒后，他才摇摇头反应了过来，吞吞吐吐地说："额……这个……怎么会这样啊？要不……我……扶你们起来吧？"说着，便向我们走来。

我紧张得要命：我们一起来，剑不就暴露了吗？所以，我一急，大喊道："你别过来！"

这一喊，他又被吓到了，问："为什么？"

"因为，因为……"我一时找不到理由，就碰碰孔儿，让她想想办法，孔儿不急不慢地说："因为她裤子开缝了。"

"噗……"我差点气得吐血，不过这句话还是比较管用的，那医生"啊"了一声，就羞红了脸，一下子转过了头。

我用非常怨恨的眼神瞪了孔儿一眼，飞速地转身，把剑藏到袖筒里，然后我大声地对医生说："骗你的！"他这才慢慢地转过身，问："可以继续走了吗?"

医生又带我们七拐八拐地来到了一扇门前,上面写着:电鳗。

他说:"进这里的人都需要经过很多手续,很麻烦,你们就站在这儿吧,我进去拿给你们好了。"

"没问题!"孔儿说。

"谢了。"我说。

我俩听到关门声后,脸上的笑容立刻消失,同时抽出剑,一个看门,一个环顾左右,生怕下一秒就有什么怪物出来。

不知道为什么,我们总觉得这次太简单。过惯了刀光剑影的生活,遇到简单的,总是觉得有点不太相信。

我们等了很久,什么也没有发生。看门的孔儿听到一阵脚步声。"快,他回来了!"孔儿碰碰我说道。

我们以最快的速度放好剑,摆出一副乖乖女的笑容。

医生出来了,他手上多了一双塑料手套,拿着一个小玻璃瓶:"够么?"

"够了,额……黏液有电吗?"

"没有啊。"

"那你为什么戴着手套?"

"因为我怕其他东西被染上细菌嘛!"

"哦!"我伸手接过了瓶子。

"这是真的吗?"孔儿有点疑惑。

"当然。"

"我们可以拿走了吗?"

"当然。"

"你没有其他的什么条件吧?"

"当然。"

"真的就这样给我们了吗?"

"当然。"医生有点奇怪,"你们真的是搞海洋研究工作的吗?"

"当然!"我们俩同时回答。

我使了个眼色给孔儿:"那我们就不打扰了,不好意思,给您添麻烦了。"

"没事儿,"他又笑笑,"好好利用它,多为人类做贡献哦!知道出去的路吗?"

"知道。"说完,我们再一次向他告了别,然后走了出去。一路上,我们一句话也没说。

出了门后，我们解除封闭的魔法，展开翅膀飞了起来。快到家时，孔儿终于发话了："嗯，小风啊，我们好像把别人想得太坏了！"

"的确，唉……"

十一、 跳进黄河洗不清 （5）

配药

当我们费尽心思找回天、地、海那三样东西后，迫不及待地来到了星队长身边，却又发现了问题。孔儿手里紧紧捧着那三种解药站在星队长面前，非常纠结地问我："额……我们该怎么样给她喂解药咧？"

"好像当时我们都忘记看了。"我也抓抓头发说着，"要不我们再去一趟海洋仙子家吧，那天走得急，我给……"

我话还没说完，孔儿打断了我："谁像你那么呆啊！"说着，她从身后小心翼翼地拿出那破破烂烂的《红线巫术》，还细心地包上了书皮，"我一开始就把它带了回来，只是一直没时间看罢了。"

"不早说，"我一把抢过书来，继续翻到了"红线巫术的解药"，和孔儿一起仔细阅读起来，可看完后，我和她的嘴张得比灯泡还大。因为上面清楚地写着："红线巫术解药的配制时间和时辰有关，不同时辰配制方法不一样，如果搞错了，重则丧命，轻则吃药的人会变成植物人、精神病人等各种非正常人类。"

我要疯了！

"现在几点？"

"十二点四十五分。"

"也就是说，是午时三刻。"我对孔儿说，"快查，午时三刻怎么配药。"

"午时三刻是开刀问斩的时间。"

"呸呸呸，快查！"

"真的，很多书上都是这么说的，戏里头也常这么说。"

"你能不能别啰嗦！忙着呢！"我真有点生气了，一把把书抢了过来，准备自己看。

我一拿到书，就看到书页正翻在午时三刻的一面，原来这家伙虽然嘴里啰嗦，手里并没有闲着。

午时三刻开始配制解药的剂量方法：把三样东西各自研磨成粉，平均分成 123 份，算出翼龙粉中可以把 4 除尽的数有几个，就把第几份取出来。毒牙粉和黏液粉也一样，不过要分别变成把 3 除尽和把 5 除尽的数。然后把取出的那三份和在一起，用蜜蜂水浸泡烧制 45 秒，把剩下的那些用醋浸泡，100 摄氏度加热 105 秒，再把两种液体和在一起，顺时针搅七圈，逆时针搅七圈，再把它凝成五颗丹丸，放在冰箱里冻 60 秒，取出，用水泡开，给病人服下即可（记住，千万不可有一步失误，否则前功尽弃）。

孔儿用一种"我鄙视你"的表情咬牙切齿地望着这本书说："这怎么可能呢！"

我一咬牙，艰难地说："那么难的事情我们都搞定了，总不可以前功尽弃吧！"

"哎，好吧！"

"哦，对了！"我突然想起了什么，"这些可以用魔法完成吗？"

孔儿摇了摇头："不行，只有在仙丹那一步可以用。"

"好吧，开始！"

我先拿起那个有翼龙翅尖的小包。打开后，发现这东西硬得要命，和石头没什么两样，麻烦了！

正当我们接近崩溃的时候，孔儿突然大喊一声："小风，那个黏液怎么弄成粉啊？"

"把它弄到一个玻璃碗里，先放到太阳下晒，等干了再说。"一边说着，我一边拿出一把电锯，然后把它锯成了两半，随后拿了一把大锤子，握在手里运了一口气，随后大喊一声，我拼命地砸了下去，可是却没有任何变化，我好像还隐约看到了几点火星。

"额……"我抹一把头上的汗……"孔儿，可以用魔法吗？"

"我看看哦。"孔儿放下装着黏液的碗，"可以用一些辅助性的技术，比如生力术啊，阳光术啊，但直接将它搞成粉末就不行了。"

我没有答话，而是直接对自己生了大力法术，然后砰的一下又砸了下去，只听"咯吱"一声，锤子裂了。我目瞪口呆地看着锤子，哦不，碎成八瓣的锤子块。终于，我从口袋里拿出了一枚小小的顶针，这是一枚名叫"融化顶针"的宝物，只要把它放在一样物体上，心中默念咒语（放心，我不会告诉你们的），那一块（针底下端的那一块）就会自动融化，而融化的那一块会自动蔓延到其他部分上。

我把顶针放在翼龙翅尖上，念完咒语后，翅尖竟像豆腐一样软，待顶针到离底 3 厘米时，我停止了念咒语，顶针停住了。我将顶针拿出，从口袋中拿出六块反弹灰金玻璃（玻璃超硬，而且东西碰到玻璃壁后还会立刻反弹回来），又拿出一瓶松胶 2.0（改进版，很牢固），在翼龙翅尖周围做了一个牢固的玻璃盒。

而在这之前，我在翼龙翅尖的洞里放了一小滴扩大液。把一切都做完后，我又默念起了咒语，那滴扩大液不断扩大，而且还变得非常硬，过了一会儿，里面爆出了一声巨响——翅尖撑开了。我轻轻一笑，事情很顺利。我闭上眼睛，加快了嘴里的节奏，那水扩大得越来越快。终于，翅尖被硬如石头的"水"磨成了粉。

我又念起了屏蔽咒语（此魔法可让选中物体不粘上任何东西）。紧接着，我又把之前的"放大咒"反过来念，就成了"缩小咒"，一会儿后，它又恢复成了一小滴水，我把它收回，而其他的，全是翼龙的粉。

"成功！"我尖叫道，随后又自言自语道，"去看看孔儿那儿怎么样了。"我来到她身边，只见她已用"阳光法"晒干了黏液，正在用小棒磨粉。见她这边很正常，我又拿出了毒牙，用与翼龙翅尖同样的方法将它"撑"成了粉，装进了一个小瓶子里。

这时我才想起来，还没把翼龙粉收起来，我又跑到里屋，费了九牛二虎之力打开盒子，将翼龙粉装了起来。做完这一切，孔儿的"黏液粉"也搞定了。下一步——平均分成 123 份！

我和孔儿做出了一个决定：先称下多重，结果"翅尖粉"246 克，"黏液粉"123 克，"毒牙粉"41 克。

孔儿笑了："哈哈，都是 123 的倍数 or 因数！"

"咦？"孔儿平日里数学最不好了，我来考考她，"那你说说看要怎么分？"

"翅尖粉 246 克，分成 123 份，每一份是 $246 \div 123 = 2$（克）；黏液粉不用算了，每份 1 克；毒牙粉 41 克，$123 \div 41 = 3$（克），每份三克！"

"噗！"我差点吐血，"行，你先把毒牙粉分开。"

"行啊，每份 3 克嘛。"孔儿用小秤称了起来，当她准备称第 14 份的时候，却发现只有 2 克了。

这时，我说道："别纠结了，你把除数与被除数弄混了！我们是用 41 克分，所以应该用 41 作被除数！用 41÷123！因为这样除不尽，所以用分数表示，41/123，约等于 1/3 克。"

"可是秤上显示不了 1/3 啊！"

"用这个。"我拿出一个天秤，"自己设置。"

不一会儿，我俩就把这三样分成了 123 份。接着进行下一步，123÷4＝30……3（克），于是孔儿取出了第 30 克。123÷3＝41（克），我把第 41 克取了出来。123÷5＝24……3（克），我又取出了第 24 克。

我们将蜂蜜水调好，把装着蜂蜜水的碗放在炉子上，把那三份放进去，同时用秒表计时……

就这样，时间一分一秒地过去，我俩完成了最后一个步骤，就是将仙丹化成水，装在一个小杯子里。

孔儿轻轻扶起星队长，把水喂了下去。一分钟过去了，星队长的手指抽搐了一下。三分钟过去了，星队长的眼皮在抖。五分钟过去了，星队长缓缓睁开眼……

"耶！成功啦！"我与孔儿拍手欢呼！

孔儿快嘴告诉星队长："以后这种缺乏技术含量的琐碎事情还是你做吧，比如用数学分东西的工作之类，都快烦死我和老风了。"

星队长没回答，我鄙夷地对她说："没有技术含量，你烦什么？"

星儿微微一笑，孔儿却白了我一眼……

十二、 为气与为力

（一）超人强

红线巫术的毒终于解了，星队长和海洋仙子都康复了。

休息了几天，星队长元气已经基本恢复，我们总算能偷下懒了，这两个家伙想放假的愿望也达到了。虽然还有点累，但是我们斗志昂扬，迅速投入到寻找为气的工作中。

我们还有一位朋友躺在床上呢。

这天，孔儿一蹦一跳地过来说："哎，我想到了！"

"想到什么了？"坐在我旁边的星队长问。

"正所谓为气为气，这个为气必是有根源的，这个名字一定不是乱叫出来的。你想啊，气是构成人体及维持生命活动的最基本要素之一，它是流动的，是信息、能量和物质的统一体，也是产生和构成天地万物的基本元素。所以说啊……"孔儿又开始掉书袋子了，我们都知道如果不打断她，就会没完没了。

"说人话。"我鄙视地望着孔儿。

"额，好吧。我觉得为气应该是比较容易生气的人。"

"噗。"我把刚喝的水都喷出来了，"两者之间有什么关系吗？"

星队长突然像打了鸡血似的跳起来："超人强！"

"啊？"我与孔儿一下子没反应过来，"你是说猪猪侠里面的那个傻不拉儿的肌肉猪？"

"对啊，孔儿说的也不一定没道理啊！我觉得超人强就挺爱生气的。"

"我知道你聪明，能理解我，不过，找超人强也太搞笑了吧，那是动画片里的人物！"孔儿纠结地说。

"这个你不懂！"星队长得意地鄙视她。

"哎，算了，去看看。"我当机立断，"反正无聊。"

话音刚落，一道金光闪过——没错，是我干的，我们直接去了童话世界。孔儿特无语地来了一句："老大，你的行动能力也太强了吧！"

"妈呀！"星队长尖叫一声。

一辆行驶速度可以和飞机媲美的汽车向我们冲来。哇，不带这么巧的，还就是超人强的车子！

"让开，让开！"超人强以他那一百八十分贝的声音大声地喊着。额，好吧，我们本来还想直接跟他说呢！好歹我们来自人类世界，我们是文明人，但遇到了这个"猪脑子"，那就不能假装斯文了。我们彼此使了个眼色，孔儿和星队长立刻会意。孔儿拿出了一根绳子，以最快的速度拿出一个铁钩绑了上去。然后一抛，刚好钩住了超人强车子上的栏杆，爬了上去。

爬上车顶，我们才明白了超人强为什么在开飞车。

前方有一个怪物，正瞪着眼睛盯着我们。

星队长说:"小风,先除怪物吧,我们好像误解超人强了。"

"好!"我们换上了跳跃装备,先跳到了前方八十米远的房子上,第二步就跳到了怪物面前。走近一瞧,才发现那个小怪物矮得出奇,才一米多点。我们见惯了大怪物,通常都是一丈多高,也就是三四米高,这个小怪物这么点个子,真是怪物界的小矮子。

我笑了,看来这次任务很简单。

我对星队长说:"小星,用你的金星闪烁把它搞晕,剩下的交给超人强吧!"

"没问题!"星队长双手一挥,口中默念咒语,一颗颗金星与一道道金色的光辉便从她手中飞了出来。在它们将要触碰到怪物的那一刻,怪物吹了一口气。一阵猛烈的龙卷风刮了出来,把那些星星直接吹到了我们的头上。

"哇!""啊!""哦!"随着三声"惨烈"的叫声,我们三个被搞得头重脚轻,连路都走不了了。

"以彼之道,还施彼身,看来它是风系的。"孔儿说。

星队长说:"它应该学会龙卷风了。"

"和我一个专业啊!"我说,"我用台风和它硬碰硬来一次,让它见识见识风姑娘的本事。"

我双手一抬,一阵夹杂着暴雨的台风呼呼地乱刮起来。谁知,那怪物也吹了一口气,一阵同样大的台风吹过来。嘭的一声,两阵台风同时消失了。

"咦,什么情况?"孔儿问。

"什么什么情况?肯定是那个怪物也是风系的呗。"星队长说道。

"切!"我不屑地说了一声:"风系又怎样?本姑娘是风系的最高级哎!我才不怕它呢!"说着也发动了龙卷风,顺便再加了十倍的仙力,心想:11倍的龙卷风,看你怎么办!

谁知,他看了我一眼,也发出了龙卷风,而且和我的威力一模一样,两个碰到一起后——又消失了!

这次,我决定先发制人,在被风吹起的烟尘还没有消散前,我便启动了火系魔法:从口中喷出了三昧真火。谁知,那怪物不慌不忙地做了两个深呼吸:第一口气呼出来后就变成了圣水,瞬间将我的火扑灭;第二口气变成了风,把水弄到我们这里。

我一惊,一时来不及做判断,只好撑起了一座火墙。孔儿和星队长也来帮忙,不一会水就干了。

魂魄

虽说我的法力也很厉害，怪物没把我们怎么样，可我还是吃了一惊：这个怪物怎么这么强！我暗暗准备着再发动一波风刀霜剑攻击。突然，孔儿拦住了我，并把我拉到了一边。

我奇怪地问孔儿："平时我打怪物你都很兴奋，自己也跃跃欲试，今天怎么啦？你要保护怪物吗？你是天使好不好？不是应该为民除害的吗？"

"老大，消消气，消消气，生气的人智商就低。"孔儿神神秘秘嬉皮笑脸地说。她觉得再不拦我，我的口水可能就要把这儿给淹没了。"这怪物的风系魔力很厉害！"她停了一下，又意味深长地说，"它呼出的'气'可以变成好多东西！"她特意加重了"气"这个字。

"是啊，那又怎样？"我还是没反应过来。

一旁的星队长忍不住了："哎，气！气！没想到什么吗？"

"哦！"我恍然大悟。

"为气！"我们三个人异口同声喊了出来。

原来为气并没在超人强身上，我们现在正面对的，正是我们苦苦追寻的为气。

听到我们的叫声，对面的怪物愣了一下，停住了准备发动的攻击。

眼尖的孔儿看到了为气正准备跳出动画世界，便大吼一声："追啊！"

我们如梦初醒，拼命地追过去，终于在为气打开的传送门关闭前全钻了进去。

"啊！""哦！""妈呀！"由于跑得太快没刹住，我们三个都摔倒在了一起，特别是我和孔儿，头对头摔到了一起。

（二）灵魂互换

我揉了揉眼睛，才发现我手上的魔法系戒指已不是冰蓝色，而是孔雀般的宝绿色。"咦，这不是孔儿的吗？"再往身上一看，刚刚才换上的冰蓝色紧身战斗服却变成了墨绿色的便装！这些不是孔儿的东西吗？我心中一阵慌乱，怎么啦？！

我的魔法成了冰系魔法？

我也修炼了一点点冰系魔法，比如随手变块冰弹冰镜子还是没问题的。我手轻轻一抬随手试了试，面前竟出现了一座冰墙！吓了我一大跳。我猛然想到：孔儿的冰系魔法级别超高的！

我急忙对着冰墙一照：乖巧的齐刘海，清纯的大眼睛，加上一身墨绿色长袍，这不是孔儿吗？

我变成了孔儿？

不对，应该是我的思想进了孔雀公主的身体里？

那么，孔雀公主哪儿去了？

我向孔儿她们躺着的地方望去，吓死我了：

白白的肤色，成熟老练的大眼睛，包括嘴角的那颗痣，还有一身冰蓝色的紧身战斗服，这……这不是我吗？风神天女正躺在地上，那我是谁？谁是我？

早就听说通过传送门虫洞时有可能造成灵魂互换的，可我和孔儿不是最好的朋友吗？最好的朋友也会互换灵魂吗？

传说中，最好的朋友是不会灵魂互换的！

"最好的朋友是不会灵魂互换的……最好的朋友是不会灵魂互换的，我和孔儿一直是最好的朋友……"我默默地想着。

我无比失落，郁闷了一会儿。

我们还要战斗！我还要战斗！我必须满血复活！

"不不不，不对，这是什么逻辑？灵魂互换和是不是最好的朋友有什么关系？我们的灵魂没有互换，我们只是互换了意识，我们仍是最好的朋友！仍是！"我坚定地想。

我大步走到"我"面前，盯着看了一会儿，然后吩咐星队长："小星，在怪物身上放个跟踪器，快！"

她愣了一下："咦，这是老风的声音啊！你们俩……你们俩……咋回事？"不过她还是去了。

看着星队长的背影，我一转头，刚好对上"我"惊讶的眼神。我深呼吸一口气，对呆住的孔儿说："没错，我俩意识互换了，我的意识去了你的体内。由于时间问题，来不及找方法复原。现在把你的魔法集给我，我也把我的魔法集给你，现在我俩恶补一下对方的魔法，临时抱佛脚吧！"

她的眼睛里有一瞬间的失神。

"我们只是意识互换了，忙完了，我们就换回来。"

我抿着嘴看了一会孔儿，终于深呼吸了一下，装出一副很开心的样子："孔儿你怎么啦？偶尔互换一下身体也挺好的嘛！我刚好看看你平时干了些什么坏事。对啊，现在我可以大张旗鼓地到处去干坏事了，反正我干的坏事都不是我干的。"看到她眼里不是那么无神了，我就问，"你的魔法集呢？哦，在这儿啊！"我在"我"的口袋里摸到了。

孔儿勉强笑了一下，但毕竟是"久经沙场"的老战士，立刻进入了状态。

这时星队长回来了，孔儿对她说："老星啊，我和小风灵魂互换了，我是孔儿，她是小风，明白？"

"哦，我说孔儿怎么突然小风上身了呢，哇哦，等下，听说最好的朋友不是不会灵魂互换吗？你们……"话还没说完，被我的眼神挡了回去。

"我们只是意识互换，不是灵魂互换。你看，只有意识换了，身体和魔法都还紧密团结在一起呢。"

我们沉默了一会儿，在这期间，星队长一直东瞅瞅，西看看，想找点话题打破寂静。

"哦，对了！"星队长脑袋都要爆炸了才想出一个话题，"那个，你们对彼此的魔法熟悉吗？"

"太熟悉了！"我和孔儿同时说道。这倒不是瞎说，我们本来就是最好的朋友，我们彼此很熟悉，很信任。

只是……其实，我心里还是有点阴影的。

"那不如找人先帮你们恢复好了。"

"不行，为气会跑远的，对吧？"我看向孔儿，她点了点头。

"唉……这两人傻了。"星队长摇了摇头，"它身上不是有了追踪器吗？"

"对哦！"

星队长摇头晃脑地说："当局者迷，旁观者清嘛！"

孔儿转过头来问我："我们去找环保博士吧！"

我点了点头。

来到环保博士的洞里后，却发现环保博士不在家。我们四下环顾，发现地上有一张纸，旁边还有一个散落着的信封，我捡起那张纸，上面写着：

风神天女：

你和孔雀公主灵魂互换了对吧？我早算到了，不过你们来时我应该还没有回来，我去赴西王母的蟠桃宴了，要耽误一天，也就是一年后回来，sorry 哦！

你和孔儿可以"情景再现"下，比如，再

到这里，信就没有了，没头没脑的，不知为何，我有点不安。大大咧咧的星队长说："小风，这个老头儿你又不是不知道，他就知道玩，肯定他正写着，上面的人来催了，就直接走了呗。"

对哦，我点了点头。

星队长无意间扫了一眼追踪器，大声道："我放在为气身上的跟踪器被弄坏了！"

"啊？"我和孔儿急忙跑上前去看。星队长说："二十秒前坏的，还没跑远，追！"

我拦下他们："我们不是有魂魄测试器吗，搜一下就好了。孔儿。你抖一抖左手。"

孔儿照做后，一点反应也没有，我奇怪极了，平时我抖一抖左手，测试器就出来了啊？

"哦……"我皱了皱眉头，"没事，星队长，跟踪器最后出现在哪里？"

她看了看："银川沙湖。"

"妈呀，这么远啊，他怎么能跑这么快？"

"很好，追！"我下了命令，同时先离开了方山。

话音刚落，我们就像箭一样飞了出去，不一会儿便到了沙湖。一降落就有一阵风沙向我们吹来，孔儿大喊："这里有妖气！"

我抽抽鼻子，什么也没有闻到。果然，比起我来。孔儿的法力果然不太好，我们现在意识互换的嘛。

我往空中撒了一把安眠粉，待在沙湖游玩的人都睡着后，又把他们移走。不能伤害到无辜的人啊！

星队长指着一边叫道，那边有一阵龙卷风！

"那是为气的化身！"孔儿叫道。

不用我说，她们已经冲了出去。

"这两个丫头终于长大了。"我心想道。

到达为气身边后，我们三个围成了一个圈，撑起了一个保护罩，并往里面输入真气，想把为气逼出原形。

为气在里面扭来扭去，不断卷起石子往保护罩上砸，可这是徒劳无功的，眼看里面的真气满了，为气也渐渐有点现原形了。孔儿喊道："里面是两只怪物！"

一只是为气，一只是我们也没见过的怪物。突然，那只怪物从地下变出

113

一块巨石，狠狠地锤了起来，巨石在它手里就像面条一样。一会儿后，那块石头被它揉得又尖又长，然后，他像投标枪一样使劲一扔，石块竟把很厚的保护罩戳穿了。"标枪石块"卡在保护罩上，还有一半在里面。怪物用力一锤。天哪！保护罩被戳穿了！我们三个瞬间被一下喷出来的真气弹得很远，不过我在被弹走之前用冰系魔法给四周围了一道冰墙。迅速爬起来时，冰墙也被打破了。

我的直觉告诉我，另一只怪物是为力！

刚好一网打尽，把剩下的两个一起搞定！

我大喊道："这是为气，我们加把劲，把这两个都制服！"

"好！"她们齐声说道。

孔儿双手一挥，一阵龙卷风立刻出来了，呼啸着向逃跑的为气用力刮了过去。我也把左手一抬，风中瞬间多了许多冰雹，哗啦啦听着特别恐怖。星队长双手猛地一推，两个小小的圆点泡泡以迅雷不及掩耳之势向为气用力，并且开始把他们往回带，为气为力在里面拼命地挣扎，可是无能为力。

当两个泡泡快要被拉回到我们身边时，我发现了问题。有了泡泡，就不能有冰雹，否则泡泡会破，这点我也知道，问题在于，我不知道怎么将冰雹停止，我现在用的是孔儿的冰系魔法，我一点也不熟练。我在那边左挥挥右拍拍，冰雹却更多了！

"砰。"果然，泡泡被冰雹砸破了，为气为力被龙卷风卷起。我懊恼地一拍脑门。

星队长在漫天的风沙中喊道："没事，还有孔儿呢！"话音刚落，孔儿却大叫一声："小心！"我回头一看：天啊！那阵龙卷风竟然向星队长扑去，而她竟然还愣在原地！

孔儿也遇到了大问题，她对我的风系魔法也不熟练。平时用一些小魔法还可以，但现在使用的都是高级魔法，稍有差错就会出大问题。

"喂！"我大吼一声，已来不及多想，一下向数十米外的星队长奔去。可被风吹过的沙子特别松软，我根本跑不过去，大约风离星队长还有二十米时，她猛然反应过来，想往旁边跑，于是她展开了翅膀，结果空气浮力加大，星队长直接被龙卷风卷走了，还有被冰雹砸得鼻青脸肿的为气和为力一起卷在风沙里。

我冲孔儿大声喊："快停下！"

风沙太大，她没有听见，我急得都快哭出来了，只好冒着飞沙走石跑到孔儿旁边，喊道："快停止风沙！"

"我不知道怎么停止！"孔儿也快要哭了，我一看到她的眼泪，心一下就软了下来，但还是很急，便大吼道："快把你张开的双手合上！"孔儿双手合十。

"不是！"我又冲她喊道，"双手握拳！"

慢慢地远处的风沙终于停了下来，传来星队长的尖叫。

我来不及去责怪孔儿，展开翅膀飞了过去，她紧跟着我。远远地我看见星队长被一阵阵大风抛起来又摔下，愤怒的为气和为力在她身边大声怒喊着。

忽然，为气一扭头看到了我，它大吼一声，一股气流一下把星队长冲上了天，这时候为气一松，星队长估计就没命了！气氛一下紧张到了极点。漫天的黄沙在我们耳边呼啸，风从我们脸颊旁吹过，割得我们生疼，但我们要救星队长。

我们离为气还有十多米的时候，为气突然一收，星队长一下从数百米高的空中往下坠！这个高度即使是我也接不住啊！

"有了！"我突然大叫一声，我在星队长的下方变出一块很大的冰，并大声对孔儿说："烧、烧！用火烧，用火烧！"

孔儿来不及思考，双手放出一股火焰，向冰块射去。火舌疯狂地烧着冰块，固体在霎时间变成了液体，液体又变成了气体，一股股水蒸气向上冲去，可又一下化成了液体，不行，周围温度不及水蒸气的温度。

眼看星队长就要跌落下来，我又想出一个办法：变出一个大面团，然后迅速发酵，面呼呼地膨胀了起来，但时间已经不够了，刚长到三、四米，星队长便降了下来，面团的确起到了保护作用，星队长也并没有受伤，可是……星队长的降下把面团搞了一个大坑，陷到了面团中间。我正松了一口气，打算走上前把她拉起来，却发现面团还在继续膨胀，眨眼间便把星队长包在了里面，不行，要让面团停下！

我下意识地一收手，面团却并没有停止。我才突然想起来孔儿的"收放自如"只修炼了一半，只修炼好了"放"，"收"还没练呢！我向离我十几米的孔儿飞去，路过为气为力时，我小心地绕了过去，而他俩竟然呆呆地盯着面团！管他呢，我到孔儿面前对她说："运输真气至右手，五指依次回掌，快！"孔儿照做后，面团停了下来。现在又出现了新的问题：我没有办法把面团里的星队长救出来！劈面团的话又怕误伤了星队长，但再不快点星队长会被闷死的！

我正急得焦头烂额时，却发现为气为力大口大口吃起了面团！这是什么情况？他们到底安的是什么心？不管了，我用孔儿的孔雀剑从面团的另一面开始削，孔儿也拿出我的天女剑开始削，我们的"刀削面"都削得很慢，因为怕削到星队长。

削着削着，孔儿大叫一声："呀！"我急忙走上前去，把憋气憋得脸发紫的星队长抬起，将她鼻子和嘴里的面清干净。为气为力突然跑过来，冲着星队长吼着。为力还想过来咬她。哦！原来它俩吃面就是为了咬星队长啊！这也太无聊了吧？

过了好一会儿，星队长的脸色才缓过来。她的头发竟被孔儿削去了好多！等下哦，星队长的灵力不是都聚集在头发里吗？也就是说……天哪！我赶紧把面团里的头发解救出来，把它们的灵力提出来，合成丹药给星队长喂下。来不及了，星队长的灵力已去掉了大半。

看着面前苍白的星队长，我实在忍不住了，冲着孔儿大吼了起来："你到底怎么搞的？能不能小心一点儿！星队长修炼了那么久的灵力可能都被你毁了知道吗！"孔儿的心里也不舒服，吼了起来："喂，这能怪我吗？我不快点星队长不就要憋死了吗？面团也应该是你变出来的吧？"

"你！"怪不得我俩不是最好的朋友，这又不能怪我！

"哼！"我俩同时转过头去。

"我今天一定要把身体换回来！"孔儿和我同时说。

环保博士不在，直接去找玉帝！我把星队长安顿好，我和孔儿飞上了天庭。

到了玉帝面前，我们异口同声地说："不论怎样，让我们还原！"他明显被我们吓到，急忙招来之前的草药仙子，让她为我们医治。

草药仙子来之后，对我们礼貌地微笑了一下，孔儿勉强挤出一个象征性的微笑，我却无法从僵硬的面部中挤出一个微笑，只是淡淡地点了点头。

紧接着，她为我们做了一系列的全身检查。可是，她的眉头却越皱越紧，我慢慢地走到她的身边，用眼神试着询问，草药仙子叹了一口气："你们这种情况我从未见过。按医书上说，只要配制转换丸就可以还原，可是——唉，你们跟我来吧，试试这个办法。"

我和孔儿默默地跟在草药仙子后面，偶尔胳膊碰在一起，我们也会立即拉开距离。

到了一幢小房子前，草药仙子转过头来望着我们："进去吧。"

我看了一眼孔儿，她眼里的冰冷完全不像原来的她。

孔儿伸手推开了门，看一眼里面的黑暗，义无反顾地走了进去，我轻轻地摇了摇头，也走了进去。

嘭的一声，大门关上了。不知为什么，我听不见孔儿的脚步声。房子里很暗，什么都看不见，周围一片寂静，我只能听见自己的脚步声。

走啊，走啊，这条路似乎永远没有尽头。周围渐渐亮了起来，我看见墙壁上好像挂了什么东西。走近一瞧，是一个肥嘟嘟的小婴儿，照片的下角写了四个字"孔雀公主"，这是孔儿吗？

前面又有一张照片。我走近一看，是一个拿着"仙女棒"，扎着两个小辫子的小姑娘，红红的小嘴咧成一条缝，大大的眼睛里是无限的纯洁。她站在一棵大树下，胖胳膊胖腿，白白嫩嫩的像莲藕一样，脸衬得粉嫩嫩的。

第三张照片是戴着红领巾的小女孩，对着国旗敬队礼，半张脸沐浴在金色的阳光里，眼中闪着圣洁的光芒，满满的全是信仰。我轻轻抚摸照片里女孩的脸颊，喃喃地说："她小时候真可爱。"

最后一张是穿着长袍的女孩，她站在高高的沙堆上，墨绿色的长袍被风高高扬起，手中的青色长剑插在沙土中，在刺眼的阳光下闪着寒冷的光。在漫天的黄沙中，孔儿的眼睛依旧坚定地向着前方，望着远处那一片绿洲。照片下方用黑笔写着一行字："你若待我如初，我必生死不离。"我用微微颤抖的手抚摸着这行字，竟哭得一塌糊涂。我便是这样不珍惜这一切的吗？这一切就如同被我亲手擦掉的字吗？

我看着手上的黑色笔油，猛然想起孔儿应该刚走不久吧？我捧起手里的照片，发疯似的向前跑去。当第一滴眼泪滴到照片上时，它开始慢慢地发亮，消失，化为点点星光，轻轻浮在我脸上，为我抹去脸上的泪水，不知为何，感觉脸上刀割般的痛。

我跑着，哭着，后悔着，期盼着，却怎么也找不到孔儿。眼前的路越来越黑，心里的灯却越来越亮。我现在只有一个目标：找到孔儿，向她道歉！

不管是不是我的错，我都要道歉。不管她怎么对待我，我一如既往地认定她就是我最好的朋友。我大喊："她就是我最好的朋友！"

"嘭！"我一下冲到了门外。

适应了温暖的阳光和短暂的晕眩后，我看见了站在我面前的孔儿。我们俩就这样默默地看着对方，许久。

孔儿走上前来为我别好散在头边的乱发，轻轻说："对不起。"就像我们小时候一样。我抱着她，眼里滚落下的泪珠打湿了她的衣裳。她也轻轻地抱着我。

草药仙子走了进来，笑着说："告诉你们一个好消息，这是我最新研究的成果，前几天我才向心灵研究院提交了论文，不信的话，你们可以去查，这可不是我现在瞎编的啊。"草药仙子拉着我们俩的手说，"事实上，你们遇到了千万分之一的概率，最好的朋友也会灵魂互换。所以，不用再难过了！"

"本来就不会再难过了！"我们齐声笑着说，然后又对看了一眼，笑了。

我们手挽着手，踩着同一朵云来到地面。虚弱的星队长有些不解地望着我们。我抿了一下嘴："哈，我们还是最好的朋友！"孔儿对我一挑眉："嘿，那还用问吗？"我们又笑着打在一起。

欢笑之余，谁也没注意到星队长眼里那一抹转瞬而逝的落寞。

（三）阴影

一

又休息几日，星队长恢复好了后，我们再次踏上征程。

我有点担心星队长，最近她的情绪一直不好，但还是坚决地跟我们一起出发。

追踪器被弄坏，搜索器又搞丢了，找不着为气为力了，我们只好去求天上的神仙。

按仙界惯例，这本是不允许的，整个仙界中，我们只是级别比较低的小神仙，是不允许一趟趟往天上跑的。可由于我们肩负的使命，撒娇、生气、嘟嘴、抹眼泪，用尽了各种小女孩的办法，玉帝才答应帮我们一把，不过也仅此一次，他说过了下不为例。

等了一会后，玉帝的御用占卜师只说了四个字：云南大理。

确定目标，出发！

来到大理后，我们瞬间被这里的风景迷住。这才是真正的水天一色！蓝汪汪的水面根本映不出蓝天，因为它们的颜色完全相同！能倒映出来的，只有岸边那生机勃勃的灌木丛与一座座高高耸立的白塔。在金色阳光的照耀下，一切都好像披上一层薄薄的金缕衣。白塔沐浴在阳光下，闪着圣洁的光辉，水面上也似乎洒了些许闪烁的碎金。哇！这不就是天堂吗？

"看那儿！"星队长指向洱海中央水面。

那儿正咕嘟咕嘟地冒着泡。"准备进入战斗状态！"我一声令下，大家都迅速隐身，换上战斗服。

我们配合得越来越默契，她们也越来越成熟老练，常常看着她们，我都会觉得自己很幸福。

经过短暂商议，我们决定到水下去打。如果游客和居民突然发现两只怪物和我们这些飞来飞去的美女打架，不吓死才怪呢。

趁为气为力还没有上来，我们先钻入了水底。这儿的水好暖和。为气为力正准备往上游。

不行，不能让它们上去！我一挥手，她俩用水吸术把它们往下吸，而我则负责给她们传力。我们想，为气为力至少要先跟我们打一会儿才会放大招。结果为气一声怒吼，直接就用他强大的风系魔法在水下刮起一阵大风，把我们的计划瞬间搞乱。虽说我的风系魔法比他还略胜一筹，可这突如其来的"水风"刮乱了我正传给星队长和孔儿之间的魔法源，一下让我头晕目眩。

不过好在我也算身经百战了。迅速恢复后，我很快便控制住了为气的"水风"，结果为力在我面前一"挥手"，巨大的水波立刻把我冲得头晕眼花。而星队长与孔儿也在混乱巨大的水流中毫无还手之力。

晕晕乎乎中，我突然感到身上一松，才知道为气为力已离去了。

我们狼狈地冲出水面，发现岸边聚集了好多人，幸亏隐身了。

回到家里，我们都感到浑身无力，看来这次是元气大伤。

孔儿沉思一会儿后说："它俩真的太厉害，而且出招并无定数，我们需要帮手。"

"去找黑大哥和青儿好了，他俩也很厉害。"我思索一会儿后说。

第二天，我们来到了他俩的居住地——方山上一个看似不起眼，内部却很大很豪华的山洞。

我带头走上前，领着她们拨开门口密密麻麻的藤蔓，却发现里面并没有山洞！他俩搬家了？我敲敲堵在我们面前的石头，不是空心的！

我转过头疑惑地对着她俩说："他们好像搬家了。"

孔儿说："不可能吧！搬家也不告诉我们一声。"

"那要不我们再去找找？"星队长用试探的语气问道。

"不行，"我还没发话，孔儿已抢在我面前，"时间已经不多了，我们还是另外找人吧。"我点了点头。

星队长轻轻地叹了口气："好吧，听你们的！"不知为何，我总觉得星队长叹的那口气让我心里挺难过的。我走上前去拉星队长的手："大星啊，我们没有那意思。可时间……"

星队长打断了我："没事儿啦，你想太多了！"她露出了一个微笑。

"好姐妹，你吓到我了好吗？"我笑着拍了一下星队长。

"就是嘛，我俩的小心脏受不了打击！"孔儿也在旁边笑着应和着。

星队长也笑了："好啦，还是想想接下来怎么办吧！"

我们在方山顶上悬崖边的栏杆上坐了好久，谁也没说话。

星队长"哎"了一声，却欲言又止地闭上了嘴。孔儿转头看着她："大星，有什么话你就说呗，我们之间有什么好顾虑的？"

星队长笑了笑："是这样的，根据之前海洋仙子和蝴蝶仙子的反应不难看出，现在不少人对我们的行为都不理解，各种误会不断出现，连跟我们关系那么好的黑大哥和青儿搬家了也不告诉我们，估计其他神仙也不一定会帮我们，我觉得还是自己修炼魔法比较可行。"

"可是我们还是打不过为气为力呀，之前试过那么多种办法了，小风还可以勉强对付为气，可奇怪的是，虽然它灵力不如小风，但似乎永远都不会消耗体力，所以小风也只能短时间内对付它。为力更是厉害，咱俩都不是它的对手，完全表示无力啊！"孔儿像连珠弹一样说了一串话。

我皱了下眉头："事实上，为气我至多只能对付它三四十分钟。所以如果不请帮手的话，你俩就需要在这个时间内压制住为力，而且时间必须控制好。搞定为力后，最好再来对付为气。虽说他灵力不容易消耗，可 40 分钟后体力也会跟不上。我的灵力也可以控制被网住的为力。"

"嗯，我有一种功法，是家族祖传的……"星队长说着便掏出一本功法秘籍。

我翻着那本看上去旧旧的功法秘籍，眼睛瞬间瞪大了："别告诉我，这是你们家族祖传的。"

"对呀，这就是我家祖传的网物大法。"星队长点了点头。

孔儿大吃一惊："纳尼？这不是已经失传了 100 多年了吗？"

"没有。"星队长说，"我们家族的这份秘籍一直被神仙鬼怪虎视眈眈地盯着呢！说失传就不用天天提心吊胆了。"

"那我们现在就回去练吧，时间也剩的不多了。"我思索了一会儿。

"好。"我们展开翅膀飞了出去。

洞内，黑大哥和青儿在大石头门后紧张地听着，听到我们走了，他们长舒了一口气。

黑大哥咬牙切齿地说："哼，风神天女和那个什么孔雀公主简直是狼狈为奸！还打着什么救人的名义，在那儿滥杀无辜！还练什么仙丹，我看是她们自己想吃吧！这两人实在太过分了！"

青儿叹了口气："最让我接受不了的是，小风和孔儿感觉对星队长都生疏了好多，事实上孔儿和小风是很多年的好友，她俩早就几乎合为一体，而星队长才是那个真正一直在默默帮助她们的人！"

"够了！"黑大哥一拳拍在桌子上，"她们真是太过分了，我这就去为民除害，誓死也要收了她们！"

"黑大哥，算了！"青儿拉住他，"不管怎样，我们都曾在一起并肩作战过，看在朋友的面子上，也别跟她们打了。"

黑大哥长长地叹了一口气："唉，算啦，要不是看在我们曾经是朋友的面子上，我早就去灭了她了！"他把那"曾经"两个字咬得特别重。

青儿和黑大哥坐在石桌旁，久久没有说话。

马上飞到家的我和孔儿不知道为什么感到心里一慌，我们对视一眼，发现对方都皱着眉头。

降落后，星队长拿出了那本秘籍，打开，我们三个挤在一起研究。

"哇！"孔儿大呼一声"这真是太霸气了！这功夫简直太厉害了！"我一把拉住她们："等一下！"她们看向我，我又缓缓地说，"这功夫实在霸道，以后万一我们控制不住，他人可能会平白无故地受伤。再说万一以后有人认出这是网物大法，那星队长更要有麻烦了。"

"没事，其实……"星队长在一旁开了口，但被孔儿打断了。

"这样好了，我想到了一个折中的办法。"我们看向孔儿，"等我们打完为气为力后，便自废这份功力，把这种功夫消除了不就好了吗？"

"好！"

我们进入了修炼状态，并紧张地安排了战斗的细节。

转眼间，三天过去了，本来三天修炼这种高级魔法是不够的。可是昨天下午发生的一件事，让我们决定立即出发。

【时间：昨天下午五点】
修炼了整整十个小时都没有喘过气的我们终于撑不住了，决定暂时休息一下。我拖着快要垮掉的身子来到了房间，一头栽在床上睡着了。

我做了一个很长的梦。

梦里，我来到了一个神奇的地方，那里就像一个个方格，不同的方格里有着不同的景象，可毫无例外都是我和孔儿、星队长的点点滴滴。

这儿，是我和孔儿为了救星队长而和翼龙搏斗的情景。在那儿，我在暗黑的走廊中看到孔儿的四幅照片。我不知道这是哪，看着一幅幅我们过去的画面，也并没有感到恐慌，因为这些都是过去，我们的过去。

我继续向前走着，忽然我发现了一个与众不同的方格，它好像有一种特殊的吸引力，让我不由自主地向前走，来到那个方格，我却看到了这样一幅画面：我看到了为气为力，他们正在罗布泊修炼一种强大的巫术。果然，我们在努力的同时，他们也在进步。

紧接着，我看见了三天后的我们，浑身好像充满了力量，网物大法果然厉害，就在为气为力似乎已经被拿下时，一阵墨紫色的烟雾扑出，谁也没看到那烟雾是从何而来。可是，星队长和孔儿却立刻倒地，我也快要支撑不住了。

终于，我耗尽全身法力撑起的保护罩被毒气包围，当保护罩消失的那一刻，我没发出一点声音，就那样悄然无声地倒下了。为气为力大笑着，它们嘶哑的嗓子发出的笑声竟是如此刺耳。我拼命捂住耳朵，可那声音却穿透了我的手，令我头痛欲裂。

"啊！"我尖叫一声醒了过来，大口大口地喘着气，头上密密一层冷汗。

我给自己倒了杯水，放在床头却没有动，因为我在思考一个问题，梦里的地方是哪儿？它是在向我们暗示什么吗？

我们可能遇到了非常大的麻烦，天使姐姐、环保博士、黑大哥、青儿这些师长好友都不知道到了哪里，都不见了。

我有点慌乱了，对未来充满恐惧。

这时，星队长和孔儿闻声来到我身边，听完我的描述，爱读书的星队长皱着她好看的眉头："你梦里的地方，好像是进了五维时空吧？"

"五维时空？你确定？"孔儿也皱着眉头，"五维时空可以看到三维空间里的过去和未来，但三维和五维时空怎么会同时出现？"

"那如果……"星队长抿着嘴，慢慢说道，"是时空错乱吗？它们怎么都发生在梦里呢？"

大家都沉默了。每人的脸上都有不同的表情，良久，我闭着眼睛缓缓地开了口："如果那一切都是真的，怎么办？"

"如果那是真的，我们所有的努力都会化为乌有。葵花公主无法救醒，为气为力会继续在人间作恶！知道吗？"我深吸一口气，猛地睁开眼睛，"我们输不起！我们一定要赢，就算是命中注定，我们也要改变命运！"

（四）真不容易

罗布泊真的太热了，我们一个个脸上都流着汗。事实上，我们的心里也捏着把汗，是被晒的吗？

离目的地越来越近，为了防止被发现只好迅速上升飞行。

"换战斗服，目标一千米内！"我一声令下，大家迅速在空中换装。不一样的是，这次我们都带了防毒面具。互相看看对方戴着面具的滑稽样子，都笑了出来，顿时轻松了不少。

在离为气为力二百米时，我们下降至地面，再次确认过防毒面具，便悄悄地向前靠近。

"停，"我双手一挡，"这个位置就可以，准备发功。"

在我的示意下，星队长和孔儿依次弯曲双手的无名指，发出金色的光辉。我正准备发功时，忽然看见前面冒出一阵黑紫色的毒气，就跟梦中一模一样。

"怎么回事！现在不是应该还没修炼好吗？"大惊失色的我们只好立刻施起了魔法，撑开了保护罩。研究过毒物的孔儿喊道："嘿，不好了！这种毒气不只是吸入，只要接触到身上，即使有衣物覆盖也会中毒！"

我扶住了额头，擦擦头上的冷汗：到底怎么了？是我们赌输了吗？

突然，我看到外围为气为力的大笑，一霎时，我顷刻醒悟，肠子都悔青了！我们怎么会忘了这一点？对于灵力高强的为气为力来说，改变别人的梦境不是件轻而易举的事吗？都怪我，急得竟忘了这一点！

旁边的星队长和孔儿也都皱紧了眉头，想必他们也想到这一点了吧！

"这世上没有后悔药卖，既然走到了这一步，就让我们继续走下去吧！"星队长对我们说道，"撑着保护罩分开来打毕竟不方便，我们仨一起上！"

我和孔儿没有接话，只是做好了发功的准备。"记住，现在我们唯一的目标：把为气为力和毒气用网物大法围起来，只有这样才能取胜！"开战前，我用心灵感应对她们发出了指令。

于是，在广阔的罗布泊上出现了这样一幅场景：一个被紫雾包裹着的金色球里散发出阵阵金色的光芒，金色的光辉一点点压去紫雾。可是紫雾实在太强大，渐渐地把金光包住。

保护罩里的我们也变得越来越吃力，网物大法只修炼了两次，不少技巧还没有完全掌握。渐渐地，我们力不从心……

正当我们精疲力竭时，事情突然出现了一线转机！可能是风太大，远处的一个仙人掌撞过来，猛地从他们背后一击，将没有防备的为气为力从中间劈开了五六米的样子。虽然很快又恢复了，但为气为力那一瞬间眼中的惊恐，以及我们忽然感受到的轻松，还是让我明白了什么——为气为力好像是不能分开的吧？可是，怎样让他们分开呢？

这时，孔儿突然放出一支墨绿色的毒箭向为气射去。为气没有防备，慌慌张张地一抬腿，差点没躲过来。当为气反应过来时，顿时愤怒了，加大了灵力。我们更加吃力，金色的光辉几乎要被挡回！

现在的情况十分危急，再过一会，我们的保护罩将被冲破。孔儿、星队长和我也将被毒气所侵蚀。现在，是真的要下赌注了！

我用心灵感应和她两商量了我的计划。"可是，你……"孔儿皱着眉想说什么。

星队长也在一旁附和道："小风，这实在是太危险了！"

我咬着嘴唇说道："来不及了！快点！"

见孔儿和星队长还不想动身，我只好大吼一声："这是命令！"

星队长和孔儿含着眼泪正准备开始，我又说："记得，如果我来不及逃离，千万别救我！把它俩拿下，小花的病不能再拖了。"她俩叹了一口气，冲上云霄。

我一下子感到压力更大了，浑身都无力。但是，我不能放弃！

又过了一小会，我远远地隔着为气为力望到了孔儿和星队长，手里抓着我给她们的捆仙绳。"太好了！"我心中暗想，放出两支冰剑，使为气为力都把注意力集中在我身上。看她们的了！

孔儿和星队长撑起保护罩，猛地一个抓住为气，一个抱住为力，向两边拉去。为气为力拼命挣扎，但还是逃脱不了。因为孔儿和星队长已经用捆仙绳捆住了他俩。

看着倒在地上的为气为力，我轻轻地笑了。

过了这么久，虽然很艰难，但我们还是在一步步走向成功，我仿佛看到葵花公主像睡懒觉起来的样子，伸着胳膊，打着哈欠，揉揉眼睛，站起来，走到窗前。

我的力气被耗得丝毫不剩，倒在了滚烫的沙漠上。

好像是孔儿和星队长朝我跑来了，好像很焦急的样子，我准备告诉她们："别急，别急，我好好的。"但是我说不出来，她们的身影渐渐在我眼中模糊起来。

十三、咦！灵慧抓错了！

（一）缥缈幻境

在一个幽暗的房间里，沙哑低沉的声音缓缓地响起："她们的魂魄也收集得差不多了，可还有不少人在相信她们……"

"老大，"一个尖厉的声音也响起来，打断了"老大"的话，"这没什么好担心的，她们已犯下了一个致命的错误，这个错误足以让所有人对她们起疑。不过，可能要麻烦老大亲自出马，我们好在暗中配合。"

被唤作"老大"的那个人仔细想了一下，随即发出一阵大笑，笑声很刺耳沙哑，有点像什么鸟的叫声，但很奇怪，这难听的笑声中却蕴含着一丝浑厚的气息。这是谁呢？他摇身一变，抓住桌上的物品，箭一般地从窗口窜出，另一个人则伸出手如信徒般虔诚地接住了飘落下来的一根羽毛。

这是哪儿？我在哪？这些人是谁？我眼前一片模糊，就是一个轻飘飘的我。

我极力想弄清楚这是哪里，这些人是谁，但我什么也看不见，我只能听到这些莫名其妙的对话。我有种强烈的不安的感觉，我觉得这些人对我不怀好意。对了，还有对谁——对谁也不怀好意，我想不起来了。

我什么也想不起来，什么也不知道。

我怎么能没有身体呢，就是灵魂，传说中不是也有一团烟雾吗？

灵魂！！！我死了吗？我突然万分惊恐。

（二）探牢

"醒了！醒了！终于醒了！"

当我疲惫不堪地睁开双眼，看到孔儿与星队长疲惫地趴在我的床边，星儿睡着了，孔儿似睡非睡。我淡淡地笑了笑，正准备继续入睡时，耳边突然传来孔儿炸雷般的声音："哇！大风醒来啦！大风醒来啦！"

我的眉头因突然听到过于巨大的声音而忍不住皱了起来，感觉大脑一瞬间变得昏沉，我费力地转过头，用尽量大的声音说："别吵了。"

孔儿和星队长看到我醒来都惊喜地扑了上来。星队长刚喊了一声："大风！"就被孔儿抢了过去："哎呀妈呀，大风啊，你终于醒了！我们还以为你发霉了呢！""不是发霉，是长蘑菇！""什么蘑菇啊？香菇，还是……"

"停！"越来越疲惫的我也感到了丝丝疑惑：她俩比平常要活跃得多，而且就算我受了伤，醒来后也不应该像现在这样浑身无力。正想着，一团红色的东西就带着一阵风扑了过来，我急忙把头侧向一边，再定睛一看，哎呀，这不是小鹦鹉吗？

我一把抓住它的翅膀，把它拉到我面前："你，怎么一会儿在，一会儿又不见了？来无影去无踪的，真是太讨厌了！"

小鹦鹉疼得龇牙咧嘴："你不是没力气吗？暴力女！"

"你！"我被气得七窍生烟，刚想挥手施法，却没有半点反应，难道我法力全失了吗？我疑惑地望向孔儿她们。"嗯，这个，那个……"孔儿吞吞吐吐了半天。

"哎呀，大孔你好烦啊！"小鹦鹉在旁边一副快崩溃的表情，"好消息坏消息各一个，先听哪一个？"

我在旁边虽说之前很不耐烦，但还是被小鹦鹉的直白惊得目瞪口呆，心想这只鹦鹉也太直爽了吧！"嗯，坏消息。"

小鹦鹉张嘴就说："那什么，你的法力基本全失。"刚刚还在一旁使眼色的孔儿和星队长一扶头，一副快晕过去的样子："不是说好了委婉点吗？你这只变态鸟！"

对于已经数次法力全失的我来说，这已经很正常了，根本没什么好大惊小怪的，只是"哦"了一声，然后又问道："那好消息呢？"

星队长和孔儿的抱怨瞬间安静了下来，不可思议地望着我，我也瞪大眼睛，一脸无辜地望着她们，沉默了几秒后，小鹦鹉突然爆发出一阵大笑："哇嘎嘎，早就说过大风没事嘛。哥不是变态鸟，是愤怒的小鸟！"

我白了他一眼，轻声说了一句："说人话。"

"哦。"小鹦鹉立刻恢复正常，"好消息就是，由于你的内力无比强大，所以你的法力之源并没有失尽，只要你吃下去这个——"小鹦鹉小心翼翼地拿出一颗仙丹，"这是还法丹，吃下它，再休息几天就行了！"

"有这么好的东西？"我疑惑地拿起仙丹端详着，这颗仙丹呈赤色，散发着淡淡的光芒，这是仙丹中的极品啊！我不由得在心里赞叹，一仰头，将仙丹服下。

"这仙丹从哪来的？"我望着它。

"你管我！"小鹦鹉挑一挑它那看不出来的眉毛，"我还有一样好东西哦，看，圣盘！"

"圣盘是什么？"星队长问。

小鹦鹉作晕倒状："大姐，圣盘哎！它能照出人本来面目的！有了它你不就能鉴定魂魄了吗？"

"真的啊！"我从床上一跃而起，虽然感觉灵力还是很少，但总归力气是恢复了一些，"走，去试试。"

小鹦鹉告诉我们一件神奇的事情。

原来，我们在罗布泊忙着作战的时候，小鹦鹉也在附近，不过，它可没为我们帮什么忙，它就是到处乱窜，东飞飞，西飞飞，哪里好玩去哪里。

我们在战斗时，小鹦鹉在沙漠上发现了海市蜃楼，好奇的小鸟决定去看看，它飞啊飞啊，飞进了漂亮的海市蜃楼，正玩得高兴，突然听到有人在叫它，它就停下来了，发现是个女孩。女孩对它说："风神天女在这场战斗中会受伤，会法力尽失，你把这颗还法丹给她吃下，她就可恢复。另外，我再送风神天女一样东西，就是这个圣盘，它能照出人的魂魄，风神天女现在很需要它。"

小鹦鹉问："你为什么自己不去送？"

"我不方便送。"女孩说，"正发愁呢，我就遇见了热心助人的小鹦鹉，太好了！"

"你是谁啊？"

"我是谁并不重要，重要的是你要尽快把这两样东西送给风神天女，一定要送给风神天女……"她边说边慢慢隐身，话还没说完，就隐身不见了。

"那你始终也不知道那个女孩是谁吗?"星队长问道。

"不知道啊，我以为风老大会知道呢。"小鹦鹉落到我肩膀上，"哎，风老大，你知道那是谁吗?"

"我也不知道。"

我们一行人来到天牢。

我一直很怕来这里，这里原来是封印魔王的地方，但现在里面关押的全是我曾经的好朋友，这些朋友都有很好的名声，如果不是我知道缘由，我一定会像别人一样以为自己"十恶不赦"。我的内心很痛苦，我只希望能早点完成任务，能早点向朋友们赔罪，但是现在我还得继续"冷酷无情"。

天使姐姐呢?

天使姐姐为什么一直没有消息?

在别人的面前我是强大无比的风神天女，但实际上，我也是个脆弱的小女生。我内心其实一直很不安，我总觉得天使姐姐、环保博士等人的失踪预示着一个很大的阴谋，但是，究竟是什么呢?

我那个梦究竟是什么意思?

"犯下了致命的错误"是指什么?"致命错误"是我们犯下的吗?

天啊! 我要疯了!

原以为会像往常一样，除了天兔外其他人都会生气地骂我们，结果却发现天兔热情地跟我们打招呼，而其他人也只是把头扭到一边，不理我们，但并没有做出什么过激的举动。

我纳闷地想:"这些人今天怎么那么淡定? 他们失忆了吗?"

离我最近的天兔推开门(因为天兔是自愿归顺我们，又常常帮我们安抚其他人，所以我们并没有把天兔像其他人一样关进笼子里锁起来，也没在天兔住的地方上锁)，一把拉过我悄悄地说:"你在抓为气为力的那段时间，我天天都在劝说他们别与你们作对，但我总感觉他们只是表面上安静了，你还是小心点。"

"嗯，谢谢。"我感激地望了望天兔，如果没有她，这儿是真的会乱套吧。

我和天兔又聊了一会儿，才拿出圣盘暗暗对照着每个人。

天兔，对了;

米拉，对了；

露家四姐妹——

不对呀！我用圣盘在露家四姐妹身上左照右照上照下照，可就是显示不出灵慧的影子，我一拍额头："惨了，抓错了！"

星队长她们听到我说的话，都急忙赶过来："不是吧？露家四姐妹费了我们那么大工夫，你告诉我们抓错了！""你是在逗我们吗？"露家四姐妹听到了我们的谈话，但明显是被吓住了，四个直直地站在那儿，一动不动，脸上一副纠结的表情。

我没说话，默默用圣盘照了两个熊猫和为气为力双怪，还好没再出差错。同时也再次证明，露家四姐妹真的抓错了，灵慧真的没和她们在一起。

我郁闷地点点头："既然抓错了，就把她们放了吧。"我一挥手，想把锁打开，可突然反应过来法力还没恢复，只好转身抱歉地对露家四姐妹说："抱歉啊，灵慧不在你们身上，但目前你们还出不去，等我法力恢复了，一定第一时间来给你们开锁。"

脾气最火爆的露雨又忍不住了，冲着我们大吼道："你们究竟想干什么？先把我们抓来，现在跟我们讲你抓错了！找抽呢是不是？"要放在平时，我们早就头上冒火了，但这次毕竟是我们理亏在先，谁让我们抓错了呢，也只好小心翼翼地赔笑脸。

露雨就这样骂了好久，正觉得她火气消了一点儿，一直没说话的小鹦鹉突然冒了出来："你喊什么喊啊！泼妇一个！""你你你……"露雨刚想继续骂，却发现嗓子哑了，骂不出声，星队长赶紧趁机施了个魔法，把露雨的嘴给封住了："对不住了哈。"

我到天兔旁边，把封露雨嘴的解药塞给她，然后对几位同伴挥挥手："走吧。"

大家一起来到了我的房间。

因为灵力不足，这段路累得我上气不接下气。

我对孔儿说："分、分、分析情况。"

孔儿倒是中气十足："报告，情况就是——灵慧抓错了，我们要用圣盘去搜索一下，把真的灵慧抓住。"

"OK，"我满意地点了点头，"休息两天吧，等我灵力恢复了就出发！"

"Yes，sir！"

两天的时间很快就过去了，我的灵力也差不多快恢复了。

第二天早上，我起个大早，召集了孔儿、星队长和小鹦鹉，发出命令："出发！"

我们信心满满地走出基地后，就傻了眼：天地这么大，到哪去找灵慧啊！一点线索都没有。

我们只好坐在地上，胡思乱想。

沉默了一会儿，孔儿开口了："首先，灵慧主管智慧，所以那人应该很聪明，"我们点点头，"然后，这些已经抓回来的基本是在陆上的，米拉则是地下的，所以我觉得……灵慧会不会在水里！""有道理，有道理。"小鹦鹉大喊道。

"那么……目标是不是就可以锁定在……"我话还没说完，就被他们齐声打断："小金！"

"聪明的孩子们，"我笑了，"星队长，查一下，小金在哪儿。其他人，换上战斗装，准备出发！"

"停停……"星队长一把拦住正准备往外冲的我，"老大，动点脑子，脑子！"她还专门指了指自己的脑袋。

我被星队长突然一拦，差点摔了个乌龟状，没好气地说："说人话，我又不是僵尸，什么脑子脑子的。"

"智商退化的节奏啊！"孔儿也叹了口气，指着我说："你忘了吗？天兔应该算是小金的表姐啊！"

"所以呢？"

"天哪！"小鹦鹉也过来凑热闹，"我都弄明白了，咱们完全可以让天兔去劝说小金嘛！"

"也是哦，就是不知道天兔愿不愿意。"我拿不定主意。

孔儿答道："哎呀，天兔对我们那么好，一定会帮我们的！"

（三）天兔日记摘录

今天和往常一样，一大早醒来，吃了她们送来的食物，在随身携带的小本子上又画了一个钩。

我被关在这儿已经好久了，似乎也渐渐适应了这儿的生活。笼子里的其他人也逐步由狂躁转到了平静，也许不光是因为我劝说的缘故，而是他们也随遇而安了，反正也出不去。

露家四姐妹昨天傍晚被放出去了。

临走前，露雨给了我一个大大的拥抱，在我耳边轻轻地说："天兔，虽然你一直在劝说我们，让我们相信风神天女是好人，但我还是不信。出去后，我会尽快在外面组织军队，来救你们！"我刚想喊住她，可露雨却松开我，头也不回地走了。

露雨走后，我开始思考，才发现了一个事实：我也并不是真的信任她们。但毕竟她们帮我们解决了花花森林的怪物。再说，风神天女说她会帮我保护花花森林的动物们，只要它们安全，我也就放心了。风神天女的人品我是相信的，但外面最近流传了许多关于她的坏话，俗话说"三人成虎"，我也不得不去怀疑她。

中午时分，风神天女和她两个伙伴又来了，那只小鹦鹉也在。他们神神秘秘地说要带我出去讲点事，我也没多想，就跟着他们出去了。

他们先和我吃了饭，等碗盘收下去后，星队长吞吞吐吐地问我："那个……天兔，你跟小金的关系怎么样？"

"小金？"我有些吃惊，"关系挺好的呀，她不是我表妹嘛，你们都知道的，我们以前常在一起玩。"

月光如水，一夜无眠。

第二天，他们带我来到了小金居住的地方。岸边的风景很好，蓝天、白云、碧水、绿树构成了一幅极美的图画。我轻轻地咬了一下嘴唇，转过头微笑地对风神天女他们说："我下去啦！"

"小心点哈。"三个人同时对我说。

我换上下水装备，来到了小金的家，轻轻敲敲了门。

过了一会儿，门开了，小金一脸惊喜地望着我："表姐，你怎么来了！好久没见到你了耶！外面都说你被风神天女抓走了！"

"进去再说。"我走进小金的家，坐在沙发上，"小金妹妹啊，我就直说了吧，"我呼出一口气，"我听说你在外面找过我，咱们姐妹情深，我就实话实说，其实，我之前一直在风神天女那儿……"

小金打断我的话："这是真的呀！你是有名的忠厚老实，是所有小仙女的大姐，名望那么高，她们也敢抓你？你受伤了吗？风神天女怎么能这样呢。"

这孩子还是那么心急，但看着她不停地关心我，我的眼眶不禁湿润了。

我知道，如果我劝她，她一定会跟我走的，但是我不能，我真的没办法劝她跟我到风神天女那儿，因为我也没有百分百相信她们的计划。我可以把我交给她们，但我不能让单纯的小金去冒险，她们不就是为了救葵花公主吗？为了救她们的姐妹就一定要搭上我的姐妹和那么多的伙伴吗？

我看着她，下定了决心："风神天女昨天来找我，想让我劝你也到那儿去，以前她们以为她们正在找的一种叫'灵慧'的什么东西在露家姐妹身上，后来又说没在她们身上。现在，她们认为灵慧在你身上，她们好像很急的样子，说是时间有限。如果我下来劝你，我知道她们就不会动用武力来抓你……"我又叹一口气，"但你千万千万不要上去，我现在也不完全信任她们了。"

"可是你……"小金惊讶而又担忧地望着我。

"她们这边，我来解决。"我坚定地说。

现在我下定了决心："不管怎么样，我一定要保证小金的安全，不会把小金交给她们。风神天女，对不起了。"

打这以后，我多次奉风神天女之命下去"劝"小金，但其实都会和小金聊聊天，我把这当作我们姐妹的团聚时间，我知道这种团聚的机会以后不多了，我们都很珍惜，我们从来不提让她去风神天女那儿的事。

（四）星队长日记摘录

最近总觉得天兔怪怪的。

她每次都开开心心地去小金的住处劝说小金，可几天过去了，一点进展也没有。每次天兔从海底上来，都总是一副唉声叹气的样子，我们也不好怪她，可总觉得有点蹊跷。

昨天，我实在忍不住了，就去找孔儿和风神天女，她们的感觉和我一样，但也没办法。

风神天女想了好一会儿才试探地问我们："要不……咱们武力解决？"

"我们倒是没意见，就是不知道天兔同意不同意呢。"孔儿有点儿担忧地说，"天兔是出名的大姐，她的善良和爱心付出，得到了几乎所有小仙子的爱戴，我现在才意识到好的人品有这么大的威力。"

"等天兔回来以后我们问问她好了，不然时间真的来不及了。"我一句话结束了这场谈话。

我们三个坐在客厅里，彼此各怀着心思，谁也不讲话。天色渐渐暗了下去，当第一缕斜阳的光芒从西边的窗户里透进来时，天兔推门进来了。她看我们三个一起坐在那儿，发觉有些不对，便过来问我们："是不是有什么事？"

我先开口道："天兔，你劝小金的事情怎么样了？"说罢，紧紧地盯着她。

天兔稍微愣了一下，但随后又特别自然地回答道："一点进展都没有呢，小金倔得要命，怎么劝都不肯。"

"这样啊……"天女看了一眼我们，几乎是低三下四的口气对天兔说："那不如我们来硬的吧，时间实在是来不及了。"

"不行！"天兔几乎跳了起来，"绝对不行！"

"可是你速度太慢了啊！小花还等着我们呢！小花也是你的朋友啊，她是为了挽救大家的生命才变成这样的！"我略带点责怪地说。

这时，一直没说话，也是心肠最软的孔儿也站了起来，坚定地望着天兔："天兔，再给你最后一天试试吧，如果明天小金还不能给我们一个满意的答复，就只能动手了！"说完，我们三个便一起走了出去。出门前，我瞟了一眼天兔，却发现她也坚定地看着我们。我心里一慌，忙把目光收了回来。

回到房间里，我望着窗外皎洁的月光，久久不能入睡，天兔的那双眼睛，那双无助而悲伤的眼睛，一直在我的面前晃动，晃动……

早上醒来时，太阳已经升到半空了。我揉揉眼睛，伸了个懒腰来到主厅，却看见孔儿顶着两个巨大的黑眼圈窝在沙发上，我吓了一跳，连忙问道："我的天哪！孔儿你怎么了？你不会是想冒充国宝吧？"

"不是啦！"孔儿打掉我的手，"昨天晚上没睡好。"

"读心术又起作用了？"随着孔儿的读心术越来越强，她不仅能摸清别人的心理，还能直接读出对方的身世、性格特点等。有时，还会有一种特殊感应，比如，好消息到来前会莫名兴奋，坏消息来临前会紧张等等。

"这次是什么反应？"

孔儿皱着眉头看着我："昨晚心慌得厉害，所以才没睡着。"

"这么说……"

天女推门进来："这么说，天兔那儿也许会出问题。"

正说着，天兔突然跑进来，大叫道："不好了，小金逃跑了！"

"什么？"我们三个瞪大了眼异口同声地喊道。

"我，我一早就去小金那儿了，想再努努力，但我一进门就发现小金不见了，到处找都找不到，她肯定逃跑了！"

"那你怎么现在才回来？你不是一大早就走了吗？凌晨你就出门了吧？"

一夜没睡的孔儿说道。

"可，可是……"天兔又一次慌了神。

"够了！"天女生气地大喊道："天兔，枉我们对你那么信任！你就是这样回报我们的？"天女生气了，"你不用解释了，你心里就只有那个表妹，你只怕她受到我们这些'坏人'的伤害。不是给你说清楚了吗？我们对她是不会有伤害的，对你也不会有伤害的，对任何人都不会有伤害的。我们只是想救活葵花公主，你现在还能坐在这里和我们胡说八道，就是因为葵花的无私奉献。你就没有一点感恩的心吗？这个世界难道不是因为葵花公主才依旧这么美好吗？"

"我……"天兔不知道该说什么。

"现在你马上回去！"天女一声怒喝，天兔便转眼间化作一阵光，不见了。

天女无力地瘫倒在地上，两个眼圈渐渐地红了，我们谁也没说话，只是一直静静地望着她。良久，风神天女轻轻地开口说话道："我知道这对天兔来说也不公平，但我真的没办法了，葵花公主也快没时间了，我……"她竟哽咽得说不出话来。

"大风，没事啦。"我尽量用轻松的语气说道："天兔那么大方，到时候服个软就好了，现在我们最主要的事情就是要找到小金，治好葵花公主。"

"可是，我们根本就不知道小金现在跑到哪儿去了，怎么找啊！"天女话音刚落，我们两个就齐齐地望向一直闭着眼睛很安静的孔儿。过了大约两分钟，她才缓缓地张开双眼，看见我们一起望着她，她一点也没感到意外，只是张口道："小金在她家东北方大约 8 千米处。"

（五）小金

来到孔儿定位的地方。

为了不惊动小金，我们只是远远望了一眼，便又往前多飞了一千米左右，悄悄潜入水下，估计小金一会儿便会来这儿的。水下虽然是小金的世界，但她没想到我们会来，她也没想闹出太大的动静，所以她的速度还没我们快。

我看着身边的孔儿和星队长，她们似乎各怀心事，脸上的表情也都挺凝重的。我让她们全部躲在一块大石头旁。水中不是我们所擅长的空间，本来功力就会减弱，就更不能浪费体力了。

我们静静地观望，尽量让自己的呼吸平稳下来。

在水里，一点点的动作都会透过水波传到四面八方，更何况我们面对的是法力高超的小金。

过了一会儿，远远地望见了一条气度不凡的红色金鱼朝我们游来。我们都知道，那就是小金，她以原形在游动。

我们屏气凝神，看着小金静悄悄地游过来。

我开启了透视眼，只见小金的眉毛皱着，眼眶红红的，表情很凝重。突然，我好像看见她的眼珠一转，猛然悬停在水中，可能她感觉到我们了。

"果然功夫了得！"我心里赞了一句。

很快，她又即刻恢复了原样，静悄悄地游过来。

我暗暗松了一口气。

小金马上就要经过这里了，我们更加紧张，几乎都不敢呼吸。

我们躲在那块大石头后面，紧紧地缩成了一团，生怕被小金看见。不过还好，小金并没有发现我们。

当小金超过我们五六米远时，我做个手势，她俩立刻会意，马上如箭一般冲向小金。我准备稍后一点出发，以防万一。可是，当星队长和孔儿冲出石头的那一刻，小金突然转身，瞬间化成人形，双手猛地向前一推，一波强烈的水流，向她们扑去，孔儿和星队长来不及改变方向，只好两手向前一推，正面迎战。

我明白了，原来小金早就发现我们了，真正的高手往往是不露声色的。

我急忙如法炮制，两手猛推制造水流，但水下的功夫哪能跟小金比呀。这一波水流过去，最多也只是减缓了小金那波水流一点点威力罢了。小金的第一波水流狠狠地冲向我们，不管是前面的孔儿和星队长，还是在后面支援的我，都没有逃过被水流拍得头晕眼花的命运。而且，小金就那么站着，水波却能一波接一波地发出，我们根本就招架不住。

"我的天哪，水下的小金跟开挂了一样嘛！"我在心里悲叹。

我们几个刚爬起来，还没站稳，就被另一波水流击倒了。

就在我们手忙脚乱的时候，小金改变了战术。只见她口中默念了一小会，双手一合，一群大鱼便朝我们冲过来，乱冲乱撞中，群鱼将我们团团围住，动弹不得。

我在重重围困中艰难地偷瞄了一眼，小金气定神闲地站在那正怒视着我们。不行，在水下我们本就不是小金的对手，小金又懂得利用水下的环境，拖延下去被小金折磨死也是正常的。

我用心灵感应，把我的想法和方案传给了孔儿和星队长。过了一会儿，我暗吼一声："启动！"于是，我们同时向一个方位发力，鱼群被我们冲出一个"通道"。我们都知道，必须要快！冲出来后我们没有半点停留，迅速向海面上飞去。

小金看到我们逃脱，只是冷笑了一下，没有跟出来攻击我们。

狼狈地逃出水面，也没心情飞回去，直接开启了瞬间移动，五秒之后我们回到了基地，个个都跌坐在地上，累得连话都说不出来。过了好一会儿，我才开口道："大家想想办法啊，水下的小金太厉害了，我们完全没有还手的余地啊。"

"要不我们找个帮手吧。"孔儿歪着头想了一会儿答道。

星队长点了点头："这倒是可以。"她若有所思地说，"但是，要找到一个熟识水性的人，我们似乎只有一个选择。"她抬头看看我，又看看孔儿。

"额……"孔儿一头冷汗地问："还有其他人选吗？"

"我刚才把朋友们想了一遍，貌似没有其他人了。"星队长说。

"可是，你们说海洋仙子之前和我们有了那么大过节，她会帮我们吗？"

"应该会，毕竟我们救过她嘛。"

"管他呢。"我用力摇摇头，似乎想把脑袋里一堆杂乱的思想全甩掉，"我们直接去问问海洋仙子呗，她要不同意，我们就再想办法，总比在这儿瞎琢磨要强。"

"老大说得对，我们坚决拍老大的马屁。"

"啪！"星队长才夸张地说完，脑袋上就挨了我一巴掌。

（六）海洋仙子日记摘录

自从"红线巫术"事件后，我再也没去找过风神天女她们，并不是因为我原谅她们了，或者说不恨她们了，风神天女的宠物小鹦鹉无缘无故残忍地杀了我姐姐，这仇我永远不会忘记！但不管怎么样，她们在我暗算她们后还救了我的命，我也不好再去找麻烦了，何况我最近也没听到关于她们干坏事的什么传言。

我想，也许她们已经改过自新了呢！

今天一早起来，我内心不安，总感觉会有些事要发生。果然，入夜后，门口响起了久违的敲门声。

我已经一个人住了很久了，谁会在晚上来找我呢？

我打开门，借着月光，看清了那人的长相：是一个面容清秀的年轻女子，虽然我第一次见她，但她已经给了我一种可以信赖的感觉。不过，我不认识她。

我刚想问，那个女子已微笑着朝我伸出一只手："你好，我是天兔。"

"你就是天兔啊。"这可是个名人，在我们仙子界，天兔有《水浒传》中及时雨宋公明的名声，她是最善良的仙子，大家都以认识她为荣。"天兔不应该是一只兔子吗？"我喜出望外，不过才说完，我就为自己的不礼貌后悔了。

"我早就修炼成人形了，天天以一只兔子的形象出门实在是不太方便。"她一点也没在意，轻轻走到我前面说。

"哦，对，请进。"我突然反应过来我们还一直站在外面。

在沙发上坐定后，天兔说明了她的来意：

风神天女她们寻找魂魄的脚步越来越紧，她们认为灵慧那一魄在小金身上，小金是天兔的表妹，所以她们让天兔去劝说小金主动进风神天女的天牢。天兔假意答应，可其实她只是想拖延时间要保护小金。现在风神天女她们等不了了，给了她最后一天时间。如果在这一天中，她还劝不了小金，她们就要武力解决。

天兔今天来找我就是想让我帮她。

听完了全过程，我心里特别生气。我原来以为风神天女她们已经变好了，没想到她们还是打着救人的旗号在胡作非为！

真是太过分了！

"好，没问题。"我决定要协助天兔打败风神天女，"那么，我该怎么帮你呢？"

"她们中那个叫孔雀公主的会读心术，她的心灵感应能力很强，今天晚上她一定会因为心灵感应而睡不着。我已经通知了小金让她赶紧跑，然后我马上瞬移回去了。凌晨五点我外出时，故意让孔雀公主看见。当我'失败'回来后，她们一定会生气地把我关回去并去找小金，当然在水下她们不可能打败小金。按她们的一贯作风，她们会去找帮手，她们第一个想到的一定会是你。"她停了下来，静静地看着我。

"然后我答应她们，再暗中捣乱，对不？"我看看面前的这个眉头紧锁但说话娓娓动听的姐姐，不禁为她的推理能力点赞。

"就是这个意思，但记住千万不要向她提起我。"她看了看时间，"我要回

137

去了，免得她们起疑心。"我点点头。

天兔走到门外，忽然又回头看着我说："对了，你只需要在她身边坚持一天左右，我很快会组织一支军队来攻打她们，以她们现在的实力，几个人很难打败她们。"

"你要组织军队去攻打她们？"我瞪大了眼睛问道。

"是！"她一边开启传送门一边说："我怕再拖下去会出问题，我要一次性为姐妹们解决掉这几个坏人。拜拜。"说完，她消失了。

"好吧。"我自言自语道："考验演技的时候到了。"

（七）孔雀公主日记摘录

那一天，我们到达海洋仙子的门口时，本来雄心勃勃的大家都犯起了犹豫，谁都不愿意去敲门。星队长因为以前被海洋仙子毒害过，心里还有些不舒服，我和风神天女则是因为怕见到海洋仙子后会很尴尬。就这样，我们便犹犹豫豫地在门口站着。

突然，门吱呀的一声开了，我们闻声抬头，看见海洋仙子拎着一个小包，站在门口，像是要出门的样子。她看到我们，吃了一惊，估计她没料到我们会来找她，说不定会以为我们来寻仇的呢。

她明显被惊呆。

她的双眸明显颤动了一下，但顷刻间又恢复了正常。

我下意识地用读心术去了解一下她的内心，但转念又想：不行，与人相处要有诚意，不能动不动就读别人的思想，于是我又收回了读心术，微笑着看着她。

海洋仙子脸上露出了十分复杂的表情："你们来干什么？"

风神天女赶忙说："你放心，我们绝对没有伤害你的意思，我们有点事想请你帮忙。"

海洋仙子犹豫了一会儿，点点头，打开门让我们进去。我们三个小心翼翼地坐在沙发上，互相传递着眼神，谁也不说话，都在想着到底该由谁来讲。我和星队长对视了一下，然后同时把目光投向风神天女。她猛然睁大眼睛，看看我，我把目光避开。她又把目光投向星队长，星队长也看向其他地方。

我看了看海洋仙子，她正给我们倒水，但明显有磨磨蹭蹭的意思，她一定在等着我们开口。

风神天女挑了下眉毛，清了清嗓子，我们马上都竖起耳朵在听她怎么说。海洋仙子也停下了装作倒水的动作。

"那个，海洋仙子啊……"风神天女慢条斯理地开了口，"那个，我和孔雀公主这次专门陪星队长来的，星队长有点事想请你帮忙。嗯……"她转向瞬间惊恐的、呆若木鸡的星队长，以缓和的口气说："星儿啊，你直接说吧，海洋仙子也不是外人。"

惊悚状态下的星队长咬了咬嘴唇，暗中长吁一口气，无奈哑巴哑巴嘴，然后开口道："那个，海洋仙子啊。"海洋仙子继续固定着那个倒水的雕像状，背对着星队长。星队长咽了口唾沫，清了清嗓子，声泪俱下地开始了演讲。

不得不说，星队长的口才实在太好了。她说啊说啊，感觉死人都要被她说活了，感觉就凭她一张樱桃小嘴，说不准小金就会乖乖来投降。

她的中心思想就是我们找魂魄是为救人的，这个灵慧我们费了好大工夫才找到，就在小金身上，我们的时间实在是不多了，你来帮我们好不好？

但是，海洋仙子岂是一般人？

她已经慢条斯理给我们倒完了水，并且笑盈盈地把水放在我们每个人的面前，然后保持着轻松但端庄的坐姿，听完星队长的长篇大论后，她还是保持原来的姿势低眉顺眼地想了一会儿，然后庄重地点了点头："我愿意帮你们，但我只负责帮你们捉住小金，我绝不会伤害她，你们也必须保证不能伤害她。"

"谢谢你，我们以个人名誉作保证，保证不伤害小金。"风神天女马上假装轻松地抢过话头，微笑着急忙说道，"那你今天先好好休息，明天早上我们来找你，我们一起去找小金。"

海洋仙子点点头表示同意。

起身告辞。在离开海洋仙子家约百米后，脚下的路已转入到一片树林里。我们同时站住，对了个眼色，突然一起开心地大叫："噢耶！我们成功啦！"

（八）追杀

"嗒，嗒，嗒……"我一个人走在一条黑暗的长廊里，没有星，没有灯，没有光，我却能清晰地看清脚下的路，但远方依然是一片黑暗，我紧紧地盯着脚下路，只怕走偏了。感觉路两边就是万丈深渊。

我不知道这条长廊有多宽，不知道这条长廊的尽头在哪儿，不知道我为什么要来这儿，我只是盲目而胆战心惊地走着。

突然，我猛地撞上了一个人，我一下被反弹得退了好几步后跌坐在地上，而那个人却纹丝不动。我慢慢地站起来，死死盯着那个人的身影，却没有走到他面前去看清真实面目的勇气。

那个人缓缓地朝前踏出步子，一步、两步、三步，然后迅速开始飞奔。我心里一惊，开始朝前追去，跑起来了，我感觉到她是位女士，所以不怎么害怕了。可她的速度远比我快，我怎么也追不上。

此时，如果从上帝的角度来看，这两个人似乎在这条黑暗的走廊中玩着有趣的游戏，一前一后，一快一慢。但我想，上帝一定没看到迅速前进的我眼中的恐慌，因为我的速度越来越快，两条腿似乎都不是我自己的了，我拼命地命令它们停下来，可它们却依旧在飞速地迈动，这两条腿已经不受我控制了，它让我更加飞速前进。

终于，我超过了前面的那个人，与她擦肩而过的时候，我感受到了她嘴角漾起的那一抹诡异的、暗含嘲讽的笑。超过她了，我的两条腿仍在完全不受控制地向前飞奔，我转过头，想看清她的长相，可她的脸却已消失在黑暗之中。

道道白光从前方传来，我心中一喜，终于到走廊的尽头了。但随即，我又惊恐地发现，这走廊尽头的白光并不是从外面传来的，而是一把把插在墙上的锋利刀刃上反射出来的！

面对不远处的锋利刀刃，我却没办法让自己的步子停下来，我急得六神无主。

"啊！"我尖叫一声，猛地从梦中惊醒。

我拍着胸口，大口大口地喘着气。

吓死我了，这个梦也太诡异了吧。前几天，也有那个怪异的梦，我总觉得这个梦预示着什么，但是，是什么呢？

抬头看看外面，天也快亮了，还是起床吧。

我起床穿衣，给两个懒丫头做早饭。

又过了一个多小时，她们都起床了。穿着睡衣的孔儿一从房间出来就看见我坐在沙发上，明显是愣住了。因为我是最爱睡懒觉的，一般不到最后一刻往往不会起床，她飞奔到我身边拉着我的手说："大风啊，那什么，太阳从西边出来了？你今天怎么起那么早啊！你遇到啥想不开的事了啊？"

"停！"我拍掉孔儿的"爪子"："限你十分钟内洗漱换衣完毕，否则你的早餐我就替你吃掉。"话音未落，孔儿便以百米冲刺的速度冲进了卫生间，我摇摇头："孩子，你太年轻了，很多事情你还不懂。"

突然，伴随着一声尖叫，海洋仙子冲进来了，她后面，追着一团火红色的东西，我定睛一看，天哪，是神出鬼没的小鹦鹉！

我伸手一把捉住它："小鹦鹉！跑哪去了？上次劝说完天兔你就玩失踪？我告诉你，今后要是再敢乱跑，我就把你的毛全拔了，放到火炉里去烤，我们要用麻辣鹦鹉串串就着冰啤当夜宵。"我在它的小脑袋上扇了一巴掌，问道："说，为什么要追海洋仙子？"

小鹦鹉明显被我吓了一跳，短暂的停顿后，它开始反击我："风神天女我告诉你，我发现你现在的脾气简直是上升到了一种新境界！小心以后没人要你，嫁不出去。我出去是去干大事的！不懂就别乱说好吧？那个，啊——"小鹦鹉突然看着我身后大叫起来。

我一回头，看到海洋仙子拿着一把剑，眼里充满了杀气，向小鹦鹉冲来。我忙出手一挡，星队长和孔儿也从后面抱住了海洋仙子的腰。海洋仙子一下动弹不得，她大吼道："这只该死的鹦鹉杀了我的姐姐，我要替我姐姐报仇！你们要包庇这鹦鹉吗？"

"你冷静点！"我大吼道，"你怎么知道一定是小鹦鹉？万一是别人呢？万一他是故意留下羽毛的呢？万一他就是挑拨离间呢？你就不能冷静下来！"

海洋仙子听我一吼，浑身的火气似乎都消失了，她一下跌坐在地上，眼眶红红的，但我能感到她的仇恨并没有消失。

小鹦鹉小心翼翼地来到海洋仙子身边："对不起，这其中也许有什么误会，我从未见过你姐姐，就算见过她我也没有理由杀她，你觉得呢？"小鹦鹉说完后，全场没有一个人说话，大家都默默地看着海洋仙子。

过了一会，海洋仙子调整好了情绪，擦擦眼睛，长长地吐了一口气，然后缓缓起身，低下头对小鹦鹉说："对不起，刚刚是我太冲动了。"小鹦鹉轻轻摇了摇头："没事的。"不知为什么，我总感觉他们两个脸上的表情有些奇怪。

"那我们现在就走吧！"星队长看了看表后说，"我们本来就是要去找你的。"

（九）反常的小鹦鹉

　　我们一行人来到了早已探测好的小金在海底的藏身地，在离目的地大概百米的地方，我们看见了小金，我指挥他们降落在一块大礁石后面，比手势问海洋仙子："可以开始了吗？"

　　海洋仙子点了点头。

　　我们同时出击，迅速冲向小金，可小金似乎像背后长了眼睛一样，头都不回，手一挥，直接就有一股强劲的水波压过来。海洋仙子左闪右躲，好不容易才躲过去。

　　我用心灵感应对星队长和小鹦鹉说："看好机会，星队长和孔儿你们俩都去帮海洋仙子，我和小鹦鹉直接去捉小金，OK？"

　　"Yes，sir！"他们齐声回答。

　　海洋仙子和小金以水系魔法斗法中，我看到了一个机会，小金正背对着我们。我一挥手，大家便一起冲了出去。星队长和孔儿一左一右出现在海洋仙子身边，同时发力帮她抵御水波的攻击。我和小鹦鹉布布则迅速地冲向小金。

　　小鹦鹉将双翅紧收，像离弦的箭一样冲了出去。小鹦鹉在水下如此敏捷，超出我的预料，我原本只是希望它能以五彩斑斓的颜色起到点扰乱小金视线的作用。

　　小金突然回头，冷冷的目光盯着我和布布。我被她盯得浑身发冷，动作已经有点慢下来了。旁边看看布布，它倒是好得很，处变不乱，很平稳，一副大家风范。

　　小金两手向海洋仙子的方向一挥，突然出现的一大群鱼便向她们冲去，将她们三个团团围住。眼见她们陷入重围，我正着急时，看见小金又对着我们双手一推，我和布布马上游不稳了，我感受到巨大的水流向我们压来。我俩躲闪不过，都被水流冲得跌倒在海底。我抬头一看，小金正向我们冲来，我不顾满身疼痛，赶紧爬起来，顺便还救起了布布。

　　我瞄了一眼被鱼群围困而施展不开手脚的三位仙子，赶紧往旁边跑去，决定先把她们三个从鱼群中救出来，她们不能发力，我和布布更加不是小金的对手。小金突然高速从我们背后冲过来了，看准时机，在她离我不到一米的时候，我猛地抓起布布向上跳起，并向海洋仙子的方向飞去。果然，小金因为速度太快，没刹住车，直直地冲向前去了。

　　看到她们三个人在鱼群中左冲右突，我却只能在外围干着急没办法。正抓耳挠腮间，一直没有说话的小鹦鹉对我小声说："给我变些蚯蚓。"

　　"什么？"我以为自己听错了，这时候小鹦鹉还想着吃蚯蚓。

　　"蚯蚓啊！"小鹦鹉对我大吼道："快点！"

　　我才反应过来，原来小鹦鹉要蚯蚓是为了喂鱼啊。我赶快变出一堆蚯蚓，小鹦鹉一把夺过去，顺便还给了我一个白眼。它先撒了些蚯蚓在她们三个附近，鱼儿们都一窝蜂地去抢。然后小鹦鹉越撒越远，最后又扔了些蚯蚓到很远的地方，大部分的鱼都去抢蚯蚓了，剩下那点她们三个能轻松搞定。

　　小鹦鹉自言自语道："我发现自己越来越聪明了，不，是越来越天才了！"我"切"了一声，刚想给他一个白眼，却看见小金在小鹦鹉背后拿着剑，直直地向它刺来。我心里一惊，一把将小鹦鹉扯过来，我们直接冲出海面，站在岸边。

　　剑躲过去了，小鹦鹉不断怪我扯疼它的翅膀了。我正准备教训它一顿，结果，一抬头，我却惊呆了。

　　小金也上了岸，威风凛凛地站着，她的背后有很多人。

　　没错，这次背后站的是人，不再是鱼鳖虾蟹之类的"海鲜"。

　　仔细一看，那支队伍里大多都是一些法力较弱的小神仙，而走在最前面那名威风凛凛的将军，好像是天兔。

　　看到天兔后，我心中一喜，是来帮我们的吗？天兔是个好帮手，功夫了得，人缘很好。但很快，我便不抱这种想法了，因为天兔的身后，还有气势汹汹的露家四姐妹。

　　我们几个迅速聚在一起，星队长碰碰我的手："我有一种不祥的预感。"

　　我努力安抚住自己的紧张情绪，反过来轻轻地握住星队长的手："没事的，冷静。"

　　天兔领导的队伍走到离我们约有百米远的地方时，露家四姐妹手一挥，整支队伍整整齐齐地停了下来，队伍中的小神仙表情不一，有人高兴，有人生气，有人漠然，有人沮丧。我估计有的人是不得不"参军"，有人是来看热闹的，但也有人是真正想来对付我们的。

　　天兔高高扬起头，盯着我们。我们在没有弄清对方真正意图前也不敢轻举妄动，毕竟来者不善，这是一支军队啊！

　　"天兔，你们来干吗？难不成这么多人都是来帮我们捉小金的？"

天兔一改以前的和善样子，虽然说话仍是柔柔的，却带着冷冷的语调："帮你们？帮你们抓我表妹？帮你们打着帮助别人的幌子来攻击别人？"天兔指着我说，"风神天女我告诉你，从你让我去抓小金的那一刻起，我就再也不会帮你了！"

"果然，被我猜中了，我就知道你从来没想过要帮我们！"孔儿愤愤地说。

"挺聪明的嘛，不过是马后炮。"天兔冷笑一声，"你们的聪明用错地方了。大家上！"说完，她的手朝后一挥。

我们三个和海洋仙子站在一起，做好了戒备，小鹦鹉看这一大队向我们冲来的人们，却依旧淡定。我心里想，以前怎么不知道这家伙有一种大将风度呢，战争结束后，该好好夸夸它。

星队长叹了口气："想不到我们真的有一天会和朋友们兵戎相见，到了这一步……"刚讲了一半，小鹦鹉便接上了话，冷冷地说了句："不自量力！"

话音刚落，我们四个便迎着大部队走上前去。我特意冲他们喊道："记住，不能伤人呐！任何情况下不能伤人！"孔儿和星队长举起手，对着我比一个"OK"的手势。

来不及说什么，战斗开始了。

现在上来的都是些小仙子，我们的宗旨是不伤害到他们，对方的法力普遍比较弱，我们只用一些初级的法术就能应付，但这也使他们毫无还手之力。"天兔脑子不好使吗？招来一些这么低等的小神仙，怎么跟我们打呀？"我边打边想。

但我们的洋洋得意并没有维持很久。

三四个小时过后，这场战斗依旧没有结束，小仙子们源源不断蜂拥而至，虽然使用的都是低等法术，但时间长了很容易体力不支，我已经觉得很累了，但那些低等的小神仙却因为人多力量大轮班换班，且一直精力充沛，怎么办呢？我急得满头大汗。我扭头看看那星队长和孔儿，她们的情况比我还糟糕，星队长几乎都累得没办法用法术了，我叹了口气："看起来不太妙啊！"我又把头转向小鹦鹉，瞬间，我一把捂住了自己正在惊叫的嘴——

小鹦鹉正在大开杀戒！！！

（十）天兔日记摘录

当风神天女她们把我传送回关押之地时，我就已经准备反击了，因为之前风神天女她们还比较信任我，所以我的笼子就是最普通的铁笼，上面并没有施法封印，以前是我自己不想出去，如果我自己想脱险，这个笼子能奈我何？

我出来后，本想把其他因为魂魄而被关起来的人也放出来，却怎么施法也没用。这时，那只名叫米拉的老鼠对我说："天兔，你别试了，没用的。"

"可是——"我刚想说些什么，米拉却打断了我："这里就我们俩来的时间最长，你的为人我最清楚。我相信你的能力，你一定可以救我们出去的！"

我看着它的目光里闪烁着的坚定，再看看其他笼子里渴望自由的眼神，我抿起嘴点点头后，退了两步走到门口，双手一抱拳："再会。我很快就会回来，我一定能把大家放出去。"说完，我转身就走。

才出门，意外发现露家四姐妹站在门口，我脑海中闪过一丝疑惑，但很快又变成了欣喜。露雨调皮地一挑眉，张开双臂，给我一个大大的拥抱。

接下来的几天，让我不得不对露家四姐妹产生了深深的敬佩：她们已经组织好了一支军队，虽然她们的法力大多较弱，但人数众多，我问她们："你们想好该怎么打了吗？"

她们摇摇头："没有，你是森林之王，会领兵打仗，我们只能单独作战，但不会指挥军队，所以我们一直在等你出来啊。"

"嗯——"我伸出手抹抹头上滴下来的汗珠，"原来等我的原因是这个。"露雨斜了我一眼，一副"不然呢"的表情，我再一次滴汗。我想了想说："风神天女她们法力一定比我们强，所以绝对不能硬碰硬，不过风神天女她们最喜欢假善良，应该不会速战速决。那我们就先用最普通的招式持续攻击，等她们体力不支的时候再用高级攻击，反正我们人多。"

露家四姐妹想了想，又小声商量了一阵，同意了我的打法。

开打之前，我远远看见小金在和她们打斗，作为卧底的海洋仙子一眼就看到了我。她朝风神天女努努嘴，我知道，她是告诉我：她们已经很累了。我点点头，大声喊出"大家上！"的时候，那些小神仙便纷纷冲了出去，而我们一些法力较强的则按计划留在原地。

果然，风神天女她们只是用最低的法术攻击，我嘴角轻扬：正合我意！渐渐地，我感觉她们的法力开始慢慢变弱。风神天女还能撑住，孔雀公主和星队长的情况则很糟，即将败落。

我一挥手，该我方大将出场了。

我们的加入，她们失败的节奏加快了，我正想着我们赢了后如何处理俘虏，突然听到一阵鬼哭狼嚎，我把目光转向叫声惨烈的地方，顿时，我怒火中烧！

那只鹦鹉，那只该死的鹦鹉竟然开始杀人了！它飞入了人群中，张开双翅转了一圈。顿时，小神仙便倒下了，一个、两个、三个……那都是一条条人命啊！

小鹦鹉飞过的地方血肉横飞，惨不忍睹。

顿时，我意识到风神天女标榜的善良不杀人是假的，是骗人的。她杀人和小鹦鹉杀人有区别吗？

真是够了！我杀不了风神天女，难道还杀不了一只小小的鹦鹉吗？

我冲向那只小鹦鹉，直接使出了必杀技。同时，我看见海洋仙子也猛地挥剑从小鹦鹉背后砍下。可是，我的法术在碰到小鹦鹉前，一道冰蓝色的光芒从左边直直地射来，刚好撞上我的法术。冰蓝色是风神天女专用的颜色，她来护短了，可她不是没有力气了吗？海洋仙子的剑也没砍上小鹦鹉，我都不知道这一切是怎么发生的。

我一抬头，正好看见风神天女往嘴里塞了什么东西，然后精神抖擞，对我虎视眈眈。我心里暗叫不好："她肯定是吃了什么补充力气的丹药，如果她们同时恢复了元气，那我们的人海战术便失去了意义，我们必输无疑，我们的小神仙兄弟姐妹们便都成了"炮灰"了。不管怎样，即使为了小神仙们不被小鹦鹉祸害，我们也不能再打了。"

我下达了命令："撤退！"

军令如山，众人纷纷退下，我一边往后一边想道："看来这招不行，漏算了他们的假仁假义，没想到他们会大开杀戒，要重新想办法了。"

（十一）纠结

天兔下令撤军后，我们也就停手了。

回家的路上，虽然小鹦鹉一直试着挑起话题，但我们三个始终没发出半点声音，大家只是沉闷地走着。

回家了，大门关上后，小鹦鹉受不了了，大叫道："哎，我说，你们别这样好不好，打了败仗就这么没精神啊，你们怎么这样啊，一点风度都没有，输不起啊？"

星队长一伸手抓住了飞来飞去的小鹦鹉，也不管它正在唠唠叨叨些什么，只管用那可以杀人的眼神盯着它，一字一顿地说："说，你为什么要杀人？"

"我根本就没杀人，我只是看到我们马上要败了，就吓唬吓唬他们，我一个人也没杀！"

孔儿淡淡地说："你确定！"

"嗯嗯！"小鹦鹉的头点得像一只正在啄米的鸡一样，"我怎么敢杀人呢？我们是一个团队对不对？我们都是好人对不对？"

"你飞过的地方就血肉横飞、鬼哭狼嚎，不知道有多少小仙子遭了你的毒手，你敢说你没杀人？"

"我只是给他们点教训，让他们受点伤，知难而退。"小鹦鹉辩解着，"你亲眼看到我杀人了吗？你别污蔑我。"

我当时也看到小鹦鹉经过的地方就有人倒下，并不断有惨叫声传来，但是不是杀了人，当时大家都打得乱七八糟的，确实没有仔细看，所以我们谁也不能确认它就是杀了人了。

我们三个凑到了一起，紧紧围着，凶神恶煞地盯着它，你一言我一语说道：

"我告诉你，幸亏你没杀人，要是杀了，我分分钟把你的毛拔光烤了吃！"

"要不是风神天女拼尽全力出手及时，你早就被天兔打死了！"

"要不是星队长强行扰乱了海洋仙子的思想让她砍偏了，你早就身首分离了。但是星队长因为分心，差点被露雨打伤。"

"要不是风神天女假装吃仙丹，天兔一定会进攻，那时你会死得很难看。"

我们叽叽喳喳了一阵，等到终于停下来时，小鹦鹉已经快晕过去了，它嘟囔道："还不如不理我呢。"

这场战斗持续了很久，我们连午饭都还没吃，所以我让大家去吃饭时，几个饿狼一样的伙伴在不到十分钟里便把我们所有的食物一扫而空。

吃过晚餐，我们拍着圆鼓鼓的肚子在沙发上练习"葛优躺"，再也顾不上什么饭后百步走活到九十九的古训，也顾不上饭后即躺下会发胖变丑的妈妈语录了。

孔儿斜躺在沙发上说："原来海洋仙子是卧底啊。"

小鹦鹉愤愤地说："就是嘛，她当时竟然还想杀了我！"

"下一仗怎么打呢？"星队长皱着眉头问道，"小金真的很难对付，现在又有了天兔大军，麻烦越来越大了。"

小鹦鹉插话道："要我看啊，就直接暴力解决算了，反正时间也不够了。"

此话一出，周围一片寂静，我和星队长、孔儿他们都低着头，一句话不说，小鹦鹉见我们都没反应，便飞到客厅中央的吊灯上，躲在吊灯顶上的黑影里，也不说话了。

其实我们心里都知道，在这样的紧迫时刻，要想打败天兔的队伍就只有硬拼，如果我们用真正的实力来对付他们，用不了多长时间就能解决问题了。可是我们谁都不愿意说出这个事实，因为我们是仙女啊，欺负弱小也是绝对不应该的，何况还要开杀戒。我们心里都清楚，天兔和露家四姐妹、海洋仙子都是好人，小仙子更是一些不懂事的孩子。他们不是敌人，他们只是以为我们是坏人，才和我们作对的。

我想起了云朵仙女的信：

事情很紧急，你们必须在×月×日救醒葵花公主。她醒来时，你一定要在她的身边。切记切记！这有关人类的生死存亡。

我来自未来，虽然知道你会遇到困难，但我不能在这个时空里帮你……一切只能靠你自己。

我默默地一遍遍回想"你们必须在某月某日前救醒葵花公主，这有关人类的生死存亡"这句话，到底是什么意思？

我又想到近期我老做那种莫名其妙的梦，到底预示着什么？

时间真的不多了！

为了"人类的生死存亡"，真的要狠下心开杀戒？

以前我听天使姐姐讲过一件事。在一个平行宇宙中，有一位特别善良的阿姨叫程心，她在执行守卫地球安全的任务时，由于太过善良，她犹犹豫豫地不忍心杀死一个叫三体人的敌人，贻误了战机，结果造成她那个地球上的全体人类的毁灭，并最终导致了他们那个宇宙的毁灭。

我还想到我们这个地球上发生的一件事。宋朝，在一个叫牛家村的地方，一位叫包惜弱的善良阿姨，也因为善良而救了一个坏人，后来给她的家人、朋友以及国家和民族造成了很大的麻烦。

我想起了赏能老师在魔法伦理课上让我们讨论过的那个难题：一个听话的孩子在废铁轨上玩，一群不听话的孩子非要到禁止玩耍的铁路上去玩，这时，一列火车呼啸而来，孩子们都没有意识到危险，而你，正站在道岔设备旁，你是任由火车正常前行，去撞飞那群不听话的孩子，还是为了挽救更多人的生命，把火车引到废旧铁轨上，让那个听话的孩子失去生命？

很短的时间内，我想到了很多很多。

天使姐姐呢？为什么老联系不到她？到底该怎么办？

又过了好一阵，星队长轻轻说："嗯，要不我们采纳一下小鹦鹉的建议？时间实在是不多了！"

我叹了口气，沉重地点点头："行吧，也只能这样子，孔儿你说呢？"

孔儿没说话，默默地点了点头。

"尽量少杀戮，他们都是好人。"我无力地补充了一句。

小鹦鹉见我们都同意了，就又飞了下来。落在我的肩膀上，拍拍翅膀说："那你们早点睡吧，明天要想速战速决，今天是要养足体力的。"

（十二）混战

天亮了，我们回到昨日的战场。

知道他们一定会再来找我们的，干脆自己乖乖过来了。

时间不长，天兔他们果然来了。看到我们后，他们迅速停了下来，一副信心满满的样子，我在心里默默地叹了口气："我想他们一定想好了对付我们的新方法。可是，我们再也不会像以前那样仁慈了。"

我使了一个眼色，大家纷纷会意，都使出了自己的法术。

虽说我们用的都是一般的法术，但因为心中没有了顾忌，还是一下子把他们的队伍打得七零八落。天兔好像一下子慌了神，因为她绝对没想到我们会这样进攻，于是她只好手忙脚乱地喊大家一起向我们开打。

虽说他们的力量要比之前强上许多，但对于我们来说还是小儿科，只是我们在不得不伤人的时候，内心非常不忍。

抬头看看小鹦鹉。小鹦鹉又像昨天那样飞进人群，我们都以为会像昨天它说的那样把人弄昏，可过了一会儿我们才发现这次并不一样，我们都清楚看到了那小神仙倒下时身上淌出的血液，我一下怒从心生，正想冲过去教训小鹦鹉。突然，星队长发了一束光在我面前，把我拦下了。

我望着星队长，她皱着眉头摇了摇头，我突然反应过来：虽然这样很残忍，但这也许是最快的方法，我看了小鹦鹉一眼，默许了它的行为。

这时孔儿跑到我身边说："小鹦鹉一定是因为打得难受，心里烦躁才开始杀人的，要不我们干脆用必杀技直接解决吧，只有尽快结束战斗，才能避免更多人伤亡。"

"可是……"我停顿一下，"算了，可以，就这样吧。"

于是，我们四个迅速聚在一起，同时准备放大招，天兔看着我们，似乎突然意识到了什么，回头大喊："大家快跑啊！"

小鹦鹉大吼一声："迟了！"话音刚落，我们四个同时放招。

星队长胳膊一挥，细长的金色光芒如丝带般柔软迅速，但当光芒来到每个人身边时，又突然收紧，把围住的人紧紧捆住。

孔儿两手慢慢扬起，墨绿色的暗调，光芒如浓雾弥漫在每个人的周围，让他们无法辨别方向，左冲右突，有的人甚至出现了幻觉，自相残杀。

我用脚尖轻轻点了两下地面，随后左脚脚后跟抬起一跺，对方所在的地面突然凭空出现了许多滴溜溜旋转的深颜色小圆球。我拍一下手，一瞬间，小圆球炸开，以小圆球原来所在地为中心，旋起一阵阵龙卷风。随着风力增大，被卷入的生命都会"公转"和"自转"，晕晕乎乎中，每位旋转者将失去知觉。因为不忍心让更多人失去生命，我只用了小龙卷风，威力更大的爆炸弹、火药弹、飞刀弹等我都没有用。

看看星儿和孔儿，她们也都没有采用杀人招，都是把对方弄晕，或者直接打伤而已，我暗自高兴。

我看着面前这支一片混乱的队伍，抿抿嘴，轻轻地叹了一口气，孔儿和星队长走到我旁边，一人一边握住了我的手，我们都很伤神。

这时，我们看到战场上的小鹦鹉兴奋异常，它冲向人群抓了一个小仙子，朝我挑了一下眉毛，我知道了它是什么意思，我左手在空中一挥，小鹦鹉也来到我们身边，至此，我们这一方的所有攻击已全部停止。

看看对方，真的可用"尸横遍野"来形容，地上到处都躺着受伤的人，有很多人仇恨地看着我们。天兔和露家四姐妹当然没有受伤，但也累得气喘吁吁。

天兔很伤心，小金有点悲伤，但露家姐妹眼里却只有怒火。

我以一副冷冰冰的表情说："天兔，现在的情况你也看到了，小金是你的妹妹，我知道你们的感情很好。我也知道这些人来帮你并不是因为小金是你的表妹，而是因为大家对我们有了误解，但现在我们真的来不及解释什么，以后你会明白的，我们不是坏人。时间紧急，小金我们必须要带走，而且，还要请你跟我们一起走。现在，你们俩要么跟我们走，要么我们继续打下去，我们一定会把小金抓走，也会把你请走，这个结果你应该是相信的，但这样一来，会增加很多伤亡，我知道你很善良，这是我们都不愿意看到的。就是现在仇视我们的露家姐妹，也都是正直善良的人，我们都不愿意让更多的人因为我们的事情受到伤害，你说对不对？"

露雨在一旁吼道："风神天女你个卑鄙小人，太阴险了！"我板着脸说："你根本不知道我们说的是什么。"

天兔和小金在一旁互看了一眼，望着我们说："我们来了。"

她俩走到我们跟前，看着我说："我能跟她们再说几句话吗？"

我刚想点头，小鹦鹉在一旁插嘴说："不可以！"然后，它突然间就把天兔和小金抓起来，向基地飞去。我们三个也只能赶紧回基地。

把天兔、小金关进了天牢里，关上门，加了封印，然后我们才离开。

这次，我们给天兔也加上了封印。

我知道，那些晕倒的小仙子们没多久就能全部醒来，受伤的小仙子最终也能健康复原，我很为那些在我们手下丧生的小仙子伤心，更为了我身负"大恶人"称号而伤心不已。但我还能有什么办法呢？

晚餐时，我们四个都没什么胃口，每人吃了一点点饭后，小鹦鹉飞到我耳边说："大风，你生我气了吗？"

我摇摇头："没有，其实你做得也对，还是让事实来说话吧。"我其实对小鹦鹉大开杀戒非常生气，但现在我还不想影响军心。

"还有最后一个魄——中枢没有找到。"我沮丧地说，"我觉得，我们可能完不成这个任务了，葵花救不过来了，已经没有时间了。有可能我们用尽了全力，却还是丝毫改变不了结果。"

孔儿和星队长默默对视了一眼，迅速又把目光移开，我觉得有点奇怪，但也没在意。

十四、 中枢

（一）中枢到底在哪儿

今天是云朵仙女信中所规定时间的最后一天了，该是炼出葵花公主魂魄，并让葵花复原的日子了。从信中看来，只要葵花公主醒过来，后面就不需要我们做什么了，好像葵花公主就可以拯救人类。我太想放假休息了。可是到现在，我们一直没有发现中枢在哪儿，一点线索也没有。我为此焦急不堪，但星队长和孔儿貌似都不太急。

星儿从大战以后好像就没缓过来，一直待在基地，躺在床上哼哼唧唧睡大觉，只是偶尔活动一下。

我和孔儿外出了，我们想碰碰运气。只要走出去，总比窝在家里有用。不过孔儿东看看，西看看，似乎漫无目的。

我觉得她们应该也是和我一样沮丧，看着她俩的状态，我无比失落。

越急，就越会感觉时间过得快。

太阳已经升到天空的正中，可我们却依旧没有任何头绪。那天的太阳出奇地灼热，我和孔儿使用了避暑诀也还是感觉烦躁不安。

我忍不住这疯狂滋长的烦躁，也难以忍受即将到来的失败，突然大吼一声："那该死的中枢到底在哪里啊！"

我们得罪了天下人，平日最看重个人名誉的风神天女、孔雀公主和星队长现在已经成了恶贯满盈的三大魔头，到头来葵花公主却还是醒不过来，人类还是不得不遭受那不知道是怎样的苦难，我不禁悲从心中来。

天使姐姐、环保博士、云朵仙女，你们都到哪里去了？如果不能来帮忙，给点提示也好啊，你们到底到哪里去了？

我突然想到，天使姐姐和环保博士的失踪，应该就是人类苦难的一部分，而且应该是开始。

我瞬间呆住了。

"这么明显的事实，我怎么现在才想到。"我使劲地捶打着自己的脑袋。

"你怎么啦？"孔儿问我。

"没什么，就是头有点疼。"我不能让她们知道这个事实，最后一天，军心很重要。

"别太着急，我们一起想办法。"孔儿以为我是为中枢着急，我也没说什么。她一改往常温柔平和的样子，抱怨起来："这中枢也躲得太好了，根本找不到啊。"

我咬着牙说："难道我们这么长时间的努力就这样半途而废了吗？"

孔儿有一搭没一搭地说："如果我们找不到中枢，可以把已经找到的天魂天兔、地魂米拉、灵慧小金、为精阿宝、为英争锋、为气和为力一起放到炼丹炉里先炼着，然后把这两魂五魄先还给葵花，没准她也能好起来呢，只是有可能会笨一点，傻一点，毕竟还少了一个中枢。"

"云朵仙女告诉我们要收集齐了才能炼，少了一个中枢，万一搭上那几位朋友的性命怎么办？"

"应该不会吧。"孔儿慢条斯理地说，"我们找到的为气和为力就是魄，是不需要炼的，只要能和其他魂魄在一起就行了。剩下的几位，也就是天兔、米拉、小金、阿宝、争锋，他们都功力深厚，哪能那么快就炼死了呢？没准还能个个炼成火眼金睛呢。"说到这里，孔儿还做了个孙大圣经典动作。

"还是不行，我不能对朋友言而无信，不能让他们去冒险，我承诺过不伤害他们的。"

"大风啊，云朵仙女说得很清楚，如果今天救不了葵花，会有什么后果，你还记得吗？"

"人类灭亡。"我揪心地难受，中枢到底在哪呢？前几天那场大战，我们的恶名传遍世界，现在连个帮忙的人都没有，各处的小仙子们看到我们全部躲起来了，我们一个人也看不见，只是胡乱地在天上飞来飞去。

"嗨嗨嗨，别走神。"孔儿对我说，"如果人间有一场大灾难，那么我们这些地上的仙子们都不会有好果子吃，可能大多也活不了了。天兔、米拉、小金、阿宝、争锋可能也活不了。两千年前的陈胜、吴广遇到两难环境还说过'亡亦死，举大计亦死，等死，死国可乎'的话，就算是魂魄没炼出来，这几位朋友牺牲了，世界毁灭了，我们恐怕也要步其后尘而去。我们已经成了'大恶人'了，再'恶'一点又能怎样呢？试一试又有何妨？说不定我们能救活一个魂魄不全的病歪歪的葵花，那也比我们什么都不做要好。"

孔儿在长篇大论的时候，我想到了当年陈靖仇和宇文拓修通天塔来修补天上的裂痕的事情。我们的魔法书里有这个故事，学魔法的时候为这个故事进行过热烈讨论。他们以几万无辜百姓的生命，阻止了西方妖魔对世界的统治，拯救了几十亿人。从大局来看，这样的代价好像可以承受。

人活一世，草木一春，我们最终都有可能灰飞烟灭，那么就让我们以血肉之躯，为拯救这个世界做点贡献吧。

"天兔、米拉、小金、阿宝、争锋，对不起了，如果你们有了什么不测，我也绝不独活。"我擦干缓缓流出的眼泪，在心里默默地说。

孔儿张开嘴还要继续劝说我接受她的办法时，我们突然同时接到了星队长的心灵传话："大风、孔儿你们快回来，出事了。"

我当时的第一反应就是那些魂魄上身的人又跑掉了，便直接和孔儿启用瞬间移动，火速赶到了基地。

但奇怪的是，当我移动到基地时，孔儿并没有出现在我身边，我想可能是传送时出了什么问题，但孔儿肯定就在附近，我来不及管这些，忙到天牢去一看，随即一阵头晕目眩。

天哪，所有笼子全部打开了，天兔、米拉、小金、阿宝、争锋一个也不在了。

我用心灵感应对星队长传话："你现在在哪儿？我们的'犯人'都不见了，你知道吗？"

星队长在那里似乎很焦急的样子："我在炼丹室，你快点！"

"炼丹室？"我心里一惊，她不在床上睡懒觉吗？怎么跑到炼丹室去了，难道是炼丹室出了什么问题！本来我们在找的两魂六魄中就少了一位，如果炼丹室再出了什么问题，这可不得了。

我气喘吁吁地赶到炼丹室，却发现只有星队长一个人站在炉子旁边，我看到天兔、米拉、小金、阿宝、争锋已经在炼丹炉里了。

我生气地说："你已经开始炼了？你快要吓死我了！为什么不等我和孔儿？"

星队长低着头说："孔儿说她要去劝你，让你接受她的方案。"

"什么？你们俩提前商量好的？"

"是的。"星队长说，"你们外出的时候，我找到中枢了。"

"什么？"我惊讶得都要跳起来了。这么短的时间，发生的事情太多，我一时头晕目眩。

"在谁身上？"

"你自己来看。"星队长边说边打开炉门。

"在哪儿？"我凑近了炉门，但我只看到了天兔、米拉、小金、阿宝、争锋五个人和为气为力在飘来飘去。

"你靠近点。"

我又往前凑过去，趴在炉门上仔细看，但还是没看到有其他人。正疑惑间，我感到背后一股力把我向炉里推去，我来不及反应，一头冲进了炉子，炉门随即关上了。

我确信，在背后推我的，是孔雀公主，她的力，我太熟悉不过了。

"为什么？"我心里悲哀地问了一句，紧接着便两眼一黑，什么都不知道了。

（二）星队长日记摘录

罗布泊大战后，我一直没恢复好，最近我们又与天兔大军大战一场，我就更虚弱了，在使用许多法力时我都觉得力不从心，所以我就一直在家中静养，没有跟风神天女她们一起出去找中枢。

每天天还没亮，风神天女就带着圣盘和孔儿出去寻找中枢，而每天晚上回来以后两个人都是一副垂头丧气的样子，那一定是没有找到最后的中枢。眼看着离小花最后的期限越来越近，风神天女和孔儿一天天出去得就越来越早，回来得也越来越晚，她俩的表情也越来越烦躁不安。我看着她们总觉得很心疼，可是又无可奈何，以我现在的状态和她们一起出去只能给他们添麻烦。

后天便是小花最后的期限，然而风神天女和孔儿回来后依旧一无所获，看着她们难过的样子，我觉得自己需要为她们做些什么。我走到风神天女面前对她说："大风啊，你把圣盘传给我吧，你们晚上睡觉我再去找找。"

风神天女扭头看我，语气很担心地对我说："可是你的身体会不会有问题啊？天兔大战以来，你好像一直没缓过来。"

"放心，我的状态还没差到那种程度。"我又补充了一句，"反正我这几天白天睡得太多，晚上总是失眠，躺在床上天天看天花板。"

风神天女扭头看看孔儿，孔儿轻轻地点了点头，于是风神天女又转头把圣盘递给了我，并对我说："如果找到中枢马上发信息给我们，千万别硬拼。"

我点了点头，拿起圣盘向外走去。今天晚上的月亮非常漂亮，月光轻柔地洒向大地，把一切照得银亮亮的，好看极了。但此刻的我却没有心情欣赏美景，我一边在天上到处飞来飞去，一边用圣盘到处照，然而，大半夜过去了，我一无所获。

我停在了一棵大树下，实在是累得飞不动了。其实我从来没有失眠过，倒在床上3分钟我就立马睡着了，我常常觉得很累。我双手环膝，靠在树根旁，困得几乎连眼睛都睁不开了。就在我将要睡着的时候，脑海中突然闪过了风神天女和孔儿疲倦的面容，便一下子清醒过来，她们都那么努力，为什么我不可以，我揉了揉眼睛继续向前飞去。

天空泛起了鱼肚白，太阳很快就要升起来了，虽然我一直在很努力寻找，却没有任何结果。一夜就快过去了，我什么也没找到，算算风神天女她们也快起床了，我便用瞬间移动回到了家。

我进门的时候，风神天女刚刚从房门里走出来，我刚想抬起手跟她打个招呼，手中的圣盘便有了反应，什么情况？我心里一惊，用圣盘在家中转了360度，发现当圣盘在对着风神天女的时候，反应最为明显。

我十分诧异，难道风神天女就是中枢，那她为什么自己不说，她到底在干什么？

这时候风神天女看到了我望着她的眼神，一脸疑惑地问我："星队长你怎么了？"

我想我当时的眼神一定充满了慌张和惊异，因为我感觉我整个身体都有点不受控制了，只有大脑还在一直飞速地思考不同的问题：

风神天女是谁？

昨晚的月亮为什么那么亮？

我们做的这些事情都是正确的吗？

我是不是疯了？

我想我一时间接收到的信息量太大。紧接着我两眼一黑，在我晕过去之前，我脑中各种混乱的声音融在一起汇成一句话——"风神天女究竟有什么目的？"

几分钟之后我醒了过来，风神天女大惊失色，同时喊醒了孔儿，她们每人都给我注入了一些灵气。我醒过来后看到的第一个人就是风神天女，准确地说我第一眼望见的就是风神天女那双虚伪的冷冰冰的眼睛，我顿时产生一种特别厌恶的感觉。也许是她身上那件墨绿色睡袍的缘故，我感觉她的眼神中甚至透着一抹怜悯和凄凉。

等一下，墨绿色是孔儿的专属颜色，我回过头便看见了穿着与风神天女款式一模一样的睡袍的孔儿，她俯下身问我："星队长你怎么了？"

我晃悠悠地站了起来，有点语无伦次地说："回……回房间吧，我太累了、太困了。"

我冲进房间，锁了门，一下子扑在床上，浑身发抖。过了一会儿，我才回忆起刚才的情形，突然，一个念头在我脑中闪过："孔儿跟风神天女是一伙的，她们俩一起骗了我，骗了大家，骗了全世界，或者说，可能露雨她们是对的。"

正想着，风神天女心灵感应突然打断了我："星队长，你好好休息一下，醒来后吃东西，我和孔儿还要出去找中枢，就不陪你了。"

我把整个人埋在被子里却怎么都睡不着，半小时后，我索性爬了起来，吃了点补充灵力的药，定了定神，我来到书房，翻出了那封云朵仙女给我们的信，仔细地读了两遍。我心里差不多推算出了风神天女的想法，我觉得这封信很可能是风神天女和孔雀公主自己编的，风神天女或许是为了什么东西必须放弃一些人，而小花很有可能就是一个借口，那也就是说她彻彻底底地利用了我、小鹦鹉以及那些信任她的人。

想清楚风神天女的阴谋后，身体虚弱的我被气得直发抖。我感受到了那传说中的朋友的背叛和利用。

我一定要让她为自己的行为付出代价！我立刻行动起来。

我先仔细研究了那个炼丹炉，发现它的确不会对那些魂魄上身者造成伤害。那现在的问题就变得很奇怪了，就目前看来，风神天女似乎没有要伤害其他人的意思，只是想把在他们身上寄居着的小花的魂魄炼出来。可是她又没有把自己是中枢的事情告诉别人，至少没有告诉我。

中枢，中枢，中枢，她到底想干吗？

她到底是怎么为她的计划布局的！

她为什么要得到这些魂魄？

孔雀公主究竟是知情者还是和我一样被蒙骗了？

小鹦鹉在这里面又是个怎样的角色呢？

我的大脑还没有彻底恢复，导致我头疼欲裂，快要炸开一样。于是，我再一次晕过去了。

我醒来时已是黄昏。

大概是因为睡眠不足，再加上没有人再给我传输灵力的原因吧，这次晕过去的时间比较长，我揉揉眼睛，感觉身体更加虚弱，便去厨房找了点吃的，我边吃边想：现在的各种关系太复杂了，唯一可以确定的就只有风神天女一定有什么不可告人的秘密。明天便是救小花的最后期限，直觉告诉我自己应该做些什么。

我刚把餐具收拾好，风神天女和孔雀公主就回来了。依旧是一副疲惫的样子，要是往常我看到她们这样子一定会心疼得要命。但现在的我却满脑子是疑惑和恐惧。我装出一副关心她们的样子："回来了，中枢找到了吗？"

风神天女没说话，抿着嘴沮丧地摇了摇头。我在心里想：她真会装，想来我的猜测基本上是正确的。但是我现在仍然没办法判断孔儿和小鹦鹉是好是坏。

她俩简单吃了点东西就回各自的房间了，我也回到了自己的房间里。坐了一会儿，我在明亮的灯光下拟定出了一个完整的方案。

最后，我坐在床边，闭了眼睛回忆从认识风神天女，到后来一起组队去打震龙救云南，再后来团队退出了两个人，却又加进来一个活泼开朗的孔雀公主。我们三个一起出生入死，为葵花公主寻找丢失的魂魄，中间挫折不断。在捕捉灵慧时风神天女失去了所有灵力，到头来还抓错了人。在与为气为力那一战中，孔雀公主因为与风神天女灵魂互换后灵力不熟，而削去了我的头发，风神天女为此大发雷霆，我能感觉到，那是对我真正的关心。在一次次的战斗中，我们的经历就像一首跌宕起伏的歌，这首歌中，我们不仅增长了灵力，还丰富了经验。我自以为我跟风神天女、孔雀公主应该亲密得如一个人才对，然而，她们竟然精心设计了这么大一个局来欺骗我。

我猛地睁开眼睛站起来，我有自知之明，知道我和她俩的关系没有特别好，但我也决不能就任由她们这样欺骗我。

躺回床上，核对了一遍明天的计划，然后又闭上了眼睛，我要好好休息，明天好戏就要开始了。

（三）孔雀公主日记摘录

这几天，我们这个团队有点怪。

风神天女天天烦躁不安，我知道是因为找不到中枢的原因造成的。我们已经成了全民公敌了，却仍然有可能彻底失败，她的烦躁我能理解，却帮不上太多的忙。

星队长身体虚弱，原本在休息，但我昨天突然发现她变得神神秘秘的，有点奇怪。团队老大是大风，按理说让团队团结起来是她最擅长的事情，可是这几天她够烦乱的了，我决定不惊动她，先观察观察。

我跟踪了星队长几次，发现她神神叨叨的，有时候自言自语，她好像对大风很不满意，对我也好像不满意。这是为什么呢？我们一直都很关心她啊。

昨天，她突然跑到炼丹房去了，莫名其妙研究起炼丹炉来，嘴里还念念有词："中枢，中枢，中枢，她到底想干吗？"

什么意思？

我们不是正在到处找中枢吗？她说"她想干吗"？我知道这里的"她"指的是大风。我在心里跟着她念了几遍：

"中枢，中枢，中枢，她到底想干吗？"

"中枢，中枢，中枢，她到底想干吗？"

"中枢，中枢，中枢，她——"

我突然愣住了，"中枢——她——大风——"

难道风神天女就是中枢？

我悄悄离开，我被这个想法吓到了。

晚上，趁着大风睡着的时候，我拿圣盘对着她一照，顿时我浑身冰凉。

中枢就在风神天女身上！难怪我们到处找不到！

我一宿没睡好，我觉得星队长好像有了自己的计划，必要的时候，我要帮帮她。

我一点也不担心大风和星队长两个人，只是这个结果太出乎预料。我不知道风神天女是自己不知道，还是揣着明白装糊涂，不管是哪种情况，我都决定不说穿这件事，我们的时间不多了，星队长既然已经有了自己的计划，必要时我就在暗中帮她一把。

以前老师让我们背过林则徐的一首诗，我只记住了两句，我觉得我现在也如此这般伟大了："苟利国家生死以，岂因祸福避趋之？"

（四）星队长日记摘录

因为大半夜我都在前思后想没睡着，等醒过来才发现我睡了个大懒觉，这时，风神天女和孔雀公主已经出门了。

我伸了个懒腰，开始着手实施我的计划。

我先去器材室把那些炼丹需要的东西放进了炼丹室，按顺序摆放好，然后又把天兔她们全部用迷雾迷晕后放进炼丹炉中，按照云朵仙子信上的要求准备炼出小花的魂魄。

准备得差不多了，看着时间，深呼吸了一口气，接下来就是重头戏了！

我启用心灵感应同时传话给风神天女和孔雀公主，用一种很焦急的语气说："大风、孔儿你们快回来，出事了。"

风神天女在那边没回答，我感应了一下，知道她们正在启用瞬间移动向基地赶来。

很快，我收到了风神天女的心灵感应："你现在在哪儿？我们的'犯人'都不见了，你知道吗？"

我知道她很着急了，一切都在预料中。

我用十分焦急的语气说："我在炼丹室，你快点!"话音刚落了一会，就听见门口传来了风神天女急匆匆的脚步声——她应该很害怕自己的心血毁于一旦。

风神天女推门而入，看到即将要启动的炼丹炉，扭头问我："你已经开始炼了? 你快要吓死我了! 为什么不等我和孔儿?"

她的语气很急切，我觉得她的焦急和无奈是真的。

"万一风神天女做的是对的，那我岂不是干了坏事了?"我在心里排演过无数遍的场景似乎发生了一些细微的变化，我突然感到了一阵莫名的心慌。

"事已至此，只能往前走了!"我不断给自己打气。

我把头低下来，用尽量低沉的声音掩盖住内心的慌乱，轻轻地说："我找到中枢了。"

"什么?"风神天女的声音接近于狂喜，她长长地吐出一口气："总算是找到了。那就没耽误时间，恰到好处。"她只顾兴高采烈地自言自语，竟然没有问我是如何找到的。

我正慌慌张张地胡思乱想，风神天女突然开口问道："中枢在哪儿呢? 在谁身上?"我还没回答，她突然关切地问我："你怎么啦? 很紧张的样子。找到中枢，我们应该高兴才是。"

我避开她的目光，强装高兴，只好直接打开炉盖对她说："你自己来看。"

我想把她骗到炉门口，然后把她推进去。可是，现在我在炉门口，风神天女却在稍偏外面的位置，我只能把她拉进去，否则她要是一用力，反倒把我推到炉子里去了。

"在哪儿? 我怎么看不到?"

"你靠近点。"我已经紧张到满头冒汗了，好在她也没在意，正集中所有精力，在炉子里找"中枢"。

很快就要露馅了，她很快就能发现炉子里没有中枢。可我也不能在领着她看"中枢"的时候，自己却离开，那不明摆着我在搞鬼吗? 风神天女的智商和反应速度，我太清楚了。

我觉得我太无能了，最后一步了，我却黔驴技穷了。

"你再靠近点。"我强装镇定。

风神天女又靠近了点，现在她也到炉门边上了，和我一人扒在一边门口看炉子里的"中枢"。我心里暗自盘算，如果把她推进去，并且迅速关上门，我必须要站在她背后才行，但我怎么才能站到她的背后而不被发现呢？

"完了，完了，功亏一篑了。"我心里直叫苦，我甚至想到了风神天女发现自己被骗后使劲扁我的场景。

为了救活葵花公主，为了"人类的生死存亡"，我瞬间做了决定，我要抱着风神天女一起进炼丹炉。虽然我这样做我就没命了，因为我身上没有附着任何一个魂魄。但我相信孔雀公主很快就会跟来，她能处理好后续的事情，不管对错，两位朋友，永别了。

"嘭！"我们俩全神贯注在炉子里找"中枢"时，谁也没注意到门外又来了一个人，而且，她直接从风神天女背后使劲推了一把，把她推进了炉子里，然后敏捷地关上了炉门。

最后一刹那，风神天女反应过来了，但已经迟了。

风神天女迅速转头，满脸惊愕，我看到了她眼角涌出的泪花。

和风神天女一样惊讶的还有我。

我目瞪口呆，愣在原地，瞪大了眼睛，半天合不上嘴。

推风神天女进炉子的这个人居然是——孔雀公主！

哎哟，我的小心脏受到惊吓，已经处理不了这么多复杂的事情了。

我再次晕倒了。

（五）孔雀公主日记摘录

我一直尾随着风风火火的天女老大，看着她火急火燎地朝炼丹房跑去，心里百感交集，当老大太不容易了。因为不想让她太烦躁，我就不把星星在背后"鬼鬼祟祟"的事情给她说了，反正螳螂捕蝉时，还有我这个黄雀在后面看着呢。

为了不节外生枝，我在炼丹房外看着星队长一步步骗大风走进炼丹炉。很明显，星队长不擅长骗人。或者说，我们都是好人，虽然是骗人，却是出于善良才去欺骗她的。星星是为了炼出完整的葵花魂魄，我是为了不想让老大在最后关头节外生枝。

我突然想，也许我以小人之心把风神天女想得太复杂了，认识这么些年来，她一直很单纯、很公正、很理性，当然，也很聪明，很能干，她走到哪里都是我们的主心骨，否则，中枢怎么会找上她呢？她就是我们的中枢啊。

正胡思乱想间，我发现星队长为了把大风引到炉口，已经紧张得发抖了，风神天女多聪明啊，我知道星星很快就要露馅，而且，我还发现星星似乎准备做"大义凛然"的事，来不及多想，我直接帮她把大风"推"进了炼丹炉。

我这一招，惊呆了风神天女，吓晕了星队长。当时，我心里乐滋滋的，以后她们一定会狠狠痛骂我一阵，然后还不得不佩服我。

十五、 乾坤颠倒

（一）孔雀公主日记摘录

—
　　我都干了些什么？
　　我自作聪明，我混蛋透顶，我犯了不可饶恕的罪！
　　我对风神天女犯了罪，我更对全人类犯了十恶不赦之罪！
—
　　我该怎么办？
　　那时，我坐在炼丹房凌乱的地板上，默默看了一眼横七竖八躺了一地的
—
朋友们，踉踉跄跄走向门口。
　　我漫无目的地向前走，我没有颜面活在世上了，就算苟延残喘地活着，也活不了多久了。
　　全人类的灭亡只是迟早的事。当然，也包括我们这些平日自以为是，其实道行很浅的小仙子们。
　　我再回头看看风神天女和星队长，看看天兔、米拉、阿宝、争锋、小金，默默向他们告别："再见，朋友们，过不了多久，我们就会在另一个世界相遇。"我的眼泪扑簌簌淌了下来，"我先走一步了，另一个世界再会。"
　　忽然，我看见阿宝那肥胖的身躯压在星队长的大长腿上，这可不行，这么个娇滴滴的小姑娘还不被熊猫压疼了？我走过去，费了九牛二虎之力才把阿宝挪开，同时挪动着四仰八叉的星队长，让她躺得文雅一点。然后，我就又挨个挪动着其他的朋友们，让他们一个个都躺得文雅一点，同时，用湿毛巾给每个人擦擦脸，理理衣服。
　　我心情好了一点，我抓着风神天女的手，顺势就在她旁边坐下来。我的

头脑一片空白。

不知道坐了多久，星队长先醒过来了。

她揉揉眼睛慢慢坐起来，突然，她就像被蜂蜇了一样跳起来，惊讶地问我："发生什么事了？"

我默默朝前方那个破桌子上努努嘴。

那个桌子上有一张白纸，上面写满了毛笔字。

星队长快步走过去，拿起来，看了一眼，叫道："这是谁写的？竖着写，全是繁体的毛笔字？"她念了几句，走过来，央求我说："孔雀，振作点，给我念念，好多字我都不认识。"

我拿着那张纸，脸上没有任何表情，念道：

风神女侠钧鉴：

近日闲来无事，欣闻风神女侠疲于奔波却又碌碌无为。某家以轶事令汝放松。

早三国时期，有一帅哥吕布吕奉先，武艺高超无人能敌，却被大耳贼所害，终被曹操匹夫所杀，吕布之英雄气魄化为戾气游荡于天地间。

逾千载，吕布得复出机会于二十一世纪。当前社会虽经济繁荣，可人类却被一个巴掌大的全身光滑的四方小盒子妖怪控制，行走坐卧谈笑会友都难离此妖，以致人间阳气淡漠，阴气弥漫，戾气暴增。吕布集戾气，遂强，今大势已到，将霸人间。

一日，吕帅哥拘天使姑娘（天使姐姐）后急欲离开，却见风神女侠携友来访，吕布智慧，临时变宠物鹦哥以藏身。偶闻女侠将回三国请华佗治异能女子葵花公主。吕布想该女子日后必碍其霸世界，即要求同行以便暗中阻挠。后又知该女子可助其大业，吕布便助风神女侠医治葵花，以备将来之用。之后虽有小波折，但大体顺利。如今，葵花公主已被我救活带走了，她必将成吕布最佳帮手。

有小插曲汝等始终不解答案，足见诸位侠名之虚，智商之低，令人气恼郁闷：

曾经，方山脚下油菜地里，几位差点自相残杀，汝知原因否？

曾经，是否一直难解三国华佗死于谁手？

曾经，海洋仙子的姐姐被杀我故意留羽毛，汝知原因否？

曾经，天兔之战中我以女侠宠物之名大开杀戒，汝知原因否？

还有更大插曲，有奖竞猜：天使姑娘和环保博士如今何在？

故事完矣，动听否？风神女侠有何感想？

汝挚友：小鹦鹉

我念完了，星队长呆住了，半天才说："原来这么多鬼都是小鹦鹉搞的——不，是吕布搞的。"

过了一会儿，星队长又问："你进来后，这里发生了什么？怎么成了这个样子？"

当时，我盖上炉盖，启动炼丹炉，把星队长拖到旁边干净的空地上，拿出早就准备好的水晶瓶，然后坐在炼丹房里等结果。坐着坐着，我迷迷糊糊睡着了。

我被一点响动惊醒时，才发现小鹦鹉飞过来。不知道为什么，我突然内心极度不安。强挤出一个笑容："小鹦鹉，你怎么来了？最近这一段时间你神出鬼没地跑来跑去干什么呢？"

小鹦鹉没理我，直接飞到炉子旁看了看，自言自语说了句："一切顺利。"

"什么一切顺利？炼丹吗？"

"我写了一封信给风神天女，看来这炼魂术还需要一点时间，可是我等不及了，先给你看看吧。"

"什么信？天天见面还写信？你有毛病吧？"

我边说边拿起信封，拆开读信。我先看看开头"风神女侠钧鉴"，再看看落款是"小鹦鹉"——"真的是你写的？倒不知道你能写出来一手好字"。

在等待炼魂魄的过程中，我本来也没事做，就想看看这个小鸟在玩什么把戏。我拿起这封半文言文的信，读着读着，忽然感觉浑身发冷，我本来是乐天派的性格，但现在却感到一阵阵的恐惧。我知道小鹦鹉——不对，是吕布——在咄咄逼人地盯着我，但是我没有勇气抬头。我低着头慢慢读，一字一句，好像很认真，但实际上我脑子里一片空白。

"读完了吧，别磨蹭了！"耳朵中传来一个浑厚的男中音。怎么不是小鹦鹉那尖利刺耳的声音，这是谁？

我迅速抬头，眼前的景象吓傻了我——

小鹦鹉不见了。一个高个子的魁梧男人站在我面前，全身披着铠甲，和电影里见到的古代将军一模一样。这个男人身高约有一米九，脸上棱角分明，

天使历险记

164

双目有神，五官端正。实事求是地说，吕布长得真不错，是位帅哥，但现在没心情管人家帅不帅了。

我知道，这就是吕布本人，他现出真身了。

同时，他手里还拿着我们的水晶瓶，也就是说，他将轻松拿到即将炼出的两魂六魄。

"没见过帅哥啊？"吕布笑眯眯地说，"我知道你平时很花痴的，要不要选择站到我的阵营里来？"

我脑子里一片空白。

"说起来还要感谢你和星队长，你们发现了中枢，并把风神天女关起来了，才能让我不费吹灰之力控制了葵花公主。"吕布得意洋洋地说，"你们不是问我天天到处乱跑在干什么吗？我也在帮你们找中枢啊。"

"在我还处在近似于魂飞魄散的时代里，我就知道葵花公主对你们这个世界的重要性，只是我没想到我能有机会成为最高领导，没想到后来天空中漂浮着那么多的戾气，也没想到我能把这么多戾气聚集起来，让我恢复原形。所以，在我刚刚树立了统治世界的远大理想的时候，我就知道葵花公主是我必须要提前除掉的人之一，当然，你们的大风姐姐也在我的名单上。因此，刚开始的时候，我就千方百计阻止你们救活她。后来，听了诸葛老贼的话，我认真研究了那封云朵仙女的信后，才知道葵花公主也能为我所用。所以，你看看，在捉拿'魂魄'的每一仗中，我表现得是多么勇敢，你们一定以为我是在努力为你们的团队做贡献，其实，我是在为我自己的未来努力。哼！谁有资格让我吕布为他卖命。"吕布一拳砸在桌子上，发出很大的声音，同时，咔嚓一声，桌子一角掉在地上。

"对了，以你的智商，你一定不知道我怎么研究那封信的吧？"吕布开始有点得意，"虽然我到现在也不知道天使姑娘是怎么写成的这封信，也不知道她是怎么送出的这封信，不过这些已经没意义了。你们大概不记得了，赏能魔法学校的老师一直在给你们说一句话，'一切结果都是原因的结果'，你们都没把它当回事吧？我可是当回事了——古往今来，哪个成大事的人不是认真细致、刻苦学习的人呢？老师在给你们讲解高深的赏能系魔法时说的一些话，你们总觉得是空话套话，那是因为你们太浅薄而听不懂，我可是听得认真得很呐。

"你肯定不记得有一堂高级魔法课上，你们老师分析过他的一个外号叫贤二的初级小徒弟后，说过一段话：'像这种话多、爱当领导且能当上领导、常常坐不住、老问为什么的捣蛋的小孩，将来一定会有出息的。如果能有善良作根基，那么未来成为甘地、德兰修女、扫地僧这样的人都是水到渠成的事情。如果缺了善良，便会像慕容博、萧远山或者希特勒一样走火入魔、误入歧途.'我相信你一定没注意到这段话，其实这段话大有深意……算了算了，我又不是你们的老师，我没有兴趣来教育你们。不过像你们这些做事马马虎虎、学习马马虎虎、生活马马虎虎的人，注定了要灭亡，或者受我奴役。这是你们自己选择的命运，所以，也就别怨天尤人了。"

吕布摇摇手似乎要结束他滔滔不绝的演讲，我心里对自己说："其实，这段话我有印象，但我确实没想过有什么深意，我只是当作听了一次故事而已。'一切结果都是原因的结果'这句话都快在我耳朵中磨出茧了——赏能魔法学校的每个学生的耳朵里都被这句话磨出茧了，但我真的没认真去思考过背后的意义，更是很少去实践与探索。"我没想到看似只是跟着我们瞎玩的小鹦鹉吕布，事实上却学习得比我要认真很多。我顿时心如死灰，后悔万分。

"啊，跑题了。我要给你这种脑残儿补一下课，让你知道我是怎么分析云朵仙女的信的。

"这封信你肯定没把它当回事，我却在一遍遍认真地研究它。你们就算是看，也只是去看看要救醒葵花公主的日期，研究一下那些魂魄会在哪儿，这是最低级的读信。你们的大风有时候也会从头到尾读信，但她的智商怎么能比上我，她怎么能理解信中真正的含义呢？

"你应该记得信中有一段话：'事情很紧急，你们必须在×月×日救醒葵花公主。她醒来时，你一定要在她的身边。切记切记！这有关人类的生死存亡。'我看到这段话时，至少想到了两个问题：为什么要在这个日子救醒她？为什么葵花醒的时候风神天女一定要在她身边？这两个问题你想过吗？

"后来我才知道，这一天，是我把到处飘散的我的魂魄全部收集齐的日子，从今天起，我就能完完全全以人的外形出现了。但今天，我还不能完全把我的神力和人形最佳结合，也就是说，今天会是我最弱小的时候，恶毒的云朵仙女想让你们在今天灭了我，但是她也不想想，我伟大的吕布，岂是能被你们这些凡夫俗子灭了的？

"第二个问题我曾经一直想不清楚，有一次你们这些白痴在看一个叫《猫和老鼠》的动画片的时候，我突然就明白了。那个啄木鸟刚出壳时，第一眼看见了小耗子，它认定小耗子就是它妈妈，不管小老鼠怎么否认，死脑筋的小啄木鸟就是坚信它是小耗子的孩子。我突然受到启发，救醒葵花公主后，她会处于完全失忆的状态，这时，谁在她身边，她第一眼看见谁，就会认为谁是她的主人，她就会一直为主人服务。至于其他的人，她已经全部忘了，她没有以前的记忆了。

"明白了这一点，我就一直在做准备，设计了好几套方案。不过，我的各种准备工作都白做了，因为你和星队长已经帮我把风神天女推到炉子里去了，魂魄炼出时，我轻而易举来取走就可以了。

"哇哈哈哈哈哈……哇哈哈哈哈哈哈哈……"吕布怪笑着，拿出他的方天画戟，对着炼丹炉猛地一砸，炼丹炉爆炸了，正处在迷迷糊糊恢复状态中的朋友们"喷涌"而出。吕布则头也不回地拿着水晶瓶里的魂魄走了。我后来去检查了一下，好在大家都没有生命危险，只是晕过去了。我想起身去追回魂魄瓶，可是浑身没有一点力气，运功时发现，所有的法力都消失了，我成了一个普通的小女生，追上去，也没什么用。吕布可是当时被称为天下第一好汉的，我在他面前却像一只臭虫一样，毫无用处。

"那是因为小花的魂魄已经聚齐，并且开始起作用了，所以周围人的法力都消失了。"风神天女不知道什么时候也醒过来了。说完这句话，她走过来，揽着我和星队长，我们默默地紧紧拥抱在一起，谁也没有说话。

我也不知道什么时候大家全醒过来了，愣愣地坐在地上，谁也不说话。我刚才给星队长讲这些事情的经过的时候，大家应该也都听到了，谁也不知道该怎么办。

过了一会儿，风神天女走到大家面前，深深地鞠了一躬。天兔、米拉、阿宝、争锋、小金都忙着爬起来，都朝着风神天女深深地鞠了一躬。天兔伸出手臂，紧紧拥抱着风神天女，然后米拉也来了，后来我们几位女生就都抱在一起，哭成一团。再后来，争锋、阿宝也咧着嘴、扯着大嗓门号啕大哭，鼻涕眼泪糊了一脸。

那个哭声啊，惊天地，泣鬼神，直哭到日月无光，风云惨淡。

（二）世道乱了

昨天，一群人哭成一团，后来，我们就在地板上睡着了。

这一觉睡得真舒服啊。

自从葵花公主昏迷不醒，我们就一直处于紧张状态，一直就没好好睡过觉。现在，一切已成定局了，什么也不用管了，我们放心大胆没心没肺地睡了个昏天黑地。

我醒来才知道，不知何时大家都走了，就剩下我和孔雀公主、星队长三个人了。

天兔在桌上留了个纸条：

三位：

对不起，以前误会太深了，现在我们看到结果了，知道我们以前错了。你们好好休息。我们先走了，去看看我们能做点什么进行弥补。你们三位是最佳组合，如果这个世界还有希望恢复原状，我相信一定是你们几位的功劳。

保重！

天兔执笔留字

我们伸伸懒腰，走到门外，极目四望，不禁倒吸一口凉气。

外面处处黄沙弥漫，天昏地暗，天空好像撕裂了一般，红一块、黄一块、紫一块地不断变化。街道上一会儿窜出一群老鼠，一会儿游过两条蛇，偶尔还能见到鳄鱼和狼群经过，我们还见到有只老虎的嘴里叼着一个小孩在游荡。惊愕间，变天了，狂风大作，电闪雷鸣，我赶紧拉着她们两位回到房间，并关上了大门。

我们的基地隐藏在竹山小学里，平日这周边车水马龙、人声鼎沸，是个热闹的地方。现在，楼房和马路似乎没什么变化，但大街上没有一个人，就算我们见多识广，也还是很紧张。

世道乱了，以前的和谐美满没有了。

我们要改变这一切，我们要恢复世界本来的秩序。

回　忆

绿树、鲜花、草坪、暖阳。

曾经叱咤风云的天使们，已逐渐老去。

在他们絮絮叨叨的回忆中，大家深深感激天使团队为我们所做的一切。

过去随风飘散，未来无限美好。

但是，这是最终结局吗？

一、 很多很多年以后

（一）孔雀庄园

我就是风神天女。

好吧！这是我年轻时用过的名字，现在你可以叫风神老仙女。或者说，我现在根本就不是个仙女了，我现在是个气质高雅的哲学教授，已经很久没用过魔法了。

我和伙伴们居住在风景秀丽的孔雀庄园里。

孔雀庄园外围山石林立，古木参天，藤萝缠绕。庄园中心地带丘陵起伏，鸟语花香，彩蝶翩翩，犹如仙境。孔雀庄园被一条清澈透亮的小河环绕，这条河大名青儿河，不过我们都习惯叫它青水河，慢慢地大家都叫它青水河，反倒把真名给忘了。青水河就像孔雀庄园的护城河一般，绕过大半个庄园，注入九龙湖。

九龙湖就在人杰地灵的金陵城外，距离方山不远，大约千亩见方，湖面上常见燕雀翻飞，白鹭来归。天气晴朗时，太阳光透过几千米大气层后依然夺目，照在湖上，仿若阿波罗遍洒金粉于水面，波光粼粼，清风徐徐，当真是好看极了，惬意极了。

沿青水河"入海口"往上走，到河畔一个绿树成荫的小山包上，那儿坐落着一栋四合院式的两层的房子，白墙青瓦，古朴典雅。四面人字形倾斜屋顶的中央凸起一个彩色的大圆顶，这个大圆顶是给四合院中间院落加的透明顶盖，它让四合院宽敞的天井区成了一个很好的举办各种宴会的大厅。四边两层小楼的房檐下，里外都有连廊围栏，站在走廊上，可欣赏外面的湖光山景，也可欣赏院内派对上欢乐的人群。这栋房子是改造版的江南水乡民居风格，就是我的住处。虽然只有两层，伙伴们却叫它仙女楼。仙女楼是我14岁时用魔法建造的，那时我还叫风神天女，在竹山中学读书，到现在，仙女楼差不多有五十年的历史了，不过它仍是白墙青瓦，干干净净。与五十年前不同的是，经过了岁月的雕琢，房屋四周的花草与青苔把这栋魔法建筑修饰得与周边环境浑然一体，仿佛它原本就是这些山水草木的一部分。

沿着青水河往上走，大约半里路程，树丛里有一栋西欧童话风格的小城堡，尖顶红瓦白墙小窗，就是动画片中常出现的那种城堡。对了，白雪公主就曾住过这样的宫殿。这是星星大师——一个越老越爱玩，永远也不想长大的服装设计师的住处。星星大师自己把它叫作星星堡，我们却只管叫它猩猩巢。

猩猩巢旁边不远处的树林里有一栋很现代的全玻璃智能建筑，智能到什么程度，全凭着它的主人——孔雀老板的喜好确定了。孔雀自称自己是研究智能建筑的科学家，她给自己的房子取名叫孔雀宫，我们只管叫它孔雀窝，同时把她称作房产商，有时也叫她包工头。孔雀窝能随包工头的心意改变颜色，它不仅能变成蓝色、红色、绿色等颜色的建筑，还能随四周环境改变，比如让自己看起来就是一片树林——建筑"变"的树林和周边环境一样阳光斑驳，有时还会变成全透明状，不注意你都意识不到它的存在。更牛的是，孔雀窝不单只是变颜色，它还能变形，一会变成树，一会变成中国宫殿，一会变成穆斯林风格的塔楼，好在它的底座一直就在那里，不然，我们说不准哪天突然就找不到孔雀和她的窝了。孔雀窝的各种变化都是靠孔雀的意识来控制。这家伙特别喜欢设计、建设、改变、升级等，孔雀庄园里这些风格各异、功能不同、依山傍水、错落有致的房子与环境都是孔雀领着人干的，她亲自设计、指挥，打造了这片美景，同时也让自己落下了一个"包工头"的称号。不过，这个称号可不是谁都能叫的，仅限于我们几个人。因为练就了这一身本领，还因为她善于揣摩他人的心理，孔雀是孔雀庄园最富有的家伙。

现在，你应该也知道了为什么我们住的地方叫作孔雀庄园了，因为这个庄园是爱折腾的孔雀设计并建成后，免费送给伙伴们永久居住的。现在这个庄园里常住居民除了我们三位外，还有天兔、米拉、阿宝、争锋、小金和露家四姐妹，共九家。另外还有宽敞明亮的迎宾居，每天都收拾得干干净净的，但实际上只有平行宇宙的云朵仙女和方山"洞穴人"环保博士偶尔来住住，天使姐姐也住过一次。其他常住客人虽不多，但四大部洲来往游学的大大小小的仙子、魔法师们却不少。所以，孔雀庄园时而冷清，时而热闹如街市。

回过头，再沿着青水河往湖边走，过了仙女楼顺流而下，距湖边不远处，有一个约三四十平方米的石潭，青水河水从乱石中流出来注入潭中，时闻叮叮咚咚的淙淙流水声，令人心旷神怡。小潭一边树木茂密，藤萝高悬，树冠如大伞般罩着小潭，缠绕在树上的紫藤花开得正好，一串串，一团团，不断送来阵阵花香，沁人心脾。这个石潭就是青水潭，和上面的原因一样，我们故意把青儿潭叫成青水潭，现在大家都这么叫。青水潭有点特别，从青水潭开始，连上下游的青水河，这段水域很像英文字母"P"。不用说，"字母"上半段的半圆就是青水潭，下面的尾巴是末端的青水河。

青水潭另一边平整地连着孔雀庄园中间犹如小型高尔夫球场般的空旷大草地，草地上密密麻麻的小草就像地毯一样，可爱极了。刚住进孔雀庄园时，大家都还是学生，当时我们就临时把这片大草坪叫作操场，后来叫惯了，也就懒得改了。"P"的半圆下面的部分草地，我们都叫它书院，这个名字来源于我们初入住时常在这里聚会读书。书院不仅草地平整，视野开阔，而且上面还撑着青水潭另一边的高大茂密的绿色"大伞"，不管外面多炎热，我们的书院总带给人丝丝惬意的凉爽。你应该会背诵柳宗元的《小石潭记》，柳宗元先生的文字仿佛就是为我身边这个青水潭量身打造的。"水尤清冽。全石以为底，近岸，卷石底以出，为坻，为屿，为嵁，为岩。"青水河的水特别清澈，青水潭的水特别清冽，大家都说，只要有足够的耐心，就能把河里的小鱼数清楚。我数过很多次小鱼，不过，我从来没有数清楚过，可能我还是缺乏耐心。

（二）聊天

金秋十月，下午。

明媚的阳光洒在湖面上波光粼粼，远处的湖面上有四只正比赛的小船箭一般向前冲去，划船的四个女孩子的装束相同，快速地划着桨，看谁先冲向终点，小船在水面划出的水波把金光闪闪的湖面搅得更乱了。操场边，两位白裙少女坐在孔雀窝附近的石头上安安静静读书。操场上空，时见燕雀掠过，时见仙鹤来归，一片安宁祥和的景象。

这边书院的草地上有三位中年女士懒懒散散地半卧在藤编躺椅上，有一搭没一搭地聊天，三个躺椅中间摆着一个简单的小桌子，桌上摆着咖啡、水果和几盘各式小点心，桌子下面摆着一个大一些的同样是藤编的簸箩——这就是"垃圾桶"了。

"风教授，你说这露家姐妹还是这么玩心重，也都快六十岁了吧，还总是叽叽喳喳地吵闹，永远没个停歇的时候。"

"管人家这些事干吗？我们还不都六十多岁了。"

"大猩猩，我又没问你，别乱插嘴。你看人家风教授多有风度和涵养，哪像你不读书，当个小裁缝，巴黎、米兰到处乱跑，到处给人做嫁衣，最终也没把自己嫁出去。"

"哎哎哎，包工头，讲话别这么粗俗，只会砌墙搭房子的人，总不能一直这么没文化吧，也不向教授姐姐学习学习。"说着，左手顺手在桌子上拿了一粒葡萄，还没喂到嘴里，就朝操场另一边扬扬手，"你就算不敢和风教授相比，也该向天兔和小金学学，你看人家读书多认真。"

…………

大家已经知道了这三个互相挖苦的人，就是以前的风神天女、孔雀公主和星队长，我们看起来三四十岁，其实，我们都年过花甲了。不要羡慕我们的青春永驻，那些和我们曾经战斗过的露家姐妹、天兔、小金、争锋等伙伴们，年龄都定格在了十五六岁、十七八岁，他们永远也不会变老，而我们，终究有一天会步履蹒跚、鸡皮鹤发，但我们都没把这些当回事，只求开心就好。

五十年前的那场终极决战中，我们险胜吕布，让世界恢复原貌，但我们三位的仙术却永远失去，而且不能重新修炼，也就是说，我们成了凡人。在亲眼见到世界恢复后，我们有无仙术也就无关紧要了，我们三位都坦然接受了这个现实，重回学校读书。我博士毕业后，做了一名哲学教授。星队长说自己以前太安静了，要重新生活一遍，她以丰富多彩的各色材料，凭借着深厚的心理学和美学知识，成了国际知名的服装设计师，米兰服装周、巴黎服装周等都以能展示星星大师的作品为荣。而爱热闹、爱折腾的孔雀公主，不断以钢筋水泥、花草树木为对象，玩各种拆了建、建了拆的游戏，成了这个时代最有影响力的建筑设计师和地产商之一。现在我已退休，星星不愿再跑了，算是自己退休了，而董事长孔雀，有个强有力的执行团队给她做帮手，平日也不管工作，我们三个就常常海阔天空地聊天、品品咖啡、读读书、指点一下晚辈的修炼，过着简单悠闲而诗情画意的生活。

"风啊，葡萄哪买的？一点都不甜。"星星大师又开始找茬了。

孔雀夸张地瞪大了眼睛，嗲声嗲气地说："这还不甜，这是我吃过的最甜的葡萄了。"

星星差点把嘴里的葡萄喷出来，忙用手接住，随即就炸了毛："拜托，你都六十五了，能不能别用这种少女的语气？"

"你们俩别折腾了，本教授正在思考人生的大问题，就听见六百只麻雀乱纷纷叫个不停。"

"麻雀？在哪？我怎么没看见？"

"谁像你那么没文化——"星星白了孔总一眼，"没听过一个女人吵起来等于三百只麻雀啊。"

"不对，不对，那应该是九百只麻雀，怎么少了三百只？风教授的数学是体育老师教的？还是风教授不算是女人？"

"哎呀，你烦死了，你一个人就等于六百只麻雀。"星星站起身，瞬间往孔雀嘴里塞了四颗葡萄，同时使劲捂住孔雀嘴巴，转身问我，"老大，你在思考什么大问题？"

"最近有人听说过海洋仙子吗？已经很长时间没她的消息了。"

"提起海洋仙子，我又想起那些难忘的往事了。"星星大师若有所思，把我的思绪带往回忆境地。

二、 天王日记摘录

（一）开篇

看到那些装模作样的小女娃时不时会写日记，我也想写了。否则，随着年代日久，伟大的吕布天王还不慢慢被那些后世的凡夫俗子淡忘？

我，吕布天王，永恒历史的创造者，今天，要写日记了！这是人类文明的一个重要时刻。为了方便后世那些没文化的蠢材传播伟大的吕布天王，我就用你们这个时代的语言习惯来写。

嬴政那厮，无才无能，也敢做永世皇帝梦，也敢自比三皇五帝，还自号"皇帝"，自称"始皇帝"，真是笑死人了。罗马的那个恺撒，更是让人笑掉大牙，给自己封个官位叫作什么"独裁官"，还不如嬴政叫皇帝好听。本王自称天王，天王老子也管不了，天上地下唯我独尊，多好听的名字。我先把现在的事情安排妥当，然后抓住那个自称风神天女的小破孩，利用她穿越时空，回到汉末，看我怎么收拾大耳贼刘备和曹阿瞒。

东汉末年，刘备和江东孙权仗着孔明和周公瑾薄有法术危害天下，最可恨曹阿瞒更是网罗了贾诩、荀彧、荀攸、郭嘉、程昱那一帮妖人，尽在背后用法术使阴招，难怪我这天下威猛无比的英雄，竟败给了他们。回想当年我跨赤兔马，执方天戟，威风凛凛天下无敌，我简直要被自己的英雄气概迷倒了。如果不是那群阴损无比的小丑常以法术缚住我的手脚，我早就统一天下了。现在，有了葵花公主抑制他们的魔法，我终于可以痛痛快快和那些小贼打一场，堂堂正正在战场上赢得天下，让天下人永远记住我吕布天王的英勇无敌，让天下人每个人都会背诵我的《天王日记》，恺撒的《高卢战记》算什么？那些自称宗教领袖的家伙留下来的经书算什么？

哈哈，吕布天王！吕布天王！后世的统治者都要以我的名字来自称，我要让历史重写，我要让《天王日记》传遍天下。

（二）葵花公主

关于葵花公主这件事，我真的是佩服死自己了，潜入敌营做卧底这种事我竟完成得如此完美。唯一美中不足的是，到了后期，我常常要赶着回来"操练军队"，其实也就是要常看看防止他们偷懒，所以常常会在风神天女她们面前搞失踪，差点引起怀疑。另一点就是，因为我常"失踪"，没有多参与一些捉拿葵花魂魄的战斗，没有给风神天女她们带来更多的仇恨，让我的卧底工作打了点折扣。虽然如此，我还是让海洋仙子、露家姐妹和天兔三股大势力在最后关头成了风神三人组的敌人，为我统一天下的伟业做出了贡献。

现在说这些过去的事情已经没有太多意义，天下已经是我的了，不过多写几句，给后世的小子们多点历史信息。

我亲爱的朋友大风那里估计已经乱得不成样子了。如果没出差错的话，有点小心眼、爱把事情憋在心里、爱搞点小九九的星队长现在应该已经自责得以头撞墙了，也说不定她已经离开了，或者已经没脸活着了。不过离不离开其实都没关系，反正我那支军队已经训练完毕，虽说这些人没有法力，但直接开打的话，一定是天下无敌。反正葵花公主在我手上，也不怕她们有法力。有葵花在，法力还有什么用？打仗，还得看真实的功夫，我最憎恨的就是用法术。

葵花公主现在对我相当信任，信任到我自己都觉得有点腻歪，她真的就跟刚出壳的小鸡仔一样，第一眼看见谁就信谁。

最近，我晚上做梦常会梦到当年那些人——刘备、曹操等，在梦里我总看见他们邪恶的微笑，看他们过去对我做的那些事情，包括我死后化作冤魂，从他们身上找到真相。我活在东汉时是极少做梦的，变成冤魂后，却常常做梦。说来也真可笑，冤魂竟然能睡觉，还能做梦！我现在心里仍常常充满怨恨和愤怒，我恨他们，我诚心诚意对待他们，他们却全都欺骗我，总有一天我会统治整个世界，让他们看看，他们当时随意欺侮的吕布才是真正的世界霸主。不，我要穿越到他们都还活着的时候，我要一个个消灭他们，让他们一个个匍匐在我脚下称臣。

正想着，有人敲门，我收了一下情绪："进来吧。"

侍从怯生生地走了进来："吕布大人，葵花公主吵着要见你。"

"知道了，你下去吧。"我起身向葵花公主的房间走去，这小姑娘自从醒来后不哭不叫的，但就是每隔两三个时辰便要见我——还真把我当"妈妈"了。不过她也不算讨厌，总是安安静静的，每次去看她，她也不怎么理我，我只需要陪她坐一会就可以了，真不知道她这样见我有什么用。

我到了葵花公主的房间，她正坐在沙发上，安静地看书，我轻手轻脚地走过去，坐在一张椅子上。她抬起头对我微笑："吕布大人好。"说完话后，她便低下头不再说话了，我也挤出一个笑容："嗯，你好。"

我也安静地坐在那儿。也许是因为她太安静了，我才不会发出那些噪音。我无事可做，便打量着她的房间，虽然我已经打量过无数次。

葵花公主的房间主色调是橙黄色，墙四处贴着葵花图案的壁纸，连她旁边那个坐式台灯的光也是黄色的，在这样一个热情洋溢的房间里，她却能让一切事物变得如此安静。虽然我已经取得了天下，但还是有一些小问题不断出现，虽然我随心所欲治天下，但治天下好像也没有原来想象的那么轻松。所以，只要我没睡着，只要没有游乐和宴会，我脑子里就一直在思考各种问题，这些问题，有时候还是挺烦人的。但是，只要我到了葵花公主这里，我就能清静下来，我就能头脑中什么也不想地休息一会，所以，我也就常常过来坐一会。

过了十分钟左右，我站起身来："那个，哦，我走了。"她照例抬起头对我微笑："吕布大人再见。"说来也怪，这葵花公主天天坐在房子里不出来，她自己不嫌闷得慌啊？

又一个侍从慌里慌张地跑到我的面前，扑通一声跪下："吕布大人，有人在门口挑衅，说什么让你放人？"我大喜，一把把他提起来："挑衅的人是男是女，长什么样子？"

那个侍从颤颤巍巍地说："是……是两个女的，长头发……"

"来得好，风神天女！"

我示意侍从开门，并交代："把葵花公主带到训练场去。"

（三）真功夫

我慢慢踱步，走到训练场中间的椅子上，一拂衣服下摆坐了上去，并闭上了眼睛，我自己都能感受到自己的傲气。

那椅子是仿照清代皇帝的龙椅制作的，不过我加了很多富丽堂皇的漂亮装饰，坐垫自然也做了改造。看看乾清宫的御座坐着多难受，也不知道那些皇帝是怎么想的，就弄个硬邦邦的坐垫凑合，也不把坐垫做软一点，这种智商，难怪做皇帝都做不长。从我卧底在风神天女团队就能看出，我是个灵活实用的君王，所以，毫无疑问，我已经把皇帝御座按人体力学要求改造成了舒适的感应龙椅。虽然，表面上看起来还和乾清宫的御座一样，但实际上已经大变样了。总有一天，我会风风光光地取代汉献帝成为万古流传的吕布天王，我的帝王生涯要从汉末开始。这把改造过的龙椅，我会命令风神天女一起带回到我本来的时代。

我简直就是旷世奇才，万古圣人，我为我自己点赞！

到目前为止，一切的发展都很顺利。我那帮小兵，虽然没有法力，但有的是力气，不像现在的世人，个个都病歪歪的，简直不配称"人"这个尊贵的称号。小兵们在我的命令下不停地破坏这个世界，他们有的四处破坏环境，砍伐树木使得风沙进入城市，改造水系统让那些重污染水排入河流；有的在世界各地制造恐慌，动不动炸幢楼啊，暗杀个公众人物啊什么的；也有人混入了政商界高层，贪污腐化，打击报复，行贿受贿，搞小团体等等；还有人天天造谣，抹黑历史，丑化英雄等。我恨这个世界，恨这个世界的无情和虚伪，所以我统治这个世界的第一步就是摧毁它！我要重新创造一个干干净净、只属于我自己的世界！我要让从大汉末年的历史全部重写。现在的世界，怎么糟蹋都不为过，怎么草菅人命都无所谓。反正，一切都要重新开始。

孩儿们，随便糟蹋折腾、烧杀掳掠，为所欲为，丧心病狂都不为过，本天王支持你们！

"呵呵。"想着想着，我自顾自地笑起来了。

"嗖——"突然听到暗器破空声，我本能地伸手接住了一枚弩箭。我缓缓地睁开双眼："啧啧，大风啊，暗器发得很一般，看上去不是你的主要武器啊！"

风神天女冷静地看着我："这不劳您费心，如果没事的话，请把葵花公主还给我们，这样大家彼此相安，可以省不少麻烦。"

"哈哈哈……"我仰天长笑，"麻烦？什么麻烦？我吕布还真就不怕麻烦，我也不介意再麻烦一点。"我看了眼依旧冷若冰霜的风神天女和满脸怒气的孔雀公主，继续说道，"再说了，什么叫作把葵花公主还给你们？拜托，你们是搞错了吧？葵花公主是自愿在我这儿的。你以为是我拘押了她吗？"说罢，我朝后挥了挥手，葵花公主便从阴影处走了出来，站在我身旁。

我欣赏着风神天女和孔雀公主瞬间黑脸的表情，心情相当舒畅。慢慢地，我终于看到她们由诧异变为惊慌失措的表情，简直太过瘾了！我跷起二郎腿问葵花公主："葵花，你认识她们两个么？"

她还是那样，安安静静地微笑着，她抬起头认真地望向风神天女和孔雀公主，片刻，她又把头转向我，轻轻地摇了摇头。我满意地看着她们眼中希望的火苗熄灭，一切都在预料之中。

"哦，对了，"我微笑着开口，"那个爱唠叨的星队长怎么没来？没有她，气氛都冷掉了呢！"

一直没开口的孔雀公主瞪着我，几乎咬牙切齿地说："总有一天我们会一起来找你的！你这个卑鄙无耻的骗子！"

"哈？我？骗子？你搞错了吧？"我故意装作一副十分惊讶的样子，"我可是留下了信，都说了一切都是我干的了，你们还吵什么啊？喂，亲爱的大风同学，是你把星队长骂走了吧？还有你啊，孔雀，你一定也帮着一起骂了吧，真是不懂明辨是非。"我叹了口气，"不过，也可怜了星队长。说好的三人小团队，天天看着你们秀友情，动不动说个什么悄悄话之类的，是谁都会难过的吧？所以啊，也有可能星队长自己离队了，是被你们气走的吧？"

我知道我这些话戳到她们的痛处了，但风神天女依旧很沉稳冷静，她冷冷地说："不好意思，这不关你的事，也用不着你操心。一句话，你还不还人？"

我继续微笑着，玩着猫戏老鼠的游戏："人家都不认识你，还什么人啊？"

孔雀公主一副瞬间被点燃的样子："你不要敬酒不吃吃罚酒！"

"敬酒不吃吃罚酒?"我轻蔑地笑道,"你们有资格让我吃罚酒么?现在,你们最好是乖乖过来,跟着我,否则,你觉得你们还有其他出路吗?"

"真是够了!"孔雀公主说着便要向我扑过来,被一旁的风神天女拉住了。

"咦,不对,我的法力用不出来了!"孔雀公主着急地说。

"你忘了葵花了?"风神天女平静地看着孔雀公主说,"别急,别上小鹦鹉的当,葵花暂时被宠物鸟控制了,暂时先忘了我们的禽兽宠物吧——不对,我们这只宠物甚至连禽兽都称不上。它只有蛮力,只会胡搅蛮缠,没脑子,不会用法术,所以特别怕别人使用法术——你不知道使用法术是要用脑子的吗?没脑子的人能用好法术吗?"风神天女劝说着孔雀公主,看都不看我一眼,自顾自地说着话。

我气坏了!

"小葵花会本能地保护自我,她会让周围的人都失去法术,因为葵花知道我是天下第一的英雄,只要没有人依靠法术使阴招,天下没有人是我的对手。但是,你们不是对自己擅长的法术很自信么?"我从龙椅上站起来,居高临下地望着她们,"还真以为自己法力高强吗?我的法力虽然不是天下第一,但是对付你们几个足够了。"

说完,我转头说:"葵花,放开法术禁制吧,你放心,这些坏人伤不了我。看我怎么收拾她们。"

"葵花公主她……已经能自己控制能力了?"风神天女不可思议地问。

"对啊,她在我这儿进步很快,谁知道你们之前是怎么阻碍葵花公主的修炼进程的。"

[风神天女:我知道葵花公主的法术修炼到高级阶段,就能收发自如,我曾经请天使姐姐给她推算过,她一直在努力修炼。不过,很久都没有什么进展,我们在和震龙的最后一战中,她还只能让所有人的魔法都失效(见天使历险记3),没想到这才醒过来几天,就进步这么快了?]

这个风神天女还真不是一般人,不管我怎么说,她都不生气,能做到这一点,真的不容易。

风神天女挑了挑眉:"我很感激你让我们用法力,但葵花公主是我们的人,所以我们一定要把她带走。"话音刚落,一团墨绿色的烟雾便突然出现在我面前。

　　"这算什么，烟雾弹？"我将方天画戟放出，右手一挥，烟雾顿时消散。同时，我发现了一把冰蓝色泛着幽光的剑和一把墨绿色的剑同时向我刺来。

　　原来是魔法和功夫同时招呼啊，看来我要认真对待了。

　　孔雀公主一眯眼，剑尖突然向我喷射出一股毒气，我赶紧屏住呼吸，迅速向上跃起躲了过去。"功夫果然不错，还可以。"我暗暗想道。一低头，发现冰蓝色的长剑已变成了一根长长的锁链向我抛来，我就势在空中做了一个后空翻，左手向下压，右手同时用戟猛砸，锁链顿时失去了重心，向下坠去。风神天女伸出胳膊，右手手心一抬一收，锁链便回到她的掌心，又化成了长剑，我也落地站稳。

　　电光火石间，方天画戟和冰蓝色剑、墨绿色剑对峙一分钟左右，我首先开口打破了沉默："你们还不错嘛，受了这么重的伤，又被我消耗了那么多的灵力，竟然还能支撑着和我打，看来我以前是小看你们了。"风神天女微微一笑："谢谢夸奖，也谢谢你让我们用法力，我们是知恩图报的人，所以也只用了点低级法术，我们没用到意念战斗、瞬间移动之类的招式呢？"

　　我不屑地摇头："没事，你们尽管用好了，就算你们用全了法术，也不会占到……"话刚说了一半，我突然发现刚才站在阴暗角落的孔雀公主不见了，我在心中大呼"糟糕"，直接向后转并用方天画戟一架，恰好架住了孔雀公主的长剑。此时她的剑尖与我的鼻头只有些微的距离了，我甚至已经感觉到了剑尖传来的凉意。我刚松了口气，才暗叫了一声"好险"，就感到身后一股杀气向我涌来。

　　那股杀气来得实在太快，离我实在太近了，面前还有个凶悍的孔雀公主，我无论如何都无法做到面面俱到，眼看着我被她们两面夹击，我知道两支剑上再放大招，那时我一定是躲不过。我顾不上动作优美了，只好狼狈地再次向上跃起，及时躲过。很明显，她们早有防备，留有后招，在我跃起时才发现风神天女的剑本来就是向上刺的，而孔雀公主的长剑，瞬间化成了缎带，向我飞来，我很清楚只要那缎带碰到我，我即将被五花大绑。我急中生智，一个跟头由她们正上方翻到了孔雀公主的背后站下，风神天女冷笑一声，长剑从孔雀公主左端绕过来——他娘的这把剑居然会拐弯，孔雀公主的缎带从我右边绕过来，在被束缚住前，在狼狈之中我再次成功跃起。这一次，我跳得比前两次都要高，于是，我也顺利地看到那条墨绿色的缎带缠住了那冰蓝色的长剑。

　　我摇起头哈哈大笑："怎么的？偷袭没有成功还顺便把自己绕进去了，

是么？"

风神天女与孔雀公主对望了一眼，解开了武器的缠绕。再抬起头时，风神天女还是一如既往地冷静，而孔雀公主明显很沮丧。

"喂，你们是不是可以认输了呢？"我坐在龙椅上跷起二郎腿，虽然内心非常戒备，但表面上得意洋洋地说道："实事求是地说，如果不是你们之前消耗了太多灵力，我还真没有把握可以赢过你们。等下次……哦，不对，没有下次了。以后我们再相遇，我可不会让你们使用魔法了，到时候，不然，我们可爱的葵花公主会不高兴的。"说完，我还故意抚了抚葵花的秀发让她们看到。

风神天女平静如水，孔雀公主满脸怒容。她俩其实都很沮丧。

我看着这些昔日受人尊重，战场上风驰电掣、威风八面的"老朋友"在我面前露出这种挫败难过的样子，真的很想狂笑一番，但我还是尽力忍住了。虽说我从来都不是什么善良的人，但好歹葵花公主还在旁边，再怎么样也要稍微收敛一下。

我没话找话地指指她们手里："哎，你们手里拿的就是传说中的风神剑与孔雀剑吧？"

这两个家伙居然没理我，我也就懒得再理她们了。

过了一会儿，风神天女轻轻地对孔雀公主说："我们走吧。"

我心中一喜，因为之前几个回合我都是险胜，再怎么样我也是一个人，而对方两个人配合多年早已变得默契万分。而且就算她们之前消耗了很多的灵力，内力依然深厚，如果她们两人用魔法和我开战，我最多只有一成胜出可能。虽然我有葵花公主和一支不会魔法的强大军队，但凭借自己的力量将她俩打败肯定更有面子一些，在军队中也更容易树立威信。

正当我窃喜之时，孔雀公主突然抬起头小声地说了一句："可是下次就用不了魔法了……"

风神天女看了看孔雀公主，随即又安慰似的拍了拍她的肩膀："没事，我们下次再努力就好了。"说完，又抬起眼睛看看一直安静站在龙椅旁边的葵花公主，她依然是那个样子，安静地待在那里，从她脸上看不出任何情绪。

风神天女刚把视线收回来，孔雀公主便迅速甩掉她的手并说道："那还不如速战速决。""决"字音还未消散，她便已经瞬移到我面前，右手拇指微曲搭着小指，其余三指皆伸直比作剑状，带着隐隐的墨绿色的剑气朝我面部刺来，大惊之下，我呆在原地，无法动弹，我觉得无论如何都无法躲过去了。

182

就在孔雀公主的指剑将要刺中我喉咙的时候，我自身形成的气场突然爆发，阻滞了她的指剑的剑气。我以前听说过这种气场，但没有实际见过，这种气场是在我征战多年中身体自然形成的，平日觉察不到，遇到危机时刻它才会爆发并保护主人，但气场毕竟只是气，根据各人的武学修为及征战经验，气场强弱并不一样。我意识到孔雀剑那墨绿色光芒突然滑过我的脖子，孔雀公主一愣，不知道发生了什么，她手中的剑气随即飘散开了。见此情形，我不由得暗暗侥幸："孔雀公主还是太嫩了，如果换做临战经验丰富且态度冷静的风神天女，我命休矣。"正想着，风神天女的声音从原处传来："孔儿不用杀他……"一道冰蓝的剑气眼前一闪，泛着蓝光的风神剑已架到我脖子上，这时她刚才说出的话的声音才完整地传过来，"我们只带人走！"曾经一起相处了那么久，我都不知道风神天女的身法竟然比声音的传播速度快这么多，难怪今天连连吃亏，我太大意了。不过，输在高人手下，不丢人。至少，这次战斗比当年我和刘关张大战要光明得多。

啊呸！想起当年那场战斗，我就脸红，明明刘关张背后有人使妖法让我施展不开才打成那种场面，结果后来他们到处吹嘘自己武功高强，因为"三英战吕布"打成了平手——啊呸！不要脸！

我静静地听她们聊天。孔雀公主一脸坚定地望着风神天女："他活着，我们就算把葵花公主带回去了又能怎样？他肯定会来找麻烦。"

"那也不用杀他，给他点教训就好。"

孔雀公主一脸不可思议地望着风神天女："大风啊，我说你是不是搞错了，战斗中最果断最干脆的都是你啊，我们的世界被他糟蹋成那个样子，当真要放过这种十恶不赦的坏人？"

风神天女沉默着。她伸剑架在我脖子前面，人悬空站在我背后，我看不见她的表情，但从一会儿亮一会儿暗的剑气中能看出来大风内心的斗争。剑气光芒的变化十分细微，即使是武林中人，绝大多数人也看不出来，但那剑气我却能清晰地感受到，一则是剑气离我太近，更重要的是，我吕布天王也是真正的高手。

良久，风神天女用很轻的语调缓缓开口道："孔儿，我不想再杀人了。"

孔雀公主皱着眉头喊："谁想杀人啊！但他确实该死，他祸害了我们的世界，让天下人苦不堪言！"其实，我知道孔雀真正愤怒的是我们一起"战斗"了这么久，我居然是卧底，她觉得自己受到了欺骗。看着她那愤怒而沮丧的样子，我非常开心。

"不！"风神天女说道，"我一个也不想杀了。孔儿，我们这一路走来，死的人和仙子都太多了，你再想想有多少人是真正应该死的。人死不能复生。我觉得我们罪孽深重。"

"别婆婆妈妈的，知道养虎遗患吗？知道农夫和蛇吗？还记得宋襄公的仁义吗？"孔雀公主越来越生气，我眼看着墨绿色剑气已在孔雀剑身时隐时现。

孔雀公主手中长剑一抬，一股剑气向我刺来，风神天女大叫一声："孔雀！不要！"瞬间就用风神剑挡了一下，我清晰地感觉到刺向我的剑气弱了很多。

让她们没想到的是，这股弱弱的剑气一刺在我身上随即反弹，转身向孔雀刺去，孔雀公主没有提防，噔噔噔退了好几步才站定。

"你们说够了没有？本天王已经听烦了。"我用手拨开架在我脖子前的风神剑，"还真以为你们制住我了？我只是想看看你们的能耐到底有多大。现在，该是我的主场了。"

我手一挥，训练场四周都出现了我的军队，他们整齐地站定，个个目光如炬。我走到台前，以绝对身高优势俯视着两位愤怒仙女，开口道："看来的确是我低估了你们两个，很抱歉你们没能力杀死我，我也不会杀你们，我们还要好好合作呢，不过今天的戏结束了。"

我转过身面对着军队，轻笑一声，吩咐道："把她俩抓起来。"说完，我对葵花公主说："收了她们的魔法，然后——"

我的话还没说完，风神天女突然暴起，一剑刺向我的面门。我侧身让过，正准备还击，她却一拉孔雀公主急叫一声："走！"两人就忽然从我面前消失了。

这次，竟然让她们跑了。

不过，我知道她们还会来的，我只需守株待兔，同时加紧处理手头的工作就可以了。

我带着葵花公主回房间，却发现她好像被吓着了，呆呆的，一直以来总是波澜不惊的脸上微微抽搐着，常自然垂于两侧的手此时紧紧地握在一起不住地绞来绞去。

我一路陪着她进到自己的房间，但她的紧张情绪似乎并没有缓解，双手还是一直握在一起，还稍微有点发抖。我小声问需不需要我多陪她一会儿，她挤出一个微笑："不用了吕布大人，我自己待一会儿就好了。"

我点点头走了出来，心想："幸亏葵花公主听话，不然闹起来的话，真是不知道该怎么哄了。不过她好像被吓得挺厉害的，她的手就没打开过，两个掌心一直互相对着绕来绕去……等等！"我猛地停下脚步，不会是她手里抓着什么东西吧？

我转身回她的房间，葵花公主的面容已经平静许多，不过双手依然紧握着。我走到她前面，用略严厉的口吻问道："你手里的是什么？"

她抬起双眸不解地看向我："吕布大人怎么啦？你不舒服吗？我手里没有东西啊。"

"把你的手打开好吗？"我微皱着眉头说道。

她也皱了皱眉，像小孩一样摊开两个手掌——里面什么也没有。

我松了一口气，语气又稍微温和了些："没事了，你好好休息吧。"她一如既往地温顺地点了点头。

（葵花公主关上门，在床上坐了一会儿，从口袋里拿出一个密封的小袋子，里面是一小块两三厘米见方的不规则的橡皮泥，她拿在手里把玩，呆呆地坐了一会，脸上的微笑逐渐消失。）

三、 蛋糕

"哎，教授，想什么呢？"

"你说你这个大猩猩是不是很烦人，吃你的板栗就是了，没看见教授睡着了吗，还问人家想什么呢。"

"去去去，一边待着去，又没和你说。"星星大师抓起三个剥好的板栗果仁向上一抛，孔雀躺在椅子上张开了大嘴，三粒板栗果仁不偏不倚地依次掉入孔雀张开的嘴里，"堵上堵上，别插嘴。"

"你……你……你……三个啊……"孔雀含混不清地咕噜着，赶紧坐起来，吐出两个板栗在手上，慢慢地一个个品尝着吃起来。

"懒得理你们。"我站起来活动活动筋骨，向仙女楼走去。

吃了三粒香喷喷的板栗，孔雀半躺在躺椅上，心满意足地慢慢喝着星星刚榨的西瓜汁。眼光偶然一斜，就看见我走过来，手上拿着两块柠檬慕斯蛋糕。远远地，孔雀就能闻到香味，走进一瞧，孔雀还看到蛋糕上放着她最爱的黄桃！孔雀眼巴巴地盯着，口水快要流出来了。

[孔雀老板突然有了不好的预感：但是……我们三个人为什么只有两块蛋糕？那蛋糕不大，完全可以一次性拿三个！]

孔雀立刻坐直，满脸讨好地问我："风啊，这蛋糕是你做的吗？手好巧哦！肯定很好吃呢！"

我斜着眼睛看了她一眼："嗯，我也觉得肯定很好吃。"然后转身给了一块给星星。

孔雀目瞪口呆地愣在那儿，眼看那两个红口白牙正准备同时咬下蛋糕时，我才缓过来大吼了一声："喂！凭什么我没有？"

星星笑眯眯地看着孔雀："依我艺术家的审美眼光看来，孔雀啊，你的体形不适合吃这种蛋糕哦。"她还没来得及去抢星星手里的蛋糕，我就淡定地接了一句："是啊，刚刚你躺在竹椅上那咔吱咔吱的声音我在里屋都听见了。"我看了一眼孔雀，微微撇了撇嘴角，继续说："不过这也不能怪你，包工头就是要有点分量，不然哪来的气势呢。"说完，我和星星相视一笑，咬下一口蛋糕。

孔雀勉强挤出的笑容："我只不过是吃太好了所以长胖了一点点而已。"

我继续用哲学老师的口吻对孔雀说："不用加重'而已'两个字，我们都知道你是在说反话逗我们开心呢，呵呵呵呵，真好笑。"

孔雀翻了一个巨大的白眼，以至于翻得有点头晕，毕竟年纪大了，但她还是非常有气势地吼道："想当年，我可是身轻如燕的好吗！不记得我怎么收拾小鹦鹉了吗？只不过后来为了给你们创造幸福的新生活，天天动脑筋设计图纸建房子，多余的智商没地方发挥，就把身体憋得丰满了一点点而已……"孔雀意识到了什么，赶紧捂住嘴，但似乎还是晚一步……

果然，一向以冷静著称的我迅速炸了毛："小鹦鹉？智商？你还好意思说自己的智商？当年，你要是不那么菜鸟，我们前后夹击多简单，岂能在后面还受那么多苦？你看看——喏，露家姐妹、小金、天兔等，哪个不是年轻貌美，如花似玉，就我们几个老家伙正在慢慢变老……"

四、 孔雀公主日记摘录

（一）迷茫

当时我们以瞬移之法逃离吕布身边后，落地时随即启动了自我保护模式的力场胶囊把自己包裹起来。不仅是因为外面随处会遇到各种妖魔鬼怪，还因为现在外面的环境恶化得实在太厉害。

放眼望去，眼前一片天昏地暗，曾经的青山绿水都变得蔫蔫的，除了有各种祸害人间和自然景色的妖魔，天空中的漫漫飞沙挡住了阳光，植物的枯萎衰败应该也和光照不足有关。地上到处只见土黄色，四处毫无生机，到处都让人感到荒凉难过。太阳在深灰色的空中发出微弱的、白白的、影影绰绰的光芒，处处都飘荡着腐臭、酸臭以及一些说不上来的令人窒息的刺鼻气味，幸存的人家都想尽办法在家里安装了空气净化器，但也没起到多少作用。偶尔在街上遇到人，都一定是要穿戴着整套的防护服和防毒面具，有的还背着氧气罐，现在空气中的氧气含量已经非常少了，而且颗粒物非常多，人们不能正常呼吸。连萧条都称不上的街上行人很少，一是因为穿戴整套防护服太麻烦，而且那一套衣服非常昂贵，许多家庭承担不起，二是现在街上什么都没有。想工作和想上学的人全都在家中办公或学习，所有的生活用品全部只能在网上购买，由无人机将东西送到人们家里。但送货的速度越来越慢了，因为空中的无人机常被那些无聊且很坏的怪物击落，它们把击落无人机当打靶玩，送货的无人机越来越少了。环境急剧恶化，各种自然灾害也出现得越来越频繁，沙尘暴、洪水、泥石流等此起彼伏，人们都已见怪不怪了，甚至在吃饭时会轻描淡写地说一句："哎哟，这次洪水挺小的呀，才淹到膝盖。"毫不夸张地说，这个世界已经快被摧毁了，几乎所有人现在都抱着活一天算一天的想法，麻木地熬日子。

回到基地，解除保护模式，我向风神天女吼道："看到没有，世界都被这个自大狂搞成这样了！为什么还不能杀他？要不是你挡住我，在葵花公主让我们法力失效前，吕布早就横尸地上了！"

风神天女没有说话，她像往常一样换上便装，然后去卫生间洗手，洗脸。整个过程，她数次穿过大厅，却看都不看一直站在大厅中央气哼哼的我，也丝毫不理会我投射在她身上愤怒的目光，也不看怯生生坐在沙发上的星队长。"炼丹房事件"后星队长一直比较沉默，这家伙原来就时时会变成闷葫芦，现在更是变成了闷葫芦罐子，我和大风开导过她好几次，没什么效果，也只好由着她了。其实我们都知道她心里难过，自责自己把事情搞砸了，造成了这么严重的后果。其实造成今天的局面，我们每个人都有责任。大风对我说过，只要我们努力恢复一个有秩序的生机勃勃的世界，星队长会变开朗的，我始终相信这一点。

她削完一个苹果后，终于抬眼跟我说话了："我说，你不觉得我们俩拿错剧本了吗？"

我跟她当了这么久的朋友，她说的话我自然最清楚不过了。以往只要我们行动中有队友出错，一回家就开骂的人是她，而我则一般都比较安静，不爱吵架。而今天却完全反了过来。想到这里，我绷不住地扑哧笑了出来。我走到沙发边上坐下，尽量严肃地问她："喂，说话呀，你为什么要那么反常地拦住我！要知道一般威胁人这种事都是你来做的哎！"

大风把削好的苹果分成三瓣，给我和星队长同时抛来一块，我们都精确地接住了，我咬了一口，但眼睛依旧看着她，我在等答案。大风见我一直看着她，开口说："我说过是因为我不想杀人了。"

我好不容易把嘴里的苹果一口咽下去，艰难地开口道："唔……问题在于，你没发现我们以前根本没杀什么人么？也就是与天兔的那场战斗中杀了几个小神仙，而且还是小鹦鹉……哦不，是那该遭瘟的吕布杀的。海洋仙子的姐姐也是那自大狂妄的吕布杀的。"

她把玩着刚刚削苹果的那把小刀："其实不止，现在天使姐姐和那些帮助过我们的人全部都被吕布抓走了，生死也就他一句话的事。现在外面的环境恶化成这样，以前还能看到新闻上说当天死多少人，现在都已经不说了，因为根本统计不过来，每一个家庭里的净化装置也随时可能会崩溃。"

我一时不知道该如何接话，过了好一会儿才说道："那，那些人就算是死也是吕布造成的，跟你跟我都没有关系呀。"

她继续低着头擦着那把早就干净了的小刀，忽然叹了口气，抬起头对我说："其实，如果再往前追究的话，我们之所以会遇见吕布，归根结底是因为震龙那一仗中我没有保护好小花，她被震龙撞得魂飞魄散。如果她没有被撞，我们就不会遇上那么多麻烦，至少不会遇上小鹦鹉，还一直让它跟在我们身边。一开始，如果我们意识到它有可能是我们的敌人，我们可以趁它能力相对较弱的时候直接把他打败，那后面这些事都不会发生了。现在，小鹦鹉对我们这么了解，我们却不太知道它的事情，这就给我们造成了很大的麻烦。这些事情的主要原因都在我，因为我是领队。"她顿了一下又说，"在后来吕布的对战中，很多事情我还没想好，所以我觉得不能轻易杀了他，如果我们莽莽撞撞地行事，可能会给我们带来更大的麻烦，至少，能不能解救天使姐姐和环保博士，很难说。"

她一向要强的眼神中透露出的无助让我的心突然之间抽搐了一下，于是我挤到她旁边去，握住她的手："别忘了，我们都是你最好的朋友，我们同进同退，有什么事我们一起商量。"我坚定地对她说："天塌下来我们跟你一起扛。"

她抿了抿嘴，把手抽出来。我看着她，表面虽依旧保持镇定，但内心已乱成了一团麻——她以前总会反过来握住我的手。她突然开口问我："你们有没有想过把小花救出来之后的事？"

我一下子对这个问题摸不着头脑："什么叫之后的事？救出小花后……嗯……干掉吕布？不然是什么？"

"怎么把这个世界恢复原状？"她继续说道："也就是说，救出小花就能恢复这个世界了吗？就算恢复了，多年以后人们又要怎么向子子孙孙们解释这个时期的混乱？小行星撞地球吗？"

"但不管怎样葵花公主一定是要救出来的！而且她不是也拿到那最后一块干净的土壤了吗？说不定她能恢复记忆呢！"说完我望向星队长。

"你们在和吕布打斗的时候，我把那一小包土壤悄悄塞给葵花，她拿着了。"窝在角落里沙发上的星队长有点担心地说，"就是不知道能起多大的作用。"

"应该会起作用的。小花一定能恢复记忆！"我坚定地说。

大风也站了起来，以轻松的语调说："能恢复记忆那自然再好不过了，问题在于，那一块土壤至少能扰乱她的思想，让她不能傻乎乎地帮吕布，如果她不能完全恢复她和我们的那段记忆，对我们实质上没有多少帮助，不过关系也不大——"她把小刀抛向空中，下落时刚好直直地插在水果盘里的一个梨子上，她的目光随小刀在梨子上晃了一会儿后又投回到我的脸上，轻笑了一下："扰乱一下也好，不过，想到我们的朋友死心塌地帮助敌人，内心挺难过的。"说完她在客厅转来转去踱步，自顾自地说："下次不能用魔法了，只能硬碰硬，这可不是我们所擅长的，但现在可以用法力让自己的武功迅速提升……哦，对了，我还是决定用长剑，你也一起吗？"

"不。"我想都没想脱口而出，我不想跟她用一样的武器，"银针，我用银针！带毒的那种！吕布太强大了，硬碰硬不合算，我要以柔克刚。"

她歪着头想了一下，随即一耸肩："一寸短，一寸险。随你吧。"

我看着她关上门，紧接着听见了"咔嗒"的锁门声。

星队长"腾"地站了起来，看看大风关上的门，再看看我，有点不知所措。我站着愣了几十秒，一下子跌回沙发。

一种莫名的恐惧仿佛包围了我。

虽然还是夏天，但客厅里冷气弥漫。我默默地拉过一张毯子将自己包裹起来。我知道我的恐惧源于我最好的朋友——风神天女的变化。风神天女一直是一个责任心强、冷静沉稳、自信爆棚的人。她做事情很执着，有时候甚至有点认死理钻牛角尖，只要她认为对的事她就会一直做下去，常常一点退路都不给自己留，不过事实证明，往往她确实都是对的。但现在……我似乎已经不认识她了，以我对她深深的了解，现在她完全变成了另一个人，我甚至都不确定她究竟是不是我的大风——她怀疑了！她犹豫了！！她不自信了！！！

到底是什么让她变成这样呢？

是一次次努力与拼命只带来失败？是吕布化身为小鹦鹉潜伏那么久她却没有发现？或者是她觉得我们正在努力完成一件不可能完成的任务？

可能性很多，但并没有一个确定的答案。我敲敲自己的头，决定还是不想了。当务之急是练好武功先救出小花，刚刚脱口而出的带毒银针我并不了解，也就是之前看过的几本武侠小说里有简略描写，看来只能用法力迅速提升了。

其实，更要命的是，在风神天女变化之前，我早就迷失了方向，我的所有努力，都只是因为觉得风神天女永远是对的，只要有她带着我们，我们就不怕任何困难，我对她近乎崇拜，可是现在她却犹豫了……

不想了，不想了，不管什么情况，总是要做点什么的，坐以待毙不是我行事的风格。

第二天起床，我去找风神天女，我们简单交谈后，决定尽快练功后就出发。看到星队长迟迟没出来，我就又去敲星队长的门，但一直没动静，我一推，门是虚掩着的，我进了星队长的房间，床铺铺得整整齐齐，能看出来昨晚她根本就没睡在床上。被子下压着一张白纸，上面只简单写着一句没头没脑的话：

我要离开一段时间，辛苦你们了。时候到了，我会回来的。

我呆呆地捏着这张纸，感觉到一阵无助和寒冷。

小花的功力一天天增强，不把她救出来，不管是对她还是对我们，每过一天便多一份危险，所以我们只能抓紧有限的时间练功并熟悉武器。自从法力强大后，我们都很久没有用过纯粹的武器了，现在感觉像是回到了原始社会。不过好在之前使用魔法有一些武功的底子，再加上法力的辅助，练起来也没有想象中那么困难。

三天后，我已可将毒针轻松射入静止的目标中，而风神天女之前的魔法武器就是冰剑，练起来更是称心应手。与以前不同的是，这个文艺范的美少女之前使用魔法剑时多少加入了一些花哨的成分，这些花里胡哨的动作单纯只为了好看，但现在她使剑干净利落，又快又狠，招招毙命，没有任何花架子。跟她比起来，我还需要继续刻苦努力才行。

风神天女也提出过希望我们练习一些配合性的招数，但我以"只要够默契就不需要真练什么招数"搪塞了过去，其实我并没有觉得现在的她跟我有多默契，我只是害怕跟她待在一起，害怕看到她那多了微笑却有点空洞的眼神。

第五天，我很早就起床了，我穿戴整齐后一直坐在床边直到她敲开了我的门。

看到我一直坐在床边，她不禁稍稍皱起了眉头："起这么早就为了坐在床边发呆？"

"我……那个……"我一时语塞，因为我的毒针现在还无法百分百准确命中移动的目标，大概只有百分之八九十的正确率，但吕布是不可能乖乖站在那里让我射的，所以心里总是会没底。

"啊，我知道了。"她又用那种我所害怕、厌恶的眼神看着我，"你的毒针功夫还没练好对吧？"

"才不呢！"我脱口而出，我不想让任何人瞧不起我，更不能让大风看出我内心的害怕。我带上了一大把银针和风神天女一起出发了。

（二）葵花得救

站在吕布的大门前，我们解除了力场防护罩，默默站了一分钟左右，我开口道："我们还要像上次一样引他出来吗？"我的声音有点颤抖。

风神天女干笑两声："应该不用了吧，哈哈。"我松了一口气，上次来的时候，不知道为什么里面好久都没动静，我跟她又是叫又是骂又是打砸破坏，还跳了一段极其匪夷所思的舞蹈，就差没搭台唱二人转了，不知道的人还以为我们在跳大神呢。这件事情绝对可以记入风神天女人生中最莫名其妙的、丢人的事情之一。我扭过头去看她，果然，她脸已经在黑色和青色中迅速变化了。风神天女转头一瞪我："看什么看！那段夏威夷热带舞加非洲土著舞再加上芭蕾元素的大杂烩舞蹈可是你编的，为了在竹山小学"六一"儿童节演出中出风头，你可是认真地做了一锅'乱炖'！"

我扑哧一下笑了出来，也亏得她能把那所有的舞蹈元素都说出来，我觉得那个出口成章又毒舌的大风仿佛又回来了。我心里想，我小学阶段胡编乱造的舞蹈，虽然被魏老师和谢老师给毙掉了，但不管好坏，我是准备在舞台上表演的，谁像你在人家大门口就跳上了，还跳得那么难看，简直就是糟蹋了我那曾经被毙掉的舞蹈节目。不过，想归想，我可不想在这个时候分心。我主动往她那边靠了靠，在她耳边小声说："等会有啥作战计划？透露点？"

我还没说完，营门开了，出来了两个小兵，如同酒店迎宾一般恭恭敬敬地请我们进去，大风用一个幅度不大但却极其精准的白眼对我说："不会早点问啊？"说完她便拉着我走了进去。

我窝着一肚子的火。你自己没自信，也不用这样折腾我啊，怪我不早点问，你就不能早点告诉我啊？我们是队友，要一起战斗的。不过，看在要共同对付吕布的份上，我先忍一忍，谁让我生来就宽宏大量呢。

进了兵营，又进了吕布的宫殿，还没走几步，身后的大门砰的一声关上了，同时通道两边白色灯光也一下亮了，大风挑起眉毛说道："哟，这小鹦鹉也懂点高科技，还不算是一只笨鸟。"

我还想问问大风的战法，结果才张开嘴，大风就用一个锋利的目光制止了我，然后用极快的速度向后瞥瞥眼。我微微侧头一看，原来那两个小兵一直跟在我们后面，这俩人怎么像幽灵一样，一点声音都没有。我索性停下来转身微笑着看他们，两个家伙没想到我会突然停住，有个小兵差点撞到我身上。我迅速冷下表情："偷窥狂啊？没见过美女是不？"说完，我以一个非常搞笑的动作撩了一下头发，丢下面面相觑的两个小兵蛋子快步追上风神天女。大风迅速在我耳边悄声说："我主攻吕布，你先对付小兵，再来辅助我。"我也一挑眉说道："没问题，这俩包在我身上了！""要小心，这俩也不是善茬。""明白！"

穿过长廊，面前豁然开朗，大约50米之外，在那个乡里乡气土得掉渣的乡村版龙椅上，吕布正端坐着，逍遥地喝着茶，小花像个小丫鬟一样站在他身旁。

看到我们，吕布先开口道："你们又来了啊？怎么样，我的勤务兵对你们还挺好的吧？"

趁他说话的当口，我试了试，可以用法力，说明小花还没发威。我随即用连珠法以迅雷不及掩耳之势，加上法力助阵，尽力掷出三批毒针，分别向吕布上中下三路射去。我知道这种偷袭有点卑鄙，但吕布以号称天下第一好汉的名号对付我们两个弱女子，原本就没有公平可言。而且，他还把我们曾经的朋友收归己有，让我们难以施展擅长的法术，他的做法，根本就不是男子汉大丈夫的行径。何况，我们俩本来也不是男子汉大丈夫，我们是小女子，就偷袭了，怎么的吧？

很可惜，毒针将要射到吕布身上时，吕布起身，用斗篷一裹一转，我发出的毒针全部被打落掉到地上了。我心里明白，葵花公主在关键的时候发力了，我附着在毒针上的法力被消除了，以吕布的蛮力，打落小女子的手腕力道，原本就不难。

"你们也太没礼貌了吧？亲兵把你们恭恭敬敬迎进来，我话还没说完，你们就偷袭，是男子汉大丈夫的做法吗？"

我抿起嘴笑了笑，说道："你觉得我们是男子汉大丈夫吗？我先试试你的功夫有没有长进，也是对你好。你没发现我没有用武器，只是用的微不足道的绣花针吗？"说完，我和大风同时嘴角上扬对视了一眼，第一轮打嘴仗，我们没输。

"怎么只有你们两个人，星队长哪去了？"

"你管得着吗？"我撇撇嘴，"星队长给你找麻烦去了你不知道？赶紧吩咐你的人看好仓库、柴房、粮库、水源等地方，当心火灾或者被投毒。"

吕布马上转身吩咐手下人："加强巡逻和检查，要认真仔细。"

我正在心里暗暗发笑，吕布又开口说："我让亲兵去迎接你们，是看在过去我们一起战斗过的情分上，这个世界已经是我的了，你们已经无能为力了。现在葵花公主已经能随心所欲地使用她的功夫了，只要她想，她就能控制住所有人的法力。她已经一门心思跟着我了，我希望你们也能弃暗投明，我们一起来统治这个世界。你们很能干，能做我手下的大将。我原来的部下都只会用蛮力，不像你们都比较智慧，21世纪什么最重要？人才！你们都是人才，都是我需要的人才，怎么样？愿意吗？"

我正想好好和他辩论一番，却感觉到风神天女突然使劲掐了我一把。我微微转头向她看去，发现她正很认真地听吕布的讲话，一边听还一边轻轻点头，一副被说服后如醉如痴的样子。我知道大风的意思，这次来，她一直表现得比较消极，看起来是个容易被打动的人，但我知道这些都是她的伪装，她也知道我们力量不足，要取胜只能用巧劲。

趁着吕布滔滔不绝展示自己口才的时候，我悄悄地又发出三批毒针，依旧是分上中下三路直奔吕布而去。和刚才不一样的是，这次，我距离他更近。

"你们可以问问你们的好友葵花公主，问问她在我这里是不是感觉很好。你们过来，你们几姐妹就又能相聚……"口若悬河的吕布突然收声，从座位上腾空跃起，再次避开了我的毒针。然后他缓缓地站站定，转变话风："很好嘛，看来你们是要和我作对到底了，我不应该低估你们的能力和愚蠢的决心……"我仿佛听出吕布的声音中有一种强压着的怒气，还有一种说不出来的感觉。大风在我耳边小声地说："你小心一点，吕布被你刺激到了，他心理承受能力也真是够差的啊。"我也小声回道："同意，不过你等会儿才是攻击主力，你才要小心。"

而就在我们互相顶住的那段时间里，吕布也正在积蓄力量，他靠仇恨和恐惧在积蓄力量。不知怎的，他从龙椅上跃起那一刻开始，他仿佛想起了三国时期他活着的时期，也同样想起他死的时候，想起他曾经对生的留恋，想起现在我们"不领他的情"，想起了他曾经帮过的刘备，也想起了最后唆使曹阿瞒杀害他的刘备，他想起了他曾经想效忠的曹操，想起了自己真心爱过但最后才知道一直在利用他的貂蝉。当他想起这些人的时候，心中除了浓浓的仇恨之外，甚至还多了一丝恐惧。他恐惧这些人，恐惧三国时期的尔虞我诈，痛恨看不透的人心。吕布原本是个很简单的人，喜欢直来直去，但人与人之间常常会出现一些龌龊肮脏的想法与做法，还美其名曰"计谋"，他很烦这些花花肠子，他要将这个世界彻底毁灭，他要重新建立起一个简单的唯他马首是瞻的世界，他觉得他的想法很伟大，很美好，他要新建立一个充满了和平与安详的世界，这有什么错吗？为了那个美好的世界，他才低三下四地劝说这两个不知天高地厚的小丫头，虽然他表现出了诚意，但她们但根本不听，那好吧，那我就连你们一起毁灭。

吕布的这些思想，是小花后来告诉我们的，当时我可不知道。我当时所见到的只是吕布突然之间提起方天画戟朝我们横扫过来，嘴里发出野兽一般的怒吼，我一下子被吓得有些发懵，大风推了我一把，我回过神来，手中紧扣银针做好准备。

我俩并肩站在一起，就在方天画戟横扫过来的一刹那，我们双双来了个漂亮的跃起，然后一左一右落在吕布两边。吕布一击不中，随即收势顺着未落的劲头向我回扫，我心里大呼不好，右手弹出两枚毒针，向吕布双眼射去，趁他愣神的时候，我左手又甩出五根银针，分别射向吕布脖子、两手腕和双脚踝。电光火石间，我从两个方向打出了七枚毒针，我心想，虽然吕布步法灵活，身手矫健，他一定会躲闪，但倘若有一针命中，针中毒发，剧毒一定会结果了他的性命。如果他躲闪，慌乱间，背后露出空挡，大风的宝剑可不是吃素的，只要有一线机会，她一定会好好利用，手起剑落，我仿佛看到了大砍刀切西瓜一般的景象。但高手毕竟是高手，吕布并没有闪躲，而是继续向我冲来，他这是不要命了吗？突然间，我明白了，葵花公主在身旁呢。吕布也够大胆的，把自己的性命安全交给了葵花公主。只见葵花右手一抬，衣袖一拂，一股劲道的力量瞬间将七枚毒针全部打落。我吃了一惊，小花只是能让别人的魔法失效，她自己并不会战斗系魔法，什么时候，她也能战斗了？看来，吕布说，小花在他那里练功进步神速，此言不虚。我在心里哀叹一声："可惜了这么好的机会了！"

吕布的方天画戟直朝我砸来。我听到方天画戟急速划破空气的刺耳尖锐的叫声，面部也感受到了方天画戟带起来的凉风，我迅即一个空翻朝后跳开，吕布的奋力一击再次落空，但他并没有停下，而是一个转身，用戟柄又横扫了过来，我感觉到了方天画戟的威力，不管我转向哪里，都能感受到方天画戟朝我砸来，同时也能听到不间断的搅动空气的呜呜声。我内心赞了一声："真是高手！"

正在我被吕布追得鸡飞狗跳的时候，风神天女终于瞅准了机会，身子轻盈地跳起，只见一道漂亮的剑光滑过，大风的寒冰剑已经刺向吕布的喉咙。吕布被逼回防。忙转身用方天画戟磕向寒冰剑，一声清脆的叮声响过，回声不绝于耳的时候，我才发现风神天女满脸痛苦状，一定是兵器相交时，她的手臂被震麻了。还好，寒冰剑还在她的手里，没被磕飞。吕布双手高举，把方天画戟猛地从上往下砸向大风，我来不及多想，双手各发两枚毒针射向吕布两边腋窝。这家伙穿戴着盔甲，就像个穿山甲一样，力气大，面部虽然暴露，但他一直在高度提防和保护，要找到他柔弱的地方下手很不容易。开战前，我们多次提醒自己，千万不要与他的方天画戟硬碰硬，这对我们没好处。但我们平日的战斗中，即使使用武器，往往也是在武器中灌注了魔法，所以我们的武器力量还是挺大的，这次，我们的魔法用不起来了，但平时养成了与他人武器硬碰硬的习惯，一时半会不容易改掉，这也就是刚才大风吃亏的原因。现在趁他双臂高举，腋窝部分暴露出来，我从两边同时发毒针，看他怎么逃过。

很可惜，毒针又被葵花公主扫落了。

我转头去看葵花公主，原以为她会像上次那样笑眯眯站着，把自己的无意识搞得像特别有意识一样。但这次好像有点不同，她的表情呆呆的，一副怅然若失的样子。这次打落毒针的过程我看到了，她的动作也有点僵硬，不如以前灵活。我看向她的时候，她也正反常地抬起头盯着我。虽然表情依然有些呆，但那种貌似认真看我的样子好像要看穿我的内心，把我全身上下的每一个细胞都要看透似的。我被她看得毛骨悚然，浑身打起了一个寒战。

"你发什么呆啊？"忽然，大风的吼声传来，紧接着便听到一阵兵器相碰的声音。刚回头，就看到吕布正高高地托起方天画戟向我刺来，眼神中带着讽刺的嘲笑。我手忙脚乱，正不知所措间，大风连续几剑刺向吕布脚踝，吕布不得不回身自救。大风以围魏救赵之计救了我，还抽空狠狠地瞪了我一眼，我一吐舌头，讨好地笑了笑，然后迅速闪躲。

我们的力气肯定没有吕布大。大风知道自己刺不中吕布的脚踝，趁吕布回救，她就灵巧地用剑在吕布的方天画戟上用力一压一弹，借力跳了起来。但吕布凭借自己的身手，心里默默算好时间，手持方天画戟等着大风落地。我来不及多想，向吕布面部发出数枚毒针，待他回戟躲避毒针的时候，我直接跃起，伸掌向将落下的大风击去，大风很自然地配合。我们在吕布上方双掌猛击，眨眼工夫，作用力与反作用力让我们以更大距离落在了吕布两边，大风成功脱困。

原以为会有帮手来协助吕布，但骄傲的吕布却并不允许别人插手，他要和两位美女单独对阵，原计划中我的分工任务不存在了，也好，正好我便可一心一意去辅助大风——双凤战吕布。与吕布缠斗在一起的大风，虽能勉强应付，但明显处于下风。即使她这段时间以魔法辅助练功卓有成效，功力像开挂一样上升，但吕布毕竟是吕布，"人中吕布，马中赤兔"，这个名号可不是白叫的。这时我有点埋怨自己，要当时选了和大风一样的长剑，现在肯定能帮上忙，奈何我选了毒针，所以只好看着他们缠斗。我低估了吕布的灵活度，原本以为他人高马大，腾挪躲避上一定是弱项，所以，当时弃长剑而选了暗器。现在看来，我明显选错了，现在只能为风神天女敲敲边鼓。暗器难以派上用场的主要原因倒不是我功夫不够，而是他们两位高手的战斗速度太快，变换太多，我看得眼花缭乱，我一直怕伤到大风，所以不敢轻易发出暗器，这可是毒针啊。不过，我还是需要高度集中注意力，才能保证毒针不射到大风。

我瞅准机会就向吕布发出几枚毒针，时而面孔，时而两肋，时而手腕，时而小腿肚子，我知道这些都不一定能打到他，但他若不加提防，被我的毒针"蛰"一下，可要够他喝一壶了。所以，我发出的这些"咬"不到人的毒针，让吕布的攻击变得有些滑稽，看不出章法了，我知道其实我还是为大风的战斗做了一些贡献的。吕布被我时不时发出的毒针扰乱得狂躁不安，他几次要抽身来攻击我，都被风神天女追斗缠身，不得不回头自救。所以，现在场上差不多是个平局，这种打法，差不多就是拼体力了。时间久了，对我们没什么好处，我们可是女儿身，体力自然比不上那野牛一般的吕布。在我毒针的扰乱下，大风还没受伤，就连一道小的擦伤也没有。

长久缠斗对我们不利，我很着急但很无奈。

我无意间瞥了葵花公主一眼，发现她没有像以往那样低着头，而是一直盯着大风，虽然目光显得有些空洞，不像我那样对大风不断变换的身影很是担心，但真的是在随着大风的身影而转，好像大风成了太阳，而她变成了向日葵，只是这日出日落得太快了些。

忽然，我从葵花的眼神中似乎看到了一丝柔和，一点担心，如果这样，也许我们的努力起了作用呢。

正胡思乱想间，突然听到大风一声惊叫。我心里一惊，猛地一回头，发现形势对大风非常不利，吕布已经把大风逼到了角落处，正要用戟刺向大风，我一急，几乎是本能地向吕布的双手腕和脖子射出三根针。吕布当然是发现了，身子往旁边一歪，避开了三枚针。我瞬间明白了吕布的计策，他一定是想趁我发呆期间，猛攻风神天女，先拿下一个，我就好收拾了。难怪他留给我时间让我发呆，而我确实也"言听计从"地真的站在原地发呆了。

"奶奶的！"我忍不住爆了粗口。

大风抓住了吕布避让的时机，猛然向上一跳，想躲过这一招猛刺，但可能已是体力不支，她跳得并不高。再加上几次打斗，吕布也对我们的招式了如指掌，他也一跃而起，大喝一声，猛地抡圆了铁戟向大风横扫。我仿佛看到了惨剧，脱口大叫"不好"并胡乱向吕布射出三枚毒针。与此同时，大风突然像泥鳅一样滑溜地向下猛坠，方天画戟带着风声从大风头顶扫过，吕布收不住，被铁戟带着往左边冲了几步，而大风则狼狈地站在了吕布原来站定的地方，气喘吁吁的大风还没缓过神来，突然"啊"地惊叫一声，我胡乱打出的那三枚毒针中有一枚正中大风的左臂。

大风踉跄几步，倒下了。

我愣住了，惊呆了，僵在原地一动没动。

那针的毒性极强，几分钟内大风肯定就没气了啊！我的眼中顿时盈满了泪水，脑子一片空白，甚至都没有愧疚的感觉，仿佛意识已经离开了我的躯体。一个好像很远又很近的声音对我说，如果当时不跟大风赌气，我就不会决定练毒针！如果我不练毒针，我不但不会用毒害死大风，还能帮着她一起战斗。也是为了维持我那愚蠢的自尊，为了证明我的毒针战术的高明，这次来的时候，我都没带剑，只是准备了充足的毒针。我想起了一句话，是在赏能魔法学校学习的时候，王先生说过，如果你足够愚蠢，为了维护你的一个愚蠢的决定，你会用更多的愚蠢来证明自己的高明。但最终，这太多的愚蠢会让你付出沉重的代价。不是说聪明人就不会做出愚蠢的决定，区别在于，聪明人发现了自己的愚蠢后，会马上承认自己的愚蠢，那么这个愚蠢就到此为止了，他会轻装上路，修炼得越来越聪明。当时，我是笑嘻嘻地听这段话的，我觉得这世上不会有这种愚蠢人存在，用更多的愚蠢来掩盖已经发生过的一个小愚蠢，那不是傻子吗？现在，我才明白过来，原来我就是那个傻子二百五。

电光火石间，我想了很多，把自己咒骂了一万二千遍。

看着躺在我几米外一动不动的大风，我不敢走过去。吕布也落地站定，瞪大了眼睛不可思议地看着眼前的这一幕，估计他再怎样也没想到他一直以来最大的威胁和对手就这样死了。

我看着大风晕乎乎地倒下去，刚开始还疼得龇牙咧嘴了一会儿，但慢慢地躺在地上一动不动，似乎一点一点地丧失了生命的气息。我顾不上强敌环伺，我的腿再也无法支撑，干脆就扑通一声跪坐在地上号啕大哭起来。

我头脑中混混沌沌地浮现出我跟大风在一起的场景。

成为仙女之前我们就天天在一起玩，我们在一起过家家，披上床单想象自己是城堡里的公主。我们互相穿对方的裙子，用妈妈的化妆品装模作样地给对方化妆，两个人都像大花猫一样还一起挽着手，自以为美美的，出去到处显摆。后来我们知道自己的仙女身份，就一起并肩作战。我的法力刚开始非常弱，便每天深夜自己练习。后来大风知道了，就一直陪着我。我练习的时候她就坐在旁边看书，在我一直练不好的时候指点我，而大风是从小到大都喜欢睡懒觉的，天天也都很辛苦，经常陪我陪到困得不行，就一次次去用冷水拍脸让自己保持清醒。我劝她早些睡，不用陪我，她总是对我翻白眼说："我才不是陪你，是自己想看书。"在我练到关卡处时，她比我还紧张。她的嘴永远很硬，但心却特别软。再后来我法力变强了，我们便真正地一起上战场，她总是会护着我，有什么危险的事都是自己来做。我们俩也有过争吵，但无论吵得多厉害，最终我们总能和好。我也曾发过誓，就算有一天全世界都背叛了她、讨厌她、怀疑她，我也一定会站在她那边。而前段时间，大风因为压力大而变了性格，我竟然就开始怀疑她，甚至是抵触她，最终还害死了她……

我双手捂着脸，从号啕大哭到干号。我哭着哭着，感觉好像有人向我走来，应该是吕布吧，但我一点都不在乎，大风被我害死了，我本来就不想活了，要杀要剐随便他好了。

吕布慢慢走过来，站在我旁边看了看，也许他感觉到我完全没了斗志，所以也就不再管我了。他又转身向风神天女走去，俯下身看看，伸出两根手指，准备放到大风鼻子前测试测试大风还有没有气息。

"你干什么？"我声嘶力竭地大吼一声，我自己都被我金属碎裂般的声音吓了一跳。

"你神经病啊。"吕布被我吓着了，"平日看你文文静静的，现在简直像个泼妇。"

"你要是敢把你的脏手伸到她脸上，我就让你好看！"我双手各紧扣着一把毒针，目光如饿狼般盯着吕布，随时准备近距离袭击。

"真是个神经病。"吕布拍拍手站起来悻悻地说。其实我知道我即使双手发针，也奈何不了他，但他应该是被我的气势吓住了。我都能想象到自己凶神恶煞的样子。吕布虽然放弃了刚才的想法，但他的话仍然非常恶毒，"不碰就不碰，好像谁愿意去招惹那个死尸一样。"

奇迹发生了。

吕布才转过身，慢吞吞地想离开，已经"死了"的风神天女从吕布背后瞬间腾起，她左臂勒住了吕布的脖子，右手剑锋紧贴吕布的喉咙。吕布一点也没料到他的对手会"诈尸复活"，而且，瞬间，一柄千锤百炼寒光闪闪的利剑就横在脖子上了，这股剑气硬生生让他把那句说了一半的恶毒的话咽了回去。

吕布明显是被惊呆了，难得愣了两秒钟，而就在这两秒钟内，形势发生了逆转——我们胜利了。

半晌，吕布开口了："你们这幕双簧演得好，某家上当了。"

看着大风两腿紧紧箍在吕布的腰间，左胳膊勒住吕布的脖子，右手剑横在吕布的脖子上，怎么看怎么滑稽，怎么看都感觉到是吕布背着风神天女在玩。

我强忍着笑，转身冷冷地说："你知道这世上有种东西叫作智商吗？三国时你有勇无谋，过了几千年还是这么不长进，可悲啊！可叹啊！"

大风倒是没有废话，直截了当地问："现在能放人了么？"

吕布长长地叹了一口气："可以，你们把她带走吧。"

"孔雀，把葵花打晕。"

"纳尼？"我反问大风，"你没发烧吧？为什么？"

"看到你这么笨，我都替你不好意思。"吕布讥笑着对我说，"不打晕了葵花公主，你们能走出我的兵营？这么简单的问题都想不明白，难怪你只配给风神天女做跟班。"

我没有理睬吕布的挑拨离间，径直朝葵花公主走去。葵花一脸惊恐地看着我，看得我心里直发毛，但是我一点办法也没有，闭着眼睛，伸直胳膊，朝她脖子上打下去。葵花疼得叫了一声，倒在地上，爬起来开始躲闪，我则步步追过去。

"你没吃饭吗？"大风朝我大吼一声。

"你小心点，"吕布对着风神天女大叫，"你割破我脖子啦！"

我想到了大风其实正处于危险之中，狠狠心，快步追上正惊恐万状逃命的葵花公主，一掌下去，葵花终于软软地倒地。我抢上一步，双手托着，把她抱在怀里。同时，我感觉到我身轻如燕，我可以飞起来了，我的法力恢复了。

我看看大风，她也放开了吕布，飞离地面向我而来。

我们快速离去，留下了落寞的吕布一个人在那里发呆。

（三）大音希声

"砰"——

大风一进门就把大门随手摔上，然后一下子扑在沙发上，一动不动了。我吓了一跳，忙把仍处于昏迷状态的葵花公主放在沙发的另一端，赶紧跑过来，站在她身边看着她。

好半天，她闭着眼一动不动，我突然间恐怖起来了——她可是中过我毒针的啊！

我蹲下来，悄悄地伸出右手食指放到她鼻子前，想探探她到底还有没有呼吸。正在我屏住呼吸试探的时候，一个幽幽的声音传来："我还没死呐。"吓得我一下子跌坐在地上。

也不知道我为什么会变得这么胆小。

话音刚落，风神天女的眼睛睁开了一条缝，虚弱地看着我。我喜极而泣："你活着，真好，你没死。你中毒了，我要给你解毒。你怎么活过来的？我看着你死了。我看看你还活着没有……"我语无伦次，伸手准备去扒大风的眼睛，想看看她是否还活着。大风啪地打落我的手："我活没活着你看不见啊？"随即坐起来命令道："去给我拿瓶饮料来。"

我乖乖地去给她拿来一瓶魔法水，看着她一口口喝下去，又过了一会儿，风神天女长吁了一声，恢复了元气。我心虚地问她："你不是被我毒针打中了吗，你怎么没中毒？"

"算你最后一刻发了点善心，把毒针打在了我的臂环上。"风神天女以挑衅的眼光看着我，"好人自有好报，吉人自有天相，你是不是很失落？"

"哎呀，对不起啦，你知道我不是故意的。"我无地自容，双目骨碌碌朝地下到处看。

"你在看什么？"

"我在找地缝，准备钻进去，我犯了十恶不赦大罪。"

"算啦算啦，我赦免你了。"风神天女拉着我的手，故意以一种君临天下的口吻说，"看在你那'神经病'般的'泼妇'声音和歇斯底里的哭声份上，我赦免你的大罪。"她又喝了一口魔法水，"不过，也亏了你的'神经病'，我才得以躺在地上休息了一会儿，那时我真的一点力气也没有了，如果再打久一点，我就强撑不下去了。刚好这时，你发出的毒针，扰乱了吕布的思路，居然还有一枚毒针打中了我的胳膊，我胳膊上一震，心里'咯噔'一下，叫了一声'完了'，然后，我就知道那枚毒针打在我臂环上了，然后，就顺势倒下休息休息，这样，我才能迅速制住吕布。"

"你真的很聪明。"我向她竖起拇指，这是发自内心的赞叹。"不过，当时我看着吕布背着你，就像小孩过家家一样，我差点没笑出来。"

我继续说道："你让我打晕小花的时候，我的内心是崩溃的，特别是我看着她那惊恐的眼神，到处跑来跑去躲着我的时候，你都不知道我有多难受。"

"我当时倒是来不及想那么多，我只知道我快坚持不住了，你要不快点制住小花，让我们恢复魔法，吕布马上就能反败为胜。当时我不是用剑割破了吕布的脖子吗？他以为是我耍蛮，其实那时我快虚脱了，我的手马上就要不听使唤了。"

"哎呀不好！"我突然惊叫起来，"吕布知道我们住的地方，他可能很快就会追过来，我们要做好防备工作。"

"放心。"大风慢悠悠地说，"我恢复法力后，第一件事就是趁吕布惊魂未定的时候，把你留在我臂环上那枚毒针结结实实扎在了吕布的脖子上。他现在即使还活着，也要休养一段时间，不会来打扰我们了。这段时间，我们好好地恢复小花的记忆。"

"小花——"我们不约而同地跳了起来，我们都忘了小花还昏迷着躺在另一边的沙发上。

（十天后）

我和风神天女在门外那几棵有气无力蔫答答的树下边散步边聊天。

"你说小花每天就这么闷声不响丢了魂似的坐着，看见我还惊恐地躲闪，这几天见到我虽然不再鬼哭狼嚎了，但就这么一声不吭，时不时还莫名其妙地抑制我们的魔法，长久下来可怎么办啊？我都快要憋死了。"

"我也快要难受死了，不过我这几天还一直在想另外一件事，你说吕布到底是死了还是活着，你那个毒药到底靠谱不靠谱？"

"毒药肯定是靠谱的。你那么狠劲地把毒针刺入了他的脖子，他应该没命了吧。"

"我这些天一直绷得紧紧的，只想着把吕布打败救出葵花公主，现在吕布至少被我们打败了，葵花公主也救出来了，心里一下子变得空空的。我就静下心来好好想了想，发现了不少疑点。"风神天女迟疑地说。

"发现了什么疑点？你快说，让我也听听。"我耐不住她的婆婆妈妈，直截了当地问道。

"我也没想清楚，我先说说，你听听，我们一起想想。"

"你快点吧，急死人了。"

"我先说三点啊——

"第一，我们和吕布打了好几仗了，他知道我们要除掉他，他也知道我们住哪儿，他为什么会对我们手下留情，而不赶尽杀绝呢？第二，我读过《三国演义》，吕布既称不上智慧，也称不上仁厚，但现在他表现得好像也不残暴，难道这仅仅是几千年历史把性格磨炼好了吗？第三，他已经有了一支军队了，也基本控制了这个世界，为什么没有更进一步的动作呢？"大风说着说着闭了嘴，自顾走着，若有所思的样子。

"好像是有点蹊跷，这些问题确实挺让人费解的。"我怅然若失，"这些动心眼的事情，历来是星星最在行，不过这家伙不知道跑到哪里去了。唉……"我长叹一声。

"谁在说我坏话啊？不怕烂舌头吗？"正沉思的我们忽然听到一个声音。

"星星！"

"队长！"

我和风神天女异口同声叫道，同时转身，发现笑盈盈的星队长还背着她那个美羊羊的双肩学生书包正风尘仆仆地向我们走来。

我们三个紧紧拥抱在一起，半天说不出话来。

"葵花公主也挺可怜的，昏迷了这么久，才醒过来，就又与吕布在一起，还和自己的姐妹作对。更重要的是，她对这些一无所知，等她以后醒悟过来，不知道要有多难受了。"星队长在前面边走边说，我和大风跟在后面，我们一起从小花的房间出来。

星队长刚刚把小花催眠，想让她好好休息一会儿。

虽然我们都是小花的朋友，我们都真心爱护着她，但在小花那里，却把我们看成了不怀好意的坏人，而且，她亲眼见过我追着把她打晕，对于一个十二岁的小女孩，能不害怕吗？走在最后边的我，临出门时，又回头看了一眼沉沉入睡的小花，鼻子一酸，差点流下眼泪，这些天，她都没有好好地睡过一次好觉。我轻轻地掩上小花房间的门，我们一起走向客厅的沙发。

星队长坐在了沙发的中间，我和大风一左一右坐下。最近我们一直只在忙小花的事情，现在她睡着了，我们有很多的话要问星星呢。

一改以前的文静，星队长这次回来后一直快人快语，星队长这番口若悬河的独家演说，把我和风神天女惊得目瞪口呆：

你们也别忙着问了，我先把我知道的给你们说说。这些天，我脑子里装了太多的信息，都快要爆炸了。虽然，我们以前一直忙碌奔波，但我们一直深陷局中，不知道我们为什么要这么忙碌，我想这就是'只缘身在此山中'的本意。这次我出去后，才知道了很多很多。

先从云朵仙女说起。

还记得云朵仙女那封信吗？我先检讨，我确实对那封信学习得不够认真，我觉得我们对那封信内容的理解都赶不上吕布——这点我没说错吧？就是那封信让我们忙了这么久，到现在我们还没忙出个名堂，我们还差点给吕布帮了一个大忙，把葵花公主送到吕布手边，成为他统治世界的帮手。说实话，你们把葵花公主已经救回来了，这点我没想到，辛苦你们两位了。

这封信对我们这么重要，你们知道是谁送来的这封信吗？

——云朵仙女？

对，就是云朵仙女。可是你们知道云朵仙女来自哪里吗？我们以前没听说过有云朵仙女这号人物，怎么就突然出现了呢？因为云朵仙女根本就不是我们这个宇宙空间的，她来自于另一个平行宇宙。我知道你们要问什么，她说她是奉了天使姐姐的命令来送信的，她奉的是她那个宇宙中的天使姐姐的命令，下命令的不是我们的天使姐姐。这也就是她为什么不好好送信，要先跟着我们游历战斗一番的原因，她想看看我们的能力到底怎么样。因为她们那个宇宙中的风神天女是个舞蹈演员，平日闷声不响，不爱说话，只喜欢跳舞。孔雀公主和我拉帮结派打架斗殴，分别是两个学校小团伙的头目，经常带头打群架，这三人虽然也有些微法力，但实在看不出有什么大的责任心和拯救世界的能力。她不放心，所以才跟了我们一段时间，实际上是在考察我们。

这位云朵仙女可不简单，她还负有其他的神秘使命。但她说，她不能太干预我们这个世界的事情，否则会破坏因果律，那就会造成大麻烦。云朵仙女先后帮过我们两次，送信是第一次，第二次是在罗布泊的海市蜃楼里委托小鹦鹉给你送还法丹和寻找魂魄的圣盘，这两样东西都是从她那个世界带来的。本来在送信的时候就要给我们的，但她怕我们不够重视而误用，所以就直到紧要关头才送来。不过，她当时不知道她所委托的"快递小哥"就是吕布，要是知道，打死也不敢这样"寄快递"了。

为什么不亲自送来？云朵仙女说，那时她已经侦测到一股不寻常的妖气越来越强大，她怕自己亲自来，就回不去了，就不能完成另一个神秘的重要任务了。不过，她不知道的是，之所以妖气那么强大，是因为小鹦鹉就在她身边。她认识小鹦鹉，但她不想让小鹦鹉认出自己，就变成了另外一个女孩的样子。为了保证这两样宝贝都送到大风的手中，云朵进行了信息跟踪，她很快就发现了小鹦鹉就是吕布，虽然东西已经送给你了，但她还是被惊吓到了。她预测出了事情的发展，更害怕了，但当时吕布的功力已经足够强大，她更加不敢靠近我们，于是就传送了一个梦境给大风，在梦中她提醒过你，我们犯下了一个致命的错误，还特意提醒这个致命的错误与一只鸟有关，同时暗示海洋仙子的姐姐就是小鹦鹉杀的。她不能说得太明白，因为强大起来的吕布"自动破译密码"的功夫并不弱，要是给他知道了，麻烦会更大。尽管如此，因为吕布强大气场的影响，云朵传送给大风的梦境仍然断断续续不够完整。

"喝口水，喝口水。"看到星队长口干舌燥，我马上递上水杯。

"难怪我会做那个奇奇怪怪的梦，原来是这个原因。"风神天女严肃地说，"但是我太马虎了，我竟然没有想明白这其中的隐含意思。不过，我当时想到了这个梦境在提醒我身边有内鬼，但我根本就没想过会是一只小鸟，它可是天使姐姐的小鸟啊！但是，我们三个人共生死同患难这么久，也不可能是内鬼，那么这个梦就很费解了。我又想，也许就是胡乱做了个梦，没什么含义，也就没说出来。虽然我心里一直在琢磨，但也没个结果，后来忙起来，也就忘了。"

风神天女正说着，忽然和我对视一眼，异口同声问道："你见到了云朵仙女？"

"到现在才反应过来，真笨。"星队长撇撇嘴，"我当然见到了云朵仙女，她已经知道了一切，但她不能来我们这里，她一直待在那个空间里，她不希望这个世界上有人记得她，因为现在邪派的灵力太强大，她不敢现身，如果被邪派势力知道了她的存在，他们有能力查到她的来历，就会追杀她。她必须活着，她还有个重要任务要完成。"

"什么意思？"风神天女问道，"什么'邪派势力'？除了吕布，还有其他人?"

"云朵说,她熟悉吕布,她总觉得吕布的灵力还不至于如此强大,这有点类似于地球科学家所说的暗能量,但它的灵力来自哪里,她不知道。她总觉得还存在着一个更大的未知的邪派领袖。"

"什么?"我和大风再次异口同声,我顿时觉得浑身冰凉。

"别一副没见过世面的样子。"星队长淡定地说,"还有坏消息……"

"还有坏消息?!"我叫了起来,"还让不让人活啦!"

"别打岔,听我说。"星队长拉住我的手,"还有两个坏消息,还有两个好消息,先听什么?"

"随便你吧。已经这样了,还能坏到哪里去?"大风淡淡地说。

"第一个坏消息是吕布还活着!"

"什么?"我和大风都一下站了起来,大风抢着说:"怎么可能,我亲手把毒针刺进了他的脖子!噢,我知道了——"大风转向我,"一定是你的毒药不靠谱!"

"我觉得我炼制的毒药很靠谱。"我嘟囔着。原本我很自信于我炼制的毒药,但这个结果,让我没了自信。

"别紧张,不是你的毒药的质量问题,是吕布被人救了。"

"什么?!谁有这么大的本领?"我和大风被这一个接一个的惊人的消息惊得快合不上嘴了。

"第二个坏消息:不知道救吕布的人是谁,云朵仙女也没有一点信息。吕布正在调养,再过个十天半个月,他就能恢复到原来的样子。"

这次,我们张着大嘴不惊叫了,我终于理解了什么叫作"大音希声"。

半晌,我期期艾艾地问:"好消息……是……是……是什么?"

"第一个好消息是天使姐姐、环保博士以及后来失踪的黑大哥、青儿都被吕布关起来了,就关在方山的环保博士洞里。"

"什么?"我们俩又同时叫了起来。然后我抢着说:"我们去看过了,没有啊。"

"你去看,当然没有,因为他们被关在一个叠加空间里。"

"什么乱七八糟的,到底有没有被关在那个洞里?"

"就在那个洞里。不过,你们去看,自然看不到,被关在洞里的环保博士等人也看不到你们。"

"天使姐姐也看不到吗?平行宇宙的天使姐姐这么厉害,我们的天使姐姐也应该很厉害吧。"风神天女问道。

"天使姐姐法力也很强大，能感受到你们，但她被一个强大的结界包裹着，看起来她和别人没什么两样，但实际上她施展不出任何法力。"大家一起沉默了。

过了一会儿，大风问道："还有个消息呢?"

"这算什么好消息?"我插话道，"知道了天使姐姐他们被关押的地方，但是又看不见，无从下手。唉，现在连一筹莫展的消息都叫好消息了，这是什么世道。"

"听星星说。"大风制止了我。

"还有个好消息是，我们把天使姐姐救出来后，现在的一切局面有可能会彻底改变。"

"'有可能''有可能'，你带来的这是哪门子好消息!"我快崩溃了。

星队长怯怯地小声说："还有半个好消息，我还要不要说出来?"

"星星，你这次回来怎么又变得这么婆婆妈妈的? 有话快说，有屁就放。"风神天女也不做淑女，开始爆了粗口。

"还记得我们穿越救世界时，在英国遇到的神秘博士吗?"

"怎么又扯到神秘博士了?"

"神秘博士是时间领主，他能随意安置时间。同样因为害怕破坏因果律，他也不能对我们的世界干预太多，但他受平行宇宙的天使姐姐的委托——当然，他也是我们的天使姐姐的朋友，他给我们帮了力所能及的忙。他穿越到过去，带来了诺贝尔，委托诺贝尔研制新的炸药，这种炸药，不是用来开山裂石的，而是要能炸开时空膜，只要时空膜有了缝隙，我们就能通过这个缝隙穿梭到叠加空间里救出天使姐姐，剩下的事情就比较简单了。"星队长轻松地吁了一口气，"我的书包里背的就是诺贝尔造出来的炸药，他一共造出了四包，我都背来了。"

大家正沉默着，星队长慢腾腾地又开口说话了："我知道的就这么多了。"半晌，风神天女问道："你怎么跟云朵仙女联系?"

"通过心灵感应。"

（四）前功尽弃

这些天，我们都很少说话。

星队长一直都在尽心尽力地医治葵花公主，帮小花恢复记忆。据星星自己说，已经有了很大的进展，反正她自说自话，我和风神天女都没心思去管这件事。本来，照顾小孩这种事，一直让我们烦不胜烦，我们也才十二岁，哪有心思去管别的小孩啊。说来也怪，星队长好像天生就会照顾人，关键是她还喜欢照顾人，这就太好了，刚好把我和大风解放出来了。但因为她们，我们也哪都去不了，万一吕布恢复后找过来怎么办？这几天，我们正因为一大堆问题烦不胜烦。

谁给吕布解了毒？是那个"邪派势力"吗？

吕布背后的邪恶大佬是谁？是一位还是一群？到底有多厉害？

云朵仙女的神秘任务是什么？

诺贝尔的时空炸药怎么用？在哪里用？

即使能救出天使姐姐，她还被一个"强大的结界包裹着"，这是个什么鬼？怎么解？

…………

日子一天天就这么过去了，我们也不知道该从哪里开始。我和大风就在烦躁中练练功，时不时就到葵花公主的房间去看星队长的治疗工作，我们就有一搭没一搭地瞎聊。小花现在已经不怕我了，这让我内心好受了很多，我不知道她是不是会一直记得我打晕她的那一幕，你说我要是一直在好姐妹的心目中留下一个凶神恶煞的形象，那该有多么糟糕。

说起星队长对葵花的治疗，真能把人看得烦死，我们常见的就是她俩东拉西扯地聊天。以前只知道星队长是我们的战友，手持长鞭，魔法了得，我们三个人一起经历了不少风浪，但我从来不知道她居然知道那么多的古里古怪的知识，弗洛伊德、阿德勒、荣格、艾宾浩斯、巴甫洛夫，解离性和选择性失忆，连续性和全盘性失忆，错构和虚构，暗示疗法，音乐疗法，认知疗法，松弛疗法，等等，也不知道这些乱七八糟的东西何时进入到她的大脑中去的，我和大风都问过类似的问题，她总是说读书读来的。真是见了鬼了，我们天天在一起，啥时见她读过这些无聊的东西？

这些词中，我们只知道巴甫洛夫。我们在科普书上读过巴甫洛夫老是和狗过不去，当时还在一起讨论过，小狗多可爱啊，他故意让小狗流口水，然后全世界就都知道了，我们都特别怕自己看见好吃的就流口水，怕别人说我们是小狗。在赏能魔法学校的时候，有个博览群书、学习特别好的男孩，忘了叫什么名字了。他当时正在写一本书，叫《特优生成长记》。他写作和读书入迷的时候常常会不自觉地流口水。我们就常在旁边"研究"他，是不是哪个地方有了好吃的东西，他的鼻子特别灵，先闻到了，才会流口水。我们还到处去找过是不是有好吃的东西，当然，啥也没找到。看起来，他流口水的时候，也不像遇到了好吃的东西的样子，因为这家伙也是个吃货，绝不会放过好吃的东西。于是我们的"研究结果"是，他的鼻子不想告诉他好吃的东西的信息，鼻子自己在享受美味，但是他的大脑不知道这个信息。

这段时间，星队长天天神叨叨地忙着，我和大风与她们聊天也常是"话不投机"，一天天过去了，好像也没啥危险发生，慢慢地，我们绷紧的神经松弛了。

"小花，你知道我是谁吗？"

"知道，你是风神天女。"

"你以前认识我吗？"

"认识啊，你第一次到吕布大人的兵营的时候，我就见过你了。"葵花公主面带机械的微笑，同时指了指我和星星，"吕布大人说，你们以后就是我的好朋友了，他希望我们能成为真正的好朋友，要互相帮助。"

大风沉默不语了。我知道她是因为葵花仍然没有恢复以前的记忆而闷闷不乐。眼看着冷场，我插话："小花，你第一次见我也是在吕布兵营吗？再好好想想。"我满怀期望地望着她，希望星队长的治疗确实如她说的那样有点效果。

"对呀，我第一次见你的时候你是和风神天女在一起啊。"说完，看我还在期待地看着她，她就低下了头。过了一会，她忽然抬头望着我说："对了，在这以前我还见过你。"

大风、星星和我瞬间聚焦到小花脸上。

"以前，还有一次，你追着我，打我。我特别害怕，就绕着凳子、柱子和吕布大人躲着你跑。但是你还是追上我了，使劲打我一掌，把我打晕了。你为什么要打我呢？"

"唉，那个，星队长啊，你们先聊，我和大风谈点事情，我们要出去一下。"说完，我拉着风神天女的袖子就出了门。

"出去走走吧。"在客厅闷声不响坐了一会儿，我向风神天女建议。

大风没说话，抬脚就朝门外走，我随即起身跟上。

"怎么办？"站在那棵大槐树下，我问以足智多谋著称的风神天女。

"怎么办？我知道怎么办？我都恨不得撞树了。"这几句恶狠狠的话从她那樱桃小嘴里的牙缝里挤出来后，她突然朝树干上猛踹一脚，树叶簌簌落下，落得我们满头都是，我正在左躲右闪挡树叶的时候，身边的风神天女拔腿猛跑，像疯子一样直朝前冲。我没喊她，抬脚就追了过去。她内心憋闷，我又何尝不是呢？我们虽然都没说话，但我知道，奔跑中的大风和我一样，内心正爆发出狂吼："啊——"

不知不觉，我们跑到了方山上。

风神天女应该也才反应过来我们现在所处的位置。

"去看看？"大风回头问我。

"去看看。"我点点头。

我们一起到了环保博士的洞府，所见所闻和以前一样，没任何新发现。我和大风在洞里转来转去，"上穷碧落下黄泉"式地到处探察，除了桌椅面上多了一层薄薄的浮灰外，一切和以前一样。我顺着光、逆着光、从下往上、从上往下，甚至趴在地上眯着眼到处看，我希望能发现点什么。

"你干什么呢？"

"不是有个叠加空间吗？我想看看，总是有点缝隙什么的线索吧？可是什么也没有啊。"

"叠加空间肯定是看不见的，你说我们都来看过多少次了，发现了什么吗？"大风慢腾腾地说。看到她现在她这种若有所思的样子，我知道她的状态已经正常了，我心里暗暗高兴。

"你还记得薛定谔那只猫吗？"

"记得啊，薛定谔的猫，麦克斯韦妖，我都记得，我们在魔法学校学过。"

"别打岔，薛定谔的猫就是一只处于叠加态的猫。但是现在这个叠加空间好像和装那只不死不活、又死又活的猫的盒子不一样。我好像明白了点什么。哦，哦，那只猫吧，不管死活，毕竟还有个猫存在，现在倒好，啥也看不见……"

"停，大风，我们回去吧，我总觉得心里有点不踏实。"

"啊？对！你这么一说，我也有点不踏实了。走，回。"

星队长独自斜靠在客厅沙发上，脸上泪痕还没干。

我照顾着星星，不断地问她出什么事了，但星星只管流泪，一句话不说。风神天女呆立了一会儿，冲向葵花公主的房间，然后又折返过来，摇着星星的肩膀一连声地问："小花呢？小花哪去了？"一定是葵花公主不见了，我也冲过去看了看，然后又折返回来，坐在星队长旁边，拥抱着她。星队长仍是一声不吭，目光呆滞，这可把我们吓坏了。

我倒了一杯温水，递给星星，但她不接，也不看。大风顺手从桌上拿了一把勺子递给我，我接过来，就给星星喂水。

又过了一会儿，星队长终于动了动，坐起来，左右看了看我们。我和大风同时发问：

"小花哪去了？"

"发生什么事情了？"

"葵花公主被吕布带走了。"星队长轻轻地说。

五、 风神天女的故事

"星星大师啊，你说你当时那副状态够吓人的，我和包工头当时都吓坏了。"

"你们那时还不知道云朵传给我灵魂出窍术吧？唉，可惜了啊，一共才用了没几次，就变成老太婆了。"

"啥老太婆，你那时可是身轻如燕，貌如西施，迷死天下帅哥。"

"从哲学的角度来说，不可能迷死天下帅哥，只能说迷死天下一部分帅哥。因为有的人就喜欢狂野型……"

一看到风教授的酸腐劲又上来了，孔雀老板马上打断她，矫揉造作地摆了恶心人的"可爱"pose并转头对星星大师说：

"队长，公平来讲，我那时是不是也算是窈窕淑女？"

"从哲学的角度来说，孔雀公主曾经婀娜多情、顾盼生姿，但包工头就是丰满富态、摇摇摆摆、企鹅逛街……"

正喝咖啡的星星大师把一口刚喝进去的咖啡喷了出来，同时她还被咖啡呛着了，边断断续续地笑，边连声咳嗽起来，不用说，手里的咖啡撒了一身。

"哎哟哎哟哎哟哎哟，这可不得了了，又给我们的服装设计师创造了一个展示新衣服的机会。"一看星星大师呛着了，风教授马上起身，边说风凉话边替她拍着后背，孔雀老板忙用面巾纸帮星星擦拭衣服上的咖啡。风教授话音才落，腰上就挨了星星大师一拳，第二拳才打出，风教授扭身躲过，同时愁眉苦脸叫道："哎哟哎哟哎哟哎哟，我的老腰啊，这回可是闪了，我要到你的猩猩巢里让你侍候我一辈子。"风教授插科打诨着。星星大师左转转右转转，找机会出流星拳，却把杯里剩下的咖啡洒到孔雀的脖子里了。这回轮到孔雀大喊大叫了：

"好啊，我好心帮你，你用咖啡泼我，弄坏了我的新衣服，这回你要是再不给我设计出独特的衣服，看我拆了你的猩猩巢。"

"好好好，我帮你设计，帮你设计。不过，你这体型，我给你……设计个……泡泡纱灯笼款衣服？"

"随你怎么说，只要能体现出你大猩猩的水平就行了，你设计出什么我就穿什么。我要贴个标签逛大街——星星设计。你不怕丢人，就随便丑化我呗。"

"这不是无赖吗？"星星大师看着风教授，指指孔雀老板说。

"全——免——费！"孔雀又加了一句，"我已经是无赖了，就无赖到底了。"

"这人哪，要是没了底线……"星星边摇头边"痛心疾首"地说，"世风日下，人心不古啊！"

"包工头就是个奸商，你跟她讲底线？以我知识分子的眼光，我只能怀疑你的智商了。"风教授咂巴咂巴嘴，"比如我，我都没有附加条件，我是有底线的人，我的要求和她一样就行。"

"你说啥？"

"你想啊，她是个满身铜臭的家伙，你给她设计独特的服装，不是贬低你的层次了吗？我是有文化的人，我勉强同意，你可以免费设计，做出并送我一件独一无二的衣服，这样，你的层次瞬间提升。"

"你……你……"星星大师才开口，又开始咳得说不出话来了。

"不用感谢我，我把你从市侩的泥坑中救出来了，现在你至少是附庸风雅了。"洋洋得意的风教授坐回她自己的椅子上，笑眯眯地看着星星大师。孔雀还在自顾自地擦掉脖子上的咖啡痕迹。而星星大师咳过一阵后不敢再开口，憋着一口气，坐在椅子上，用眼光之刃一刀刀切割着风教授。

"唉，孔雀，你看星星的状态，像不像那次她放走葵花后那副半死不活的样子。她的神游又开始了。"

（一）危机

听说葵花公主被吕布带走，我心里又一阵慌乱。

这段时间，我总是这样心慌。以前出现的各种问题，总有个解决方法，或者解决方向。这段时间，我们总是处在无所适从之中，不知道从哪里下手，所以，我们就一门心思在等着星队长医治葵花公主。其实我对星队长能否治好葵花越来越怀疑，每天就听她陪着葵花东拉西扯聊天，又是催眠又是音乐，我感觉心烦意乱。但我不能让她们看出来我实际上没有主张，因为我是老大，她们总觉得我会有用不尽的好主意，所以，我只好把恢复葵花的记忆当作当前首要任务。其实，天知道，这能起到什么作用。

现在好了，葵花公主没了，借口也没了。

虽然我心急如焚，但我只能等星队长恢复了一会儿才对她说："你慢慢说，出现了什么情况？"

"你们走了后不久，我继续对小花施以谈话疗法，我们都挺轻松的……"

"星星，说重点好吗？"孔雀耐不住了。

"好，我说重点。"星星看了看我和孔雀，接着说，"我和小花聊了一会儿就去卫生间了，忽然，我仿佛听到开门声——你们知道，小花自从被你们救回来后，就一直待在房间里不出来，吃饭她也不出来——还以为她要外出，正想开口问问，突然听到了另一个人的声音，我就没声张，耳朵贴在门上听了一会儿。"

"葵花！"

"吕布大人！"葵花公主欣喜地叫道。

"就你一个人啊？"

"是的，吕布大人，就我一个人。"

"风神天女和孔雀公主呢？"

"她们都出去了，也不知道干什么去了。"

"她们经常出去吗？"

"是的，她们经常出去。她们说我是她们的好朋友，也不管我，就让我一个人在家待着。"

"她们真的没欺负你吗？"

"没有，没有，她们对我很好。你看，今天又把我一个人留在家里了。"

"那就算了。本来还想顺道收拾了她们呢。陈先生说她们现在也没啥用了，也就不用顾忌什么了。不在家，算她们运气好。"

"陈先生是谁啊？"

"没有什么陈先生，你从哪听来的？我们走吧。"

"好的，吕布大人，等我收拾一下。"

洗手间里的星队长焦急万分，正准备开门出去，却接到了葵花公主的心灵感应信息：

别出来！别出声！吕布大人还不知道你的存在，你出来也没什么用，只能白白送死。我先走了，谢谢你这些时间的陪伴。

星队长还是想拉开门，却突然发现，她不但不能使用法术，而且连开门的力气都没有了。她知道，葵花公主屏蔽了她的法术，还减弱了她的力气，葵花慢腾腾地收拾着房间，实际上就是为了给她传送这些话。她在保护她，她只好继续躲在里头。过了一段时间，她感觉到力气恢复了，法力也恢复了，就走出洗手间，看见小花把床铺、桌凳、衣服等都整理得井井有条，但是，人却没了。

"我到客厅，坐了一会儿，我也不知道你们在哪，我想我把你们好不容易救回来的葵花公主给丢了，怕你们回来怪我，还想到葵花跟着吕布去不知道会不会受苦，也害怕你们在回来的路上碰到吕布，因为我听吕布说他要对你们下毒手。哎呀，不管是什么，我都很害怕，都怕死了，都吓哭了，而且越想越害怕，越害怕就越哭。我哭了一会儿，你们还没回来，我就想我总要做点什么吧，但慌乱间，我也不知道该做什么，就直接联系一下云朵仙女，结果，我只接收到两条不连贯的信息。"

"什么信息？"孔雀着急了。

"'……尽快行动……空间救人……别再联系我……'你们说，这没头没脑的算是怎么回事？因为让我别再联系，我也就不敢再问了。"

"再没其他了啊？"

"再没了啊，真的再没有了。"

看看大家又不出声了，闷闷地坐着，我心里有点着急。这种场面在最近这一段时间常出现，我知道大家很憋闷，但我不能让大家消沉，我必须说点什么来提升士气。更何况，一直对我们彬彬有礼的吕布突然要对我们下杀手，躲在次空间的云朵仙女断断续续的"尽快行动，别再联系我"的消息，都说明即将要发生什么大事，或者，已经有什么事情发生了，只是我们还不知道而已。我总要说点什么，我一定要没话找话，可是我说点什么呢？说点什么呢？我的脑子乱乱的。突然，我眼前一亮，马上兴奋地问道：

"星星，你说你准备开门的时候，小花给你发出心灵感应了？"

"对啊，她让我别开门，她是在保护我。"突然，星队长一拍大腿站了起来，兴奋地喊道："治疗有效果啦！我的治疗有效果啦！"

星星的大喊大叫把孔雀吓了一跳，她疑惑地看看星星，再看看我："你们俩搞什么？吓死人了。"

"你想想！你想想！"星队长转向孔雀公主，"小花原来一直把我们当作敌人，但是在吕布找上门来的时候，她虽然跟他走了，但她为了保护我而没告诉吕布我在家的信息。她为了保护我而骗吕布，你说，这说明了什么？"

"说明了你对她好，她记住你的好了呗。"孔雀翻了翻白眼，"如果是我在她身边，她没准会让'亲爱的吕布大人'快点除掉我，因为她只记得我追着把她打晕了。"

我心里一沉，刚才的兴奋已经大大降低："星星，你觉得孔雀的分析有没有道理？"

"也许有点道理。不过，你们还记得我们第一次找吕布战斗的经历吗？你们俩在和吕布战斗，我悄悄地绕到葵花公主身后，给她那包纯净土壤的时候，葵花使用过她的法术，也就是让大家的魔法消失。"

"对，我记得了，是吕布让她放开魔法禁制的。"孔雀插话道。

"没错。"星星看了孔雀一眼，又说，"那次我感受到的抑制我们魔法的魔法简单粗暴，和这次我的魔法被抑制的感受完全不同，这次我感受到的是温柔。"

"什么意思？"

"比如，你要强行到一个军事禁区去，哨兵才不管你是谁，啪的一枪直接毙了你。但是，如果你违背你妈妈的命令，要强行去做什么事情，你妈会苦劝，或者拉住你，不让你去，但绝对不会冷冰冰地直接灭掉你。哎呀，算了算了，说了你也不懂，我们修炼的魔法不同。反正是，我觉得葵花已经恢复意识了，至少恢复了很多了，她跟着吕布走，就是为了保护我们。"

"还有，她的功力比以前更强大了。"过了一会儿，星星又补充了一句。

我的头脑乱乱的，先不想这个了，我问道："你们说说，我们下面该怎么办？"

"马上行动啊，云朵就这么说的。"

"怎么行动啊？"

"我们听你的！"孔雀和星星异口同声地说。

（二）行动

我也不知道该怎么行动。不过，总得做点什么。

"尽快行动"，"空间救人"，不是说环保博士的洞府有叠加空间吗？

我们带上星星背回来的炸药，到了环保博士的洞府。

"放在哪里？"孔雀问。

"别把老人家的洞府搞坏了，就放在大厅中间吧。反正我们也不知道该往哪里放，到处爆炸都一样。"

孔雀把导火索点燃，跑了过来，和我们一起躲在门后看着导火索冒着烟。突然，身后，突然有人拍我肩膀，我吓了一跳，猛回头，发现云朵仙女气喘吁吁地站在我背后。还没来得及叙旧，云朵急促地说：

"等会你们要协助我从裂口进入到叠加空间，我要进去救天使姐姐。"

"怎么协助？"

"马上就知道了。"

正说话间，听到轻微的啵的一声，那么大几块炸药同时爆炸了，没有惊天动地的声音，只见蓝光一闪，在炸药上方约一米高的地方形成了一个篮球般大小的球状物体。本来空空荡荡的大厅中间，隐隐约约多了一个"球"，这个"球"也是纯透明的，"球体"由一些盘旋环绕的气一样的东西组成。对了，有点像大夏天正午间你在宽阔的远处路面上看到的那种袅袅上升的"蒸汽"一样。

正惊奇间，云朵焦急地说："太小了，我过不去。"

"什么意思？"

"我要穿过那个时空裂口进去救天使姐姐，但这个裂口太小了，我过不去。"

"我们推着你挤过去。"孔雀说。

"不行，我不能碰到那个裂口之外的时空界，只要碰上，它就会急速吸收我的魔法，就算进去了，我也救不了天使姐姐。"

正焦急间，云朵突然一愣，焦躁地说："吕布追来了。"我们正着急，云朵又说，"葵花公主也一起来了。"

"那怎么办？"孔雀着急地转来转去，"小花一来，我们都成废人了，还能做什么？"

"快！过来！"我来不及多想了，"孔雀、星星，快来！"

我冲过去抓那个"球"的下边缘——说来也怪，看起来啥也没有，但确实有种橡皮泥被抓在手里的感觉，我往下用力扯了扯，好像"圆球"被我拉成椭圆球了，就像橄榄球一样，手一松，"橄榄球"又恢复成"篮球"了。在"抓着"这个边缘的时候，我能感受到我的魔法一点点消失，犹如一根根凉凉的丝线从我的头脑里、心脏里、血液里等全身各处往外发散，我知道这就是云朵所说的，我的魔法正在被这个屏障吸收，但现在顾不上这些了。

"来了！来了！"孔雀公主和星队长马上奔过来，一边一个，"抓住"这个时空裂痕的边缘往两边扯，我则使劲往下拉。

我有气无力地说："云朵，抓紧时间！"随后，我喊道："姐妹们，一、二、三——"

"哎呀！你们……你们……好，辛苦了。"眼看着这个"圆球"越来越大，在我喊出"三"的时候，我们猛一用劲，"圆球"直径已达一米左右，云朵仙女飞起来，平着身体，双手前伸，有点像在水里游泳扎猛子，又有点像钻火圈，嗖地穿过了"圆球"，不见了。与此同时，我感到我的法力瞬间损耗大半。

"放手！"我喊了一声，我知道这一声并不大，但星星和孔雀都听到了，我们一屁股坐在地上，彼此靠在一起。

我疲惫地闭上眼睛。

"啊！"面朝洞门的孔雀突然叫了一声，站了起来。我和星星同时仰面朝天摔倒了。

"怎么啦？"话才出口，我就觉得我问得多余了，吕布正站在孔雀面前。孔雀说："刚才和吕布一起进来的还有两个人，一个是小花，另一个老头我不认识，他拉着小花，在传送门临关闭之际，一起进了传送门。"我内心焦急万分，但现在却无能为力，我没有一点魔法了，且浑身酸软，估计星星和孔雀也一样。

我和星星慢慢爬起来，冷冷地看着吕布。

吕布慢慢地抽出了佩剑，看剑鞘上的字，我知道是那把削铁如泥的青钉剑。随便哪把剑，有什么区别呢？我快速回忆了这段时间所发生的事情，自认问心无愧。我尽力了，没有碌碌无为，在任何恶劣的环境下，我都在积极探求成功的方法。这么看来，此生虽然短暂，却也很有意义。如果我的时间能再多一点，我也许会去研究研究哲学，以前赏能老师教魔法时，让我们读哲学，但我没兴趣，所以就懒得去翻，现在回想起来，还是有一些问题需要去思考的。我忙忙碌碌做了这些事情，对他人是否有益？对这个世界是否有益？如果我不做，对这个世界有什么影响吗？我做这些事情的价值是什么？我存在的价值是什么？我是谁？

吕布走过来了，我看着他微笑道："小鹦鹉，我一直以为你是个顶天立地的大英雄，原来你是给那个老头打工的啊？你的老板是谁啊？是刘备还是曹操？"我故意胡说八道，希望激怒他，即使到了最后关头，我也不能亲眼看到他伤害我的姐妹。除非我不在了，要动手，就先冲我来吧。

嘴上不饶人的同时，我心里一直在翻滚：那个老头是谁？是那个"陈先生"吗？云朵到底能不能救出天使姐姐？那老头那么快的身手，功夫自然不弱，云朵能对付得来吗？小花到底还是帮吕布那一伙了，星星居然以为小花已经治好了。我叹口气，烦人的事情还真不少，不过，貌似我真的帮不上什么忙了，我心里默默地告别："天使姐姐，环保博士，我和星星、孔雀要先走了，我好想你啊！"我的眼泪流出来了。

吕布果然被激怒了，咬牙切齿地走过来："怎么啦？怕啦？赫赫有名的风神天女居然也会哭？"

"你敢动大风一根手指头，我和你没完！"星星和孔雀同时喊道。

"没完？凭你们？我偏要动动她，看你们怎么个没完？"说着，吕布举起了剑，我则闭起了眼睛说："姐妹们，没听人家说，不求同年同月同日生，但求同年同月同日死，我们做到了。能认识你们真好，下辈子我们还做姐妹。"硬撑着的星星和孔雀已经号啕大哭，鼻涕眼泪连成片了。

"哪来的这么多废话！"吕布手起剑落。

(三) 意外

我活着?!

　　明明感觉到吕布怒气冲冲地手起剑落，对着我的脖子招呼过来了，但是，好像我的脑袋还在脖子上。

　　我睁眼，发现吕布愣愣地跌坐在地上，青钉剑落在一旁。

　　屋子正中央，天使姐姐、环保博士、黑大哥、青儿和一些我不认识的人或坐或站，共有二三十人。葵花公主挽着天使姐姐的胳膊，一旁站着尚处于惊恐状态的云朵仙女，白胡子的环保博士旁边，站着一个五绺长须的黑胡子的老头，这个人看起来挺面善的，也有点仙风道骨的意思，但实际上我却从他的身形中感受到了一丝阴冷。

　　这些人啥时候来的？怎么悄没声息地就出现了？

　　回头看看星星和孔雀，脸上的眼泪还在流，但已经没了哭声，张大着嘴巴，惊讶地看着这一切。

　　"天使姐姐！"我叫了一声，冲过去，紧紧地和天使姐姐抱在了一起。星星和孔雀也过来了，她们俩和天使姐姐都不算太熟，默默站在一旁，天使姐姐伸开手臂，把她们揽入怀中，这下好了，两个人瞬间泪奔，又开始号啕大哭。微笑着的天使姐姐给她们擦擦泪，然后又递给每人两张面巾纸，两个人又是收拾鼻涕，又是抹眼泪，面巾纸、手背、袖子全用上了。

　　我也流下了泪水。

　　因为突然间翻盘，我们居然活下来了。我们因为突然见到了天使姐姐和环保博士，那种久别亲人的激动涌上心头。更因为天使姐姐他们的出现，我就不用费心费力地想办法完成一个个貌似无论怎么做都完不成的任务了。遇到事情，我有人商量，有人依靠了。我还只是个十二岁的小女孩啊。

　　看这情形，虽然还有些不明就里，但我还是感觉到——我们赢了，吕布输了。

　　"天使姐姐，你们什么时候来的？"我问道。

　　"我们从来就没离开过，我们一直在这里，也就是说我们一直处于似有若无的状态中。现在好了，一切恢复正常了。"

　　"葵花，你好了啊？太好了！"

　　"我早就好了。"葵花公主还是那副笑嘻嘻不温不火的样子。

　　云朵指着跌坐在地上的吕布，生气地说："你到处作恶，很好玩吗？居然要对风神天女下手，你不记得她以前怎么维护你了吗？要不是我们恰好出来，你的罪恶就又加了一层。真是忘恩负义不识好歹！"

　　吕布站了起来，宝剑归鞘，默默站在一旁傲然不语。

"天使姐姐，这一切到底是怎么回事？"孔雀公主问道。

天使姐姐正准备回答，却听到环保博士开口了。

"公台，还不认输吗？"环保博士问他旁边那位五六十岁的黑须老人，但他的问题没有得到对方回应。

"这位公台是谁？"左看看，右看看，孔雀不安地问道。

"公台就是陈宫，吕布帐下首席谋士。他足智多谋，先被曹操视为心腹，后背叛曹操辅佐吕布，吕布战败后，他随吕布一同被曹操所擒，被曹操一起杀了。"云朵仙女风风火火地说，"因为我们的天使姐姐一再告诉我，不能太多干涉你们宇宙中的因果，所以我憋屈坏了，只能躲躲藏藏，好多坏事都只能眼睁睁地看着发生而不能改变，后来我都躲到次空间里去了，结果这位'公台'先生居然觉察到了我的存在并不断追查，上次星队长问我该怎么做时，我都不敢回答。但即使我只回答了那么几个字，还是被他发现了我的行踪，害得我东躲西藏。今天，我也顾不了那么多了，我要把我知道的全说出来。"

趁云朵喘口气的空档，星队长自言自语说："原来，这就是那天吕布所说的'陈先生'啊。"

"对，没错，他就是'陈先生'，一个阴暗的坏家伙。"云朵愤愤地说。

"吕布，你知道为什么以前你的'陈先生'不让你伤害风神天女、孔雀公主和星队长吗？"

我们都看着吕布，但他倔强而骄傲地仰着头，谁也不理，哼都不哼一声。云朵仙女继续说："因为你们的品性太差了。你足智多谋的公台先生掐算过了，即使你们夺了江山，坐了天下，也蹦跶不了多长时间，你们需要风神天女、孔雀公主、星队长和葵花公主一起帮你们维持世界气运的平衡。因为你们太坏了，你们必须要借助她们的宽厚和仁爱，才能延长你们统治世界的时间。这就是他一再告诉你要宽容地对待这四姐妹的原因。但是你不知道为什么他后来又要让你杀掉风神天女、孔雀公主和星队长吗？"

"别听这妖女胡说八道！"陈宫阴阴地说了一句，虽然声音不大，但这声音传入了每个人的头脑中。

"我真的在胡说八道吗？你怕我说完吗？"我突然发现，一直十分木讷的云朵仙女原来是如此伶牙俐齿。

吕布突然转过了头，看着云朵仙女，看得出来，他对下面的话有兴趣了。

"因为你迟迟劝服不了这三位仙女，你的'陈先生'等不及了，他又经过了一番掐算，他有了一个更好更简单的解决方案。"

"你再胡说，我让你死无葬身之地！"看来陈宫有点着急了。

"别忙，别忙，让这小丫头把话说完。"环保博士拍拍陈宫的肩头。

小花悄悄对我说："陈先生的法力被天使姐姐制住了，现在该让他尝尝被困在结界里的滋味了。""他被结界包住了？"对我的问题，小花只是微微点点头。

"陈先生，你设计好方案，由吕布把这三位姐妹杀掉，你再诱导他把天使姐姐、环保博士等在叠加空间的人都杀掉。当然你会制住这些人的法力，然后，你会把吕布的'恶行'向人界、神界、仙界公布，引起大家的公愤，接下来，你再杀掉吕布'以平民愤'。这样，你就成了为民除害的英雄。虽然你一直劣迹斑斑，但看在你'为民除害'的份上，天下老百姓会对你增加不少好感。接着，你就带着葵花公主，到处收拾掉那些不服从的人，这天下就是你的了。我没说错吧？"

吕布眉头微锁，冷冷地斜眼盯着陈宫。

"只是，你没想到的是，葵花公主居然被星队长啰哩啰嗦的谈话治疗法治好了。而且，葵花公主一直隐藏得那么好，你们都以为葵花公主还和以前一样对你们言听计从。我没想到你陈先生的追踪术那么厉害，紧随着我来到了这里，并紧随着我在传送门关闭之前也进了叠加空间，我为天使姐姐解开结界时突然发现你居然站在我身边，把我吓得不轻。你没想到的是，葵花公主一进入叠加空间的第一件事就是马上禁制你的魔法，我知道你道法高深，但葵花公主的举动显然吓到你了，要不是你犹豫了那一小会，并开始运功抵制葵花公主的抑制魔法，说不准我就功亏一篑了。还好，就这么点时间，天使姐姐自由了，她马上反制了你的魔法，我们共同努力，把尚未消失的结界放到了你的身上，并随即用魔法加强。怎么样，以其人之道，还治其人之身，没有怨言吧？"

"胡说！彻头彻尾的胡说！"陈宫一点风度也没有了，大喊大叫。

"胡说？"云朵仙女冷冷地说，"我见过吕布被你杀了后你统治中的天下，你知道那是多么惨不忍睹的人间地狱吗？所以，我才下决心来帮风神天女。"

"匹夫欺我！"吕布一声怒吼，抢起方天画戟朝陈宫当头砸下，眼见陈宫倒在地上，慢慢变得透明、暗淡，最终化为乌有。

吕布的动作太快，大家谁也没有防备到会发生这么一个意外。云朵马上手指吕布，封住了他的法力。吕布呆呆地站在那里，眼角流下一滴清泪。

"怎么这样？陈先生不是被封在结界里吗？"我问道。

"这小姑娘说得没错，这就是'种瓜得瓜'。当时陈公台用计谋抓住了天使姑娘，一直把她锁在结界里，这个结界原本是里外不通的。最近，为了诱使吕布杀天使姑娘，他用高深的法力在结界上做了手脚，这个结界从里向外什么魔法也用不成，而且人也出不去，结界里的人如同凡人，但从外向里却是可以进入的。对外面的人来说，他看到的就是一个完完全全的普通人，所以，吕布才能砸进去。与真正的普通人不一样的是，陈公台没有肉体，他由一团戾气组成，吕布这么一砸，已使他魂飞魄散了。以后，也许他还能花个几千年修成人身，也许三界中已彻底没有陈公台这号人物了。"环保博士叹了口气说，"唉，这都是人心不古造成的恶果。"

小花也叹了口气："吕布大人真可怜，又被骗了一回。"

"一个人如果老是被骗，你没觉得他本身就有问题吗？为什么有人不会上当受骗，有人常常上当受骗？苍蝇不叮无缝的蛋。"云朵仙女快人快语，"葵花公主，他可不值得同情。"

六、 九龙湖畔

"不过话又说回来。"没有蛋糕吃的孔雀老板自己削好一个苹果大口啃了起来，"哎，你说吕布如果一直统治着人间世界，现在会怎么样？"

"怎么样？还不是阴风凄凄，黄沙漫漫，日月无光，天昏地暗。"

"还挺押韵的。怎么听着像教授的风格，这不是你这种不学无术的小裁缝的口气。"

"就是偷看了我的日记后背下来的成语。"

"哎，哎，哎，包工头，你说你不学习，就不许别人学习啊？"星星大师转向我，"谁看你日记了？少女时代的日记神神秘秘，现在像你这种奶奶级的日记，要想看，还要偷看啊？我都不用大大方方跟你要，只要有个暗示，你难道不乖乖送上来？我能赏光读读你的日记，算是给你面子了。"

星星咽下最后一块蛋糕，拿出一张纸巾擦着手："没想到当年就那么一会儿工夫，那个屏障竟然会把我们的魔法吸个精光。而且，把我们变成了再也不能学魔法的人。你们说这个是不是和吃东西吃腻了一样，吃腻了什么，以后就再也不能吃什么了。"

"确实有点像。"胖胖的孔雀小口咬着苹果说，"不过也不后悔，你看现在到处一派祥和景象，要是没有我们三个人的牺牲，哪会有这么美好的世界？"

"虽然不后悔，但多少总觉得有点遗憾。"我慢慢地说，"我们改变了一次世界的发展走向，但是除了天使姐姐、环保博士以及我们孔雀庄园的人，其他人都不知道。他们从来就不知道自己都是从鬼门关走了一遭，有的人还经历了'死去活来'，他们以为世界原本就是这样的。我以后要把这段故事写下来，反正现在退休了，也有时间了。"

"不行不行！"孔雀和星星同时叫道。孔雀继续说："你忘记天使姐姐怎么交代的了？这段经历是不能说的，否则还不让人界、仙界、神界乱套了？"

"我写小说吧，我把它写成小说，在孩子们中流传流传，这总是可以的。反正真真假假也分不清楚。其实，聪明的人通过考古等技术已经有所怀疑了，他们发现了不少不属于这个世界的东西。比如方尖碑、三足乌、内蒙古玉龙等，早就有聪明人想到这些了。"

"其实吧，上一轮的改变者因疏忽留下了《山海经》，就暴露了好多其他世界的秘密了。"星星大师也严肃起来了，"这些年我跑东跑西的，发现了很多类似的蛛丝马迹。那些人真的太不严谨了，留下了太多的破绽，而且有的破绽还没办法弥补。比如《山海经》流传这么广，想回收都不行，也只能这么半真半假地流传下去了。"

"聪明人真的很多，有些事情是瞒不住的。"孔雀也表现出了少有的严肃，"比如，正方形在1884年写的那本《平面国》，我总觉得是上一轮的改变者写出来的书，作者连姓名都不敢著，就用了个化名'正方形'，应该就是怕被追查。"

"不止，不止。看过电影《这个男人来自地球》《异次元骇客》和《超时空接触》吗？这些电影应该是受过上一轮改变者指点的。"

"好了好了，不争这些东西了，你们说我写小说的想法怎么样？挺好的吧？"

"好像也可以。"星星想了想说，"有没有想好叫什么名字？"

"叫《岁月无痕》如何？"

"不行，太文艺了。"

"你觉得取什么名字好？"

"干脆啊，直截了当。"孔雀站了起来，胳膊一挥，"就叫《天使历险记》吧，从我们上学开始写起。我们在竹山小学阶段初学魔法，在竹山中学阶段力挽狂澜救世界，读江宁高级中学期间建造孔雀庄园，这段小时候的经历很有意思，大家都觉得我们是学校的乖乖女，其实我们跟赏能老师学魔法，跟天使姐姐天南海北、古今中外到处跑，这段经历很丰富。上大学后，就各自进入职场工作了，忙忙碌碌一辈子，这些经历，大家都差不多，写了也没人看。"

孔雀呷了一口最喜欢的碧螺春，皱着眉头跟我说："你看看星星都多大年纪了还那么喜欢吵吵闹闹，喝各种花式果汁，这么大人了，竟然还是无法接受茶的味道！花茶都不行！天天喝小孩饮料，喝得自己老不正经一副小孩样。"

"你这话风也转得太快了吧？什么东拉西扯的，又扯到我喝茶上去了。"

"小说名字的事情讨论完了啊，就叫《天使历险记》，多美的名字啊！"说完还讨好地看着我，"风教授，你说，这个名字美吧？"

"太平直了吧？"

"最美好的事物都是最简单的——这个道理你不懂？"

"行了，不说这个了，你太能扯了。"

星星拿起孔雀放在桌上的茶叶看了看，又放下："我们三个中也只有你是真喜欢喝茶，我到现在也是只能喝花茶，其他的都嫌苦。不过说起来，教授只比你小两个月呢，不是也不喜欢喝茶，只喝咖啡吗？"

我一撇嘴："她哪里有点比我大的样子呀！上小学时我俩总在一个班，我那时虽然做仙女的资格老，但从小也是被娇生惯养大的，是真正的乖乖女。不像她一直被父母放养，那时动不动就用'爪子'招呼我。本科毕业后，我攻读硕士博士，留校做大学老师，但包工头却特别热衷于倒腾她那几套房子，一部分租出去，另一部分则高价售出，再低价买进其他一些房子，倒买倒卖，财富越积越多。她就送了我一套离学校近的房子给我，也算是大套了，但对于她那些别墅区的豪宅来说根本算不上什么，但她却借口要我还人情，天天跑来我家蹭饭，搞得我像她的保姆一样，每天工作累得要死，晚上回家还要给她做饭！一直到现在，呐，一直到现在还蹭吃蹭喝。还是你比较让我省心呢，一直都挺听话的。最主要的是你一直在外面跑，一会欧美，一会非洲，天天不落家，省了我好多事情，不然我一定是常常要多做一个人的饭，那我一定比现在要老得多了。"

"不公平！不公平！"星星叫了起来，"你们如漆似胶这么多年，教授要把这些年没给我做饭留下的亏欠补上。我知道你一定内疚得很，我会给你机会的。不多，不多，你就给我做十年饭吧，这样你的内心一定能好受很多。虽然你还是会因为自己不能公平对待朋友内疚，剩下的部分你自己疗伤吧，我无偿帮你十年，谁让咱们是朋友呢。"

"对对对，我再蹭十年饭，以后就不再跟你蹭了，以后我跟大猩猩吃野果。"孔雀高兴得手舞足蹈。

"滚一边去，好像我们注定了一定要做饭给你吃一样。"星星大师推了一把，正耀武扬威伸胳膊蹬腿比画着的孔雀一屁股坐回了躺椅上。

陈宫被吕布打得魂飞魄散后，当年的一切似乎已经结束了。

吕布重新被封印起来了，就封印在环保博士的洞府下面。环保博士说，他要用自己的仁和之力来改变吕布的戾气，最终让他变成一个好人。环保博士认为，通过这段时间对吕布的观察来看，他已经没了以前的浮躁，已经平和了很多，这说明人是能变好的，改变吕布是他今后一段时间的工作重心。

大家在环保博士的洞里恢复了几日。

这天，我和星星、孔雀、葵花从洞外玩耍回来，听云朵仙女说要协助天使姐姐把这个世界重新恢复到吕布统治之前的样子。孔雀问天使姐姐："那就是要出去消灭那些祸害人间的妖魔鬼怪了？可是我们没有法力了，天使姐姐，什么时候能让我们恢复法力啊？"

"孔雀、星星，你们过来。"天使姐姐招了招手，"还有你，风神天女，你也过来。我和环保博士、云朵仙女一起讨论了很久，我们一直没找到能恢复你们魔法的方法，即使你们重新从零开始学习也不行。虽然我们还一直在努力，但到目前为止，没有任何进展。"

"也就是说，我们可能永远失去魔法了？"星星问道。

"你们要有心理准备，有可能你们再也不能拥有魔法了。"

"没关系，没关系，这段时间确实也很累，以后我们也可以歇歇了。"我忙着接话。因为我知道星星和孔雀肯定内心不好受，其实天使姐姐内心也很不好受。如果结局不能改变，那就坦然而快乐地接受。

"委屈你们三位了，为了人类世界的和平与安全，你们做出了很大的牺牲。"

225

"不委屈，不委屈。"孔雀永远是一副乐天派样子，"只是我们不能去打妖怪了，大风也做不成领导了，她可一直是我们'人间降妖除怪组'的领导，现在没了魔法，就不能领导别人了。"

星队长也恢复过来了："天兔可以，她可以领导这支队伍。"

"不用你们出面去收拾那些小妖。"天使姐姐说，"我会把世界重新恢复到吕布之前的样子，那些小妖都还没出来，自然也就不需要去降妖除怪了。而人间，大家也会忘记这段历史。不是忘记，而是这段历史根本就没存在过，大家该怎么过日子还怎么过日子。"

"惨了，惨了。"孔雀叫起来了，"墨子制止了楚国攻打宋国，使宋国免去了灭国之灾。但他在回到宋国时，遇到大雨，找个人家避雨人家都不让他进屋。我觉得我们以后也会享受到这种待遇。"

"天使姐姐，您所说的世界重新恢复，是不是就像电脑游戏存盘一样，现在玩得不好，调出以前的进度重玩，把现在这局出现过的坑绕开，就不会出现现在的残局了？"葵花公主问道。

"有点类似。"

"那是不是回到以前，大风他们的魔法也能重新恢复？"

"我们也想到这个问题了。但你们都是时代变迁的见证者，你们的记忆和能力会保留下来，不会消失。也就是说，风神天女、孔雀公主、星队长的魔法也不能被恢复。"

"天使姑娘，我们给这些孩子另造个地方吧，让她们开开心心住在一起，开开心心生活和学习，以后再有什么事情，也容易招呼。"

"好唉！好唉！这个主意好。我们天天住在一起，太好了。"

"为了不影响人类的生活，我们在叠加空间里重新建造个地方吧。"天使姐姐说，"你们去选地方，然后我们就在环保博士这里建设一个通往叠加空间的传送门，大家可随时来来往往到处走走，方山本来就是旅游胜地，常常有陌生人来来往往，你们冷不丁从洞府里出去，也没人会怀疑。"

风和日丽的一天，天兔带着小金来环保博士的洞府看望我们，问我们有没有什么事情需要帮忙，我把环保博士的建议给她说了一遍，天兔和小金都很开心，马上吵着要和我们一起去选地方。

在方山不远的地方，有一个人迹罕至、风景秀丽的空旷场所。我拉着天兔和小金，以及孔雀公主、葵花公主、星队长、黑大哥、青儿还有云朵仙女一起来到这里，青儿首先发现了这个优美的地方："我觉得这个地方就挺好的，人迹罕至，风景秀美。要是这里再有山有水，就很完美了。"

"这简单，看我的。"

黑大哥说完，往前走了几步，然后现出原形，一条硕大的黑龙在离地面不远的地方张牙舞爪盘旋往复，说时迟那时快，黑大哥猛地把尾巴一甩，一阵烟尘过后，绿茵茵的草地上出现了一个波光粼粼的湖。我们一群女孩子正惊喜地叽叽喳喳拍手称赞，再看黑大哥，黑龙在雾气腾腾的湖面上空盘旋了一会儿，猛地把头一摆，又变回潇洒帅气的小伙子站在我们身边了。

"感谢你，黑大哥，你太厉害了！"看见了水，小金开心极了。

"我再移一座山过来，让这里真正山清水秀。"黑大哥兴奋地说。

"等会，等会。"云朵仙女忙制止，"这个地方现在虽然人迹罕至，但以后却是个繁华的所在，人会很多，我们不能改变太多自然的东西。你们可以在你们的叠加空间里大加改造，这样不会影响到人间，就不会引起太多的恐慌。我看看，你们一共……一共八个人，加上我九个人，这个湖既然由黑龙所造，就把这里取名叫九龙湖吧。有个名字，以后也好称呼了。你们感觉怎么样？"

"好，好，九龙湖，就叫九龙湖。"我们开心极了，一致同意这个建议。

迫不及待回到环保博士的洞府里，我们把九龙湖的事情告诉天使姐姐和环保博士，他们也很开心。天使姐姐很快就造出了通往叠加空间的传送门，我们从传送门进去，又到了九龙湖，感觉和刚才看到的没啥区别。但云朵仙女却说："现在，我们在叠加空间里，可以按你们的喜好建造风景了，在这里不管怎么建设，都不会影响到人间的状态。在人间，看起来，九龙湖永远只是一个湖，但在叠加空间里，你们建造任何东西都不会改变外面的环境。以后人们会在这里搞开发，九龙湖畔还会出现一所很著名的大学，这里会很热闹，但人间的热闹也不会影响到你们。"

很长一段时间里，我们和黑大哥、青儿姐姐，以及天兔等姐妹们都高高兴兴地布置我们的叠加九龙湖，黑大哥移来了一座环形小山，基本上从四面包围住了九龙湖，在这样的小盆地里，有水有花有草坪，有鱼有鹿有仙鹤，这里简直成了人间仙境。

在我们忙忙碌碌装点叠加九龙湖的日子里，没有葵花公主的影子。她说，因为救她才引起了这么大的风波，才使我和孔雀、星星失去了魔法，她要和天使姐姐、环保博士一起工作，一定要研究出让我们恢复魔法的方法。虽然我们一再跟她说这没关系，一切都是我们自觉自愿的，但她还是不听。我们一直是好朋友，我知道这是个貌似文静实则倔强的九匹马都拉不回头的家伙，所以也就随她了。

"唉，你说黑大哥后来又移过来一座山，把我们的九龙湖环抱起来当然很好看，但他把人家原来的地方的山移走了，人家的地方不就空荡荡的了吗？"

"说你头脑简单吧？光会挣钱，把智商都存起来舍不得用。"星星大师鄙夷地看着孔雀，"以黑大哥当年走南闯北的经历，从一些深山野林移来一座小山还不是轻而易举？你们看那山来的时候，古木参天，藤萝缠绕，明显来自原始森林啊。"

"黑大哥和青儿把这里布置得这么好，可惜他们也不常来住，就喜欢和环保博士住在山洞里，可惜了这么好的风景了。"

"黑大哥和青儿都是不死之身，都是些老人家了，肯定不愿意和我们这些叽叽喳喳的小姑娘住在一起，嫌吵。"

"啧啧啧，小姑娘，你还小姑娘，看看你头上的白发，你也是老家伙了。老不正经，天天穿人家小姑娘的花裙子装嫩，还真以为你自己是小姑娘呢。真正的小姑娘是那些家伙，"孔雀用手指指湖里泛舟的露家姐妹等，"我看看都有谁——咦，怎么这么热闹。露家四姐妹、百花仙子、海洋仙子、桃花公主、米拉、沉香、网球大侠、维尼，与天和争锋。哎呀，快看，那个爱臭美的香香兔子也在呢，她不是到武汉去了吗？啥时回来的？哎呀，快看，神猴竟然也在，还有那么多不认识的孩子，今天到底是什么日子？"

我眯起眼睛看了看，好像真的很热闹。我们几个老家伙只顾在这里唠唠叨叨地说话聊天，竟然没发现湖里多了这么多的人，有的美女帅哥虽不认识，不过看那一个个生龙活虎的样子，也知道都是仙子的不死之身。

我叹了一声："我们可真是老了。你看看那些年轻人，个个都活蹦乱跳，我们却只愿意坐在这里唠嗑、胡闹、品咖啡。"

"你们最近有听到葵花的信息吗？好久没见了，怪想她的。"我问道。
"想她干吗呀？人家还是十几岁的样子，你看看你，都满头华发了。"
"星星嫉妒了吧？你再装嫩，也装不过这些十几岁的小姑娘。"孔雀笑嘻嘻地说，"我就大大方方，承认我的老而富有。不过，我也很想见见葵花呢，也不知道这小姑娘现在怎么样。"

"说来她也是一番好心。差不多五十年了吧，她一直在努力搞研究。为了让我们恢复魔法，她后来还专门去霍格沃茨魔法学校留学，她的青春一直就耗费在这一件事情上了。"

"什么呀，小花可是青春永驻的，不像我们，变成几个老家伙了。"

"你看，我又忘了。唉，人哪，总是把自己熟知的东西强加在别人身上，这个习惯老是改不掉。"

"青春永驻真不错。"星星马上做出哈巴狗的表情，"她的研究现在有结果吗？我几十年前一直关注这件事，后来发现她老也没什么成果，我都忘了这件事了。"

"很久以前，听说已经有了进展，不知道现在有什么情况。"我站起来，"今天也没什么事，我们去看看小花和天使姐姐去？"

"好主意，走走走！"

我们才走了几步，发现传送门启动了。天使姐姐和葵花公主仍是手拉手先出来了，后面跟着黑大哥和青儿，环保博士摇摇摆摆也出来了，他的胡子又长长地垂到了肚子上。我们兴奋极了，快走了几步迎上前去。

天使姐姐还是二十多岁的样子，黑大哥和青儿也没变化，环保博士除了胡子长长了，也没其他变化，我们的好朋友葵花公主，永远定格在了十二岁上，看起来还是那个甜甜美美的小姑娘。只有我们三个成了老人，虽然平时一直觉得无所谓，但真正到了这种时候，内心还是很有感触的。这么想着的时候，我的眼泪差点掉下来。

"天使姐姐、博士、黑大哥、青儿、小花，你们怎么一起来了？这可不多见。"我原本会更激动一些，但想到毕竟自己这么大了，不能显得不稳重，只好这么热烈又平淡地问道。

"今天是个特别的日子，天使姐姐和博士让我们一起来。"小花快活地说。

"今天是什么日子？"孔雀困惑地问道。星星疑惑地看着我，我调动了所有脑细胞来检索，但我还是没想到今天是什么日子。

"来，都过来。"天使姐姐手一挥，呼啦围上来好多人。我才发现湖里泛舟的人和草地上三三两两坐着的人全部围过来了。也不知道他们啥时候来的，都站在我们后面。

"今天到底是什么日子？葵花公主还专门告诉我们不允许提前打扰风神天女、孔雀公主和星队长三位前辈，我们都糊里糊涂的。"有个年轻人问我："前辈，今天是什么日子？是您的生日吗？"我没看他，只摇摇头。

天使姐姐往旁边走了几步，站在一块稍突出的高地上，清了清嗓子朗声说："五十年前，地球上有一次浩劫，你们在场的人中，有人知道，有人不知道。你们现在所能看到的就是地球上人们安居乐业，你们在孔雀庄园里，快快乐乐，而当年挽救了这场灾难的，就是这三位被你们称为前辈的人——风神天女、孔雀公主和星队长。如果没有她们的努力和牺牲，就不会有你们现在看到的一切。其实她们的年龄比天兔还要小上两岁呢，她们和葵花公主同岁。为了维护世界的和平，她们三位耗尽了自己的魔法，并且魔法不可再恢复，她们成了凡人。"人群中爆发出一阵惊讶的疑问声。

"我还一直觉得纳闷呢，在这个仙子们居住的孔雀庄园里怎么会有三个普通人居住。原来她们曾经也是仙女啊！"一位新生代的小仙子说。

"她们三位魔法高深、头脑聪明，遇到困难百折不挠。现在住在孔雀庄园里的所有人，都不是她们当年的对手。"天兔在人群里大声说。

"那你呢？你是三位前辈当年的对手吗？"

"我当年和这三位好朋友交过手。我领了一支军队，她们只有三个人，但我仍不过是大风、星星和孔雀的手下败将，"天兔转过来问我们，"我还能这么称呼你们吗？"我微笑着点点头。

天使姐姐接着说："这三位仙子品德高尚，为了挽救人类，不惜牺牲了自己。我现在还要再表扬一位品德高尚的仙子，她就是葵花仙子。"葵花显然没有料到会说到自己，显得有点手脚无措，有点害羞。"葵花仙子和风神天女、孔雀公主、星队长是亲密无间的好姐妹，见到三位姐姐受到伤害，她发誓要研究出一种恢复魔法，要帮助三位姐姐恢复魔法。现在，她的研究已经有了突破性进展。今天，我们就是来向三位伟大的仙子祝贺的。你们说，这个日子够不够特别？"

"够！太好啦——"人群中一片持续的欢呼。

"小花，小花，过来，来，你来说几句吧。"天使姐姐热切地向小花招手。

葵花公主扭扭捏捏地走过去，看了看台下，憋了好一会才憋出一句话："我研究出的恢复系魔法还只是初级的，只能恢复三位姐姐的魔法，还不能恢复她们当时的容颜。不过我已经有了研究思路，我会继续努力，早日完善恢复系魔法。"说完，她鞠了一躬，跑下来了，站到我的身边并拉住了我的手。

我内心还是有点激动，毕竟，离开我们五十年的魔法又要回来了。不过，也只是有点激动而已——这些年，我已经适应了没有魔法的生活。但是对于葵花公主为了恢复我们的魔法而五十年来不懈的努力，我是非常非常感谢的。

　　大家兴高采烈地交谈着，小花拉着我的手小声说道："在研究恢复系魔法的过程中，我反复查看了你们当时的记忆，我发现了一点问题。"

　　"什么问题？"

　　"你还记得云朵仙女吗？"

　　"记得呀！印象非常深刻。"

　　"你们初见云朵仙女的时候，星队长问她是谁，她犹犹豫豫地回答'我是……我是……就叫我云朵仙女吧'。你还记得吗？"

　　"不记得了。这些陈谷子烂芝麻的事情，你也翻来覆去地看啊？"

　　"云朵仙女总是说自己是从未来过来的，又说自己来自平行宇宙。但是她还有另两次谈话，不知道你记不记得她在质问陈宫的时候说：'我见过吕布被你杀了后你统治中的天下，你知道那是多么惨不忍睹的人间地狱吗？所以，我才下决心来帮风神天女。'后来我们在制造九龙湖的时候，她又说'这个地方现在虽然人迹罕至，但以后却是个繁华的所在，人会很多。'你有没有发现有什么问题？"

　　"难道——"

　　"没错。云朵仙女既不是从未来穿越回来，也不是来自另一个平行宇宙，她来自一个更高维的时空。时间和因果，在她那里不是单向和一维，而是可随时调整的，她所说的都是她真真切切见到的。"

　　"你还记得我们一年级时和孔雀一起在竹山小学小花园里与蚂蚁玩的事情吗？"

　　"不记得了，为什么现在说到蚂蚁了？"

　　"那时我们的班主任是郭老师，你们班主任是谁我不记得了。那天下课后，我们三个人在小花园里看到一队蚂蚁在搬一个长着翅膀的虫子，就一起趴在地上看。孔雀突然捏住虫子的翅膀，把它往后移动了二三十厘米，还放在蚂蚁队伍里，后面的蚂蚁马上开始抬着虫子往前走，前面凭空丢失了虫子的蚂蚁很快回头来，又接着抬着虫子往前走。过了一会儿，孔雀又捏着虫子的翅膀把虫子往后移动了几十厘米，那些丢了虫子的蚂蚁就又找到虫子，继续往前走……"

　　"我想起来了——当时我们还模仿蚂蚁的思想玩游戏呢，蚂蚁一定会莫名其妙地想：'今天遇到怪事了，为什么我们找到的食物总是会失踪，然后又出现在刚才的路上？这段路怎么老也走不完？'你的记性真不错，这都五十多年前的事了，你竟然还记得。"葵花夸奖我说。

"我们，真的很像那些莫名其妙丢了食物的蚂蚁。"我若有所思地说。
"不过，蚂蚁也有蚂蚁的幸福，我们过好自己的生活就是真正的幸福。"
"没错，过好我们自己的生活就是真正的幸福！"
我们一老一小幸福地看着大家，幸福地说道。

后 记

我从一年级开始写《天使历险记》，后来因不断写续集，一年级时的这个"作品"就成了《天使历险记1》。《天使历险记1》大约九千字，我写完后被爸爸发在了他的博客上，被记者发现了，当时不少媒体做了报道，热闹过一阵。

读三年级时，爸爸开始研究赏能教育法，我身边多了几位一起写作的伙伴，他们大多和我一样，正读三年级，伙伴中年级最高的读五年级。我们每人都写出了很好的"长篇"作品，各自"代表作"的篇幅从一万字到三五万字不等。我们常一起讨论作品，一起演讲辩论，一起读书学习，度过了一段难忘的岁月。

《天使历险记4》主体部分完成于四年级下学期到八年级上学期，本次出版前做最后一次修改时我已读十年级了。它跨过了我的小学、初中和高中阶段，地域上经历了南京竹山小学、南京竹山中学和江宁高级中学。现在，我完成了最后一次校对，一个月后，本书应该就能和读者见面了，回头想想，百感交集。

本书中每一位正面角色，除了天使姐姐和环保博士外，都有原型。每位角色及其所擅长的功夫，都是我写作伙伴的代表作中的主角及其擅长的功夫，当年我们一直在讨论中创作，各自作品中的角色基本都在彼此借用。我很怀念当年那段互相帮助、互相促进、互相学习的美好时光。

《天使历险记》系列共有四部。第一部写于一年级末，写天使初生及相关的经历。第二部写于三年级。当年云南大旱，学校组织我们义演并捐款，时隔不久，四川、海南等地又遇大水灾。电视上常看到这些新闻，在爸爸妈妈的鼓励下，我构思了一个制服旱妖和水妖的故事。这个故事将收尾时，日本爆发了以福岛为中心的9.0级地震，于是《天使历险记3》构思出来了，这个故事以制服地震妖为核心。当时我读四年级，有前两个故事做铺垫，《天使3》写了将近两万字。"两万"这个大数字极大地激励了我，于是开始构思计划三万字的《天使历险记4》。随着年级的增加和阅读范围的拓宽，写作计划一改再改，在初二终稿时，完成的字数已数倍于最初的计划。

能完成这一系列的写作，首先要感谢爸爸妈妈的支持，也特别感谢以郭凤老师和秦来花老师为代表的各位老师对我的鼓励，感谢陈若妍（孔雀公主）、吴子溪（葵花公主）和顾骧（星队长原型）等朋友们的帮助，能生活在一个温暖的环境中，我觉得无比幸福。

我已读高一，时间不再充足，因为"好管闲事"，我还通过竞选担任了高一学生会主席一职，这几年肯定要埋身于书本，不再有时间写作了。待到时间自由时，我可能会写出《天使历险记5》或者其他作品。不过，未来的事情，谁说的准呢？

不管怎样，我感谢您能赏光读我的作品，这是我出版的第一本书，欢迎您吐槽。

王珮璐
2018 年 8 月

234

《天使历险记》系列作品简介

天使历险记1 　三位认真学习的小学生莫名其妙成了小天使，原来这一切都是天使姐姐的安排。在天使姐姐帮助下，风神天女联合其他数位小天使历经艰辛、团结一致救出了被魔王抓走的女娲娘娘，拯救了世界。

天使历险记2 　2010年云南大旱，华南、西南水灾先后爆发，本来安心学习的几位小天使在使命感促使下再次出征，救人民于水火。原来自然灾害频频出现是因为人类缺乏环保意识所致。风神天女在抚慰了制造旱灾和水灾的两位妖魔后，代表青少年立誓，一定要注重环保，保护地球生态平衡。两位妖魔预言：将会有更残暴的魔王出世……

天使历险记3 　2011年3月福岛地震，日本损失惨重，小天使再次踏上征途。黑龙和三足乌的预言成真，残暴的魔王出世了。为了消灭威力巨大、刀枪不入的震龙，在环保博士的建议下，风神天女重组了更强大的战队。经过多轮较量，震龙最终被消灭，但在最后一战中葵花公主身受重伤，几近魂飞魄散，让这次的胜利蒙上了阴影。

天使历险记4 　为了挽救好友的生命，几位亲密战友数次穿越，重启危机开始前的场景，但蝴蝶效应导致她们每次对过去的改变都会带来更严重的后果。一筹莫展时，来自平行宇宙的信使告知只有收集齐了葵花公主的魂魄，她才能得救。风神天女带领大家上穷碧落下黄泉费尽千辛万苦完成了这个看似不能完成的任务后，才发现自己已掉进了一个更大阴谋的旋涡。而且，当时提供帮助的平行宇宙的信使，也并不是来自平行宇宙……